后浪

当你还是异类的时候

［日］岛田雅彦 著

李停 译

民主与建设出版社

·北京·

目　次

第一部

绳纹时代

忧郁虫

谁都有少年时代，谁都会被少年时代所诅咒。

如果少年时代能重来一次，应该很容易让它荣光闪耀。但是时间无法倒回，只能不自觉地否定它、美化它、虚构它，甚至报复它。

当你还默默无闻的时候，每过一段时间就会被一种忧郁虫附身，忍不住叹起气来。好像是算好了时间一样，每当这个时候，后山会传来这样的声音：

"这里是哪里？这里是哪里呀？"

既然是疑问句，应该是在和谁说话吧。那个声音听起来像是频频邀请你去森林。你想弄明白发声来源隐藏的面貌，好多次跑到院子里，盯着树和树的缝隙看，但总是毫无头绪。有一天——难得父亲在家的时候，那个声音又响起来了。"那是什么？"你问父亲。"是野鸽吧。"父亲说。你知道的鸽子不会发出那样的声音。你听着那低沉的、忧郁的叫声，想象着貌似儿啼爷[1]的妖怪。

"和街上、公园里的鸽子不一样，野鸽是乡下的鸽子。刚搬到这里的时候，你也像野鸽一样边哭边问'这里是哪里呀'呢。"

的确是这样，搬家的时候你睡着了，一睁眼，你已经身在这个尘土飞扬又荒芜的郊区的家了。因为想回去河对岸原来的家，你哭了。以前你能一个人霸占家附近的儿童公园，新家附近却没有那样的好地方了，只有微暗的树林一片。战争早在二十年前结束，已经没有必要从城市疏散到其他地方，但高度发展的城市中心到处都在施工，让人静不下心；住在狭小的公寓里，看着邻居的脸色过活，也让你的父母感觉厌倦。从市中心只要坐三十分钟电车就能享受这种开阔的氛围，这对刚满三十岁的父母来说很有吸引力，他们应该认为在这里育儿最合适不过。

出生于福冈县太宰府的父亲，十六岁还在筑紫丘高中上学的时候，厌倦了做烧锅炉的零工，加上天生爱自由的秉性难以抑制，用刚到手的工资买了去东京的单程车票，还买了新鞋，用剩下的钱给自己开了个告别会，请朋友们好吃好喝了一顿，被朋友们送到博多站[2]。在东京站八重洲出站口，等待父亲的是警察。父亲作为离家出走的少年被辅导，被带到了丸之内警察

1　德岛县附近流传的妖怪形象。传说中，它有老人的外表，夜里却发出婴儿的叫声。——译者注（本书脚注未特别注明者均为译者注。）

2　博多站是福冈县福冈市内的主要车站。

署，差点要把他送回老家。幸运的是，正巧在东京研修的高中历史老师做了父亲的担保人，又给了临时的生活费，父亲这才得以留在了东京。

改不掉的九州方言、亲切、乐观、容易接近的好人——在周围人看来，父亲一直是这样的形象。但是，父亲没有任何特别出众的地方，演电影的话最多只能混一个路人的角色，而且是被导演责怪的那种不招人喜欢的路人，因为他太喜欢出风头了。他讨厌说标准东京腔的任性小孩，在下电车的时候会笑着踩小孩一脚——这是他的怪癖。

母亲是神田出生的东京人和秋田姑娘的"混血"，在目黑长大的城市孩子。战争时期，一家人被疏散到秋田县，说标准东京话的她被周围的人揶揄讽刺，这成了她的阴影，让她非常讨厌乡下。她身材娇小，就在你出生前，社会上正流行这种"长相年轻但女性魅力十足"的美人，母亲可以看成是这种风格的典型，有四个人排队跟她求婚。她放弃了高收入的工程师、画家、大学教授，选择了最没有生活能力的父亲，因为当她生病在家时父亲经常来看她，她被父亲的真诚品质打动了。母亲平时性格温和，但只要有她看不惯的事情、觉得不好的事情，就会一直用东京腔抱怨个不停。她本来是打字员，想要一边照顾孩子一边工作，就去裁缝教室学习，开始做衣服。

你的血统里，福冈占二分之一，东京占四分之一，剩下的四分之一是秋田——如果你是父亲的孩子，没有被医院抱错，不是谁的养子或弃婴的话。

新家面朝一条叫作三泽川的一级河川，这条河流汇集了来自丘陵的地下水和生活用水，几乎就是污水河，像下水道一样污浊。新家建在背后靠着多摩丘陵的森林的土地上。因为不久之前还一直都是山林，关东壤土层的红土露在外面，有一个网球场那么大的院子里长满了杂草。远远看上去就像开荒者的家那样。同一片区域里有两栋民宅，在河流的另外一边有铺着茅草屋顶的农家，田地，还有一栋集体公寓。没有铺路，一到下雨天就变得又湿又泥泞；河流也没有围栏，附近的狗被放养，和野狗一样。木头电线杆上的橘黄色街灯虽然有光亮，但要是在看不到月亮的夜晚，又没有手电筒的情况下走路的话，总觉得黑暗会从身后袭来。

从叫声来分辨的话，后山除了野鸽以外，至少还有十种鸟类，以及大量的乌鸦。虫的叫声从没停止过，有时候能听到狸的低沉的叫声，和喝醉的老婆婆会发出的呻吟声一模一样。也难怪，这里本来是鸟、虫和野兽们的领地，你们一家子不过是在此借住的角色。通往后山的路上没有禁止入内的牌子，也没有界绳，但家里没人想要踏入那里一步。

什么时候开始懂事的呢？每个人的答案和解释都不同吧。至于你，应该是开始和忧郁虫和平共处的小学四年级的时候吧，那时你九岁。忧郁虫没有拉丁语的学名，谁也不知道它的特征和生态，但它通过寄生于人类，对人类文化做了奇妙的贡献。没处可发泄的焦躁，隐隐的不安，持续的倦怠感，当这些感觉一起蔓延开来的时候，就确确实实是被那种虫寄生了。因为它是本不存在的虫，所以也无从谈起祛除，只能尝试好好和它共处。

忧郁虫不缺食物。三月出生的你，不管是运动能力、学习能力，还是为人处世的能力，哪个都比同年级的人弱。毕竟你比四月出生的人小了快一岁。[1] 而对十岁以下的儿童来说，一年能和五十岁人的五年相提并论。你无论怎么都追不上别人，总是被迫成为人群里行动迟缓、被欺负、被使唤的小角色。但是，你心里并不甘愿一直跟在野蛮的同年级的人屁股后面，总在幻想要很快把那些看不起你的人恶整一番，你一直在找这样的机会，却一直没有具体的计划。当时让你最不好过的同级生是一个叫田岛的小个子，他的姓正好跟你的顺序相反。即便他比你还要小，成绩也不好，不，也许正因如此，他能言善道、行动利索，把附近住的小混混都收服得妥妥帖帖，成了他们的头头，有着不可小看的影响力。同年级的学生也默认他的专制，为了保住自己在班里安定的地位，选择了和岛田保持距离。被贴了"笨拙又自我感觉良好"标签的你，被全员排斥在外。

"一个人才快乐呢。"

回家路上你一个人自言自语。然后你的影子会回答说："因为不用和那些笨蛋交往嘛，很轻松。"它是最理解你的伴侣。被迫陷入孤独的人，总是和自己的影子难分难舍。雨天，影子会

1　日本的小学开学在四月，通常于四月年满六岁的孩子上学延后一年，所以会是同年级中较大的，而三月年满六岁的孩子会是同年级中较小的。

消失不见，所以雨天是忧郁的。可是，孤独里有毒。毒在被吸收的过程中慢慢会上瘾。正是孤独，邀请你去各种各样的地方。

从山边的自家孩子房，每天通过窗户向外眺望着后山，下决心踏入其中，是刚满十岁没多久的时候。如果是去商店街或者小卖部，反正田岛和他的伙伴们一定又会开始把你当猎物一样捉弄的游戏，森林应该会让被欺负的人有个藏身之处吧。

你用镰刀把杂草和矮树都除掉，从打开森林的入口开始。没有路的地方有各种妖怪出没。必须一点点地踏出道路的痕迹，开出一条人可以通过的道路。一边和杂草搏斗，一边翻过一座小山之后，那里有像是野兽留下的脚印。你发现了不难爬的栗子树，骑在树干上，一边往下看，一边吃虾条零食。沿着野兽出没的小道走下去，就来到了开阔的溪谷。沿着小河流已经有了小路，在小路的尽头有活水的源头。周围的野生芹菜和土笔[1]生长茂盛，青蛙和蜗牛特别热情地迎接了你的到来。偶尔，有人会经过溪谷的小路，你隐藏在树荫草丛中，观察他们的样子。穿着长靴、单手拿着铁锹的是来挖山芋的人，为了明确的目的而来，态度里让人感觉不到任何愧疚是他们的特征。还有来吸烟的初中生和来接吻的高中生，他们是鬼鬼祟祟的。要来森林里干点什么的人，大部分都是想藏起来一时。这些人为了掩藏自己的愧疚感，对擦肩而过的你多管闲事。你曾经差点被眼神凶狠的初中生扒掉裤子，所以在森林里徘徊的时候，不得不尽

1　一种野生植物。

量避开他们的视线。

多摩丘陵的森林里大多是栗树、枹树、橡树这些阔叶树，针叶树很少。你一边在森林里徘徊，一边给一些树枝特征明显的树取名字，比如"大魔神"啦，"哥斯拉"啦。有一棵栲树，形状很像是耸着肩、张开双手问"why?"的外国人，你给它取名叫作"美国人"。给树取了名字之后，就能记住森林的地理，不会迷路了。就这样，森林一点点地变成你身体的一部分。

淘金热

一直以来，在森林里的徘徊没有任何目的，但有人赋予了你特别的使命。还没有教固定科目的新老师偶尔出现在四年三班，教社会课。这个叫西原的老师身材矮胖，体型像是棒球比赛里的捕手，很有活力，经常在课上流鼻血。他把卫生纸塞在鼻孔里、头向上仰着继续上课的样子实在好笑，你大笑不止。"有什么好笑的!"西原老师生气了。你回答："因为像是鼻子里开了花一样。"结果被轻拍了一下。西原老师是考古专业的，来到多摩丘陵的山下的小学以来，一直积极参与绳纹遗迹的发掘调查。

"你们生活的多摩丘陵，从东京的中心地带还是海底的时代开始就有人住了。现在，建设宅地的地方经常出土绳纹时代的陶器。我告诉你们位置，你们也去挖陶器吧。"

推土机推倒丘陵，铲平起伏，预计十年后会建设出一个大型新型城市，但那里竟然是绳纹遗迹的宝库，你还是第一次听说。听说能捡到只在博物馆看到过的绳纹陶器，最先行动起来的就是你。多摩丘陵是你家的后院，你的殖民地。那个森林带来的恩惠，理应你最先尝到甜头。你按着西原老师画给你的地图，用园艺铁锹翻了一块已经进入打地基阶段的红土。然后，真的很容易地发现了带着绳状纹饰的陶器残片。那里说不定是古代的垃圾堆，近一个小时里你不停重复用铁锹铲土的动作，最终得到了十三个残片。

你赶紧把这些残片带到学校，成了班里最受瞩目的人。一直以来对你冷淡的田岛和他那些让人讨厌的朋友也想加入你的挖掘陶器行动。虽然你不习惯被追捧的感觉，还是尝到了像是被挠痒痒的那种快感，很大方地把挖到陶器的具体位置告诉了同学们。淘金热一般，大家手拿铁锹，把宅地当作了目标。后来，听说小学接到了工地方面的投诉，说本来禁止入内的工地里有小学生擅自闯入，希望学校好好管管。西原老师坚持自己没有做错，接着把自己的学生们送进工地，为了阻止推土机破坏古代遗迹而作战。

在高度发展的白热化时期，古代的文化财产的保存意识和资本主义原理互相对立。那是眼前的住宅需求优先于四千年前的遗址保护的时代。但是，多亏了推土机挖掘丘陵，日本的考古学往前进了一步是事实。正是在那个时期，有调查发现，绳纹时代的人类主要靠食用栗子等坚果类和山芋等根茎类为生，还栽培了杂粮。

突然之间，小学兴起了一阵绳纹热潮。虽然对于热潮之前就开始在野山徘徊的你来说有利，但大家都开始收集陶器残片后，就变得不好玩了。那时候，在你周围，陶器残片发挥了和货币同等的作用。为了让自己的收藏品更多种多样，大家经常交易互换。比如，绳状纹饰鲜明的残片，以及装饰部分完整的残片价值很高，一个就抵得上三四个单调的残片的价值。一开始，只停留于陶器之间的交换，后来慢慢变成陶器交换铅笔，陶器交换笔记本，再到陶器交换巧克力，甚至可以交换车站前的流动货摊卖的烤鸡肉串。最终发展到绳纹鲜明的残片可以换到一百元[1]，直到在早会上被校长警告了。

你的收藏品装满了一个小纸箱，在陶器残片市场里处于有利地位，明明是因为你的推动才流行起来的热潮，自己却被无视了，这让你很不满。你灵机一动，发明了字面意义上的"变成绳纹人"的游戏，把自己的胳膊、脚、肚子用绳子狠狠勒紧，在皮肤上留下被绳子勒过的痕迹。但因为怕流行起来之后风头又被别人抢走，你谨慎地选择不让这个游戏流行起来。

有一次，在熟悉的山谷的一块区域，你任由手拿铁锹的自己像条件反射一般挖起洞穴，在那里你发现了像是被谁的手挖过的痕迹。虽然被腐叶土填满了，可把腐叶土全都拿掉之后，

---

1 全书的"元"指的都是日元。

出现了一个研钵状的红土洞穴。是谁，为了什么挖的呢？是一和别人怄气就开始挖洞的，像你这样的乖僻的人挖的吗？是为了藏宝物，或者是埋尸体用的洞穴吗？为了解谜，你向西原老师求助。

被你带来的老师看到这个洞穴第一眼，兴奋地说道：

"这真吓我一跳！岛田君，你发现了了不起的东西啊。这是'野兽穴'——绳纹时代的人为了猎捕野猪和鹿而挖的陷阱。陷阱里暗设了削得锋利的竹子和装了箭头的矛，能把猎物干掉呢。这下你的将来有着落了，当考古学家吧！"

作为就职活动虽然太早了，但这个考古学上的发现还是让你高兴得不得了。西原老师立即把这个洞穴的发现报告给了发掘调查委员会，你的名字也作为发现者被写了上去。虽然，家里没有来电视和报纸的采访记者，也没有得到什么奖状和奖金，但这个发现是你最早的存在证明。你终于克服了三月出生的不利条件。

为灭亡做准备

你跨越四千年的岁月，和绳纹时代的人留下的痕迹相遇了，但你钻进森林的最初动机是为了"磨炼身心"。为了锻炼自己在任何地方都能生存下去，为了将会到来的危机时代做准备。绳纹陶器热潮退去，你也变成了五年级学生，还是一如既往地在野山里徘徊着。就在那个时候，在关岛被发现的旧日本军士兵，在时隔二十八年之后被归还。说"羞耻地活着回来了"的男人躲在热带丛林挖出的洞穴里，避开人们的视线，过着自给自足的野外生活。把水壶改造成平底锅，从帕高树里取出纤维，用来织布做衣服，用椰子树的纤维编草鞋和绳子，真的像绳纹时代的人一样生活。你在电视上看到了他的充满创意的生活方式，说自己也想模仿。父亲回忆起自己离开家来东京后不得不在野外露宿时的事，说"不忍心让你夜里淋一身露水"，买了帐篷给你。这个礼物完美地符合了儿子的需求，你比收到旱冰鞋、棋盘游戏、棒球手套的时候高兴好几倍。你立即去后山铺开帐篷，过了一夜。一直到晚上九点为止，弟弟都和你一起在帐篷里，后来他说"还是床褥好"，回了孩子房。

后来《诺查丹玛斯的大预言》引起了舆论哗然，几乎所有小学生都很天真地相信了里面的故事，觉得自己活不到四十岁。但你因为有野外生活的知识，坚信自己能幸存下来。虽然这样说，但没有经历过地震、空袭、火山喷发、海啸的你，对于什么是灭亡一点概念也没有，只是模糊不清地认为灭亡大概就是回到绳纹时代生活。如果文明的发祥地是森林，那么文明灭亡，之后要去的地方也是森林。

掉落在森林里的不止有栗子、橡子和陶器。已经上六年级的你还继续在野山徘徊，那是因为森林能不断满足你的好奇心和冒险心。森林是你家后院里突然出现的异世界，而森林中还有别的异世界的入口。你通过陶器和"野兽穴"发现了和古代相连接的入口，其他的少年也通过昆虫和花草被引导到了别的世界吧。在多摩丘陵徘徊，有时候眼前会突然出现神社或游乐场。在丘陵的斜面上设置了过山车、水族馆、卡丁车、单轨铁道的游乐场，是在你搬到这个地方的时候开业的。你有时候会去游乐场玩，但几乎从没有买门票从正门进过。游乐场有栅栏围着，但和你总徘徊的森林接壤，有三处铁丝网破掉的地方，从这里的免费大门入场是你作为徘徊者的特别好处。

据说战争时在多摩丘陵的某处，设置了照射空袭东京市中心的 B-29 探照灯。但是战后丘陵的上空成了美军的领空，被美军视为己物，军用螺旋桨飞机和直升机在横田基地和厚木基地之间飞来飞去。你常常把竹筒摆成反坦克火箭炮的样子，瞄准那些让人不爽的飞行物体，举行击落仪式。

竹林里的后宫

你也曾经为了忘记自己的喜怒哀乐而来森林。常去森林的人心里都是有隔阂的，在城市不能被排解的隔阂。森林虽然不能简单地实现人的欲求，但能引导人忘记仇恨和悲伤，让人想通想太多也改变不了任何的道理。如果感觉有什么不够，那就是该去森林的时候了。穿过溪谷的风里带着草木散发出来的精气，吸一口，你身体里的邪气被拂去，换来的是清爽的心情。森林里有精气格外充沛的地方，大多是通风性好、视野开阔之处。因为森林是那样净化心灵的地方，所以来的也大多是污秽或衰弱的人。

有天，你注意到熟悉的小路两边的树林里好像藏着什么不常见的东西。你盯着看，想弄清那到底是什么。那个东西是被绳子捆住然后丢在那里的，像在等着你的解救。勇者是不会在这种时候退缩的。你闯进树林，接近那个四方形的东西，从口袋里拿出藏着的小刀，把绳子割断。原来被囚禁着的是裸体的维纳斯们。带着些许湿气的身体反射着从树叶的缝隙洒进来的光，闪闪发亮。你不自觉地停住了呼吸，定格在那个姿势。很快，你的双腿间绷紧，裤裆被顶起来。还不知道"俄南之罪"的神话的你，对自己的身体正在发生的异变和从没体验过的陶醉感而感到迷惑。难道这就是被带到龙宫的浦岛太郎尝过的那种滋味？短短一会儿里，你在竹林里突然出现的后宫里被裸体维纳斯们包围，忍耐着游走在腰间和背上的酥酥麻麻的感觉。

这些维纳斯本来是藏在住在附近的单身男性的公寓的抽屉里吧。但是发生了一些事情，不得不把她们扔掉，又顾忌到附近的主妇们的眼光，才特意把维纳斯们捆起来，扔在树林里的吧。你虽然把她们救出来了，但不能带她们回家，能做到的只有为了不让她们被夜露打湿，把采集来的树叶盖在上面。

你不是一直孤单一个人。九岁时的存在证明之后，你一点点地得到了同学们的信赖，甚至还被推荐为学级委员。放学后在学校运动场玩躲避球，还有在小卖部的交际，你都能参与了，但还是没法彻底舍弃一直以来和影子的友情，时不时，你还是为了独处逃到森林里去。有天，你登上一棵被你命名为"横井庄一"的栗子树，在树干上用小刀刻下自己的名字时，同是六年四班的平泉从树下经过，他抬头看着你的鞋底问你："岛田，你在这儿做什么呢？"平泉是学习好、受欢迎的学生，还曾经是跟所有人都能融洽相处的学级委员。你从属于自己的树上下来，问平泉："我倒想问你呢，你去哪儿？"平泉回答："补习班。"你心里想，这和补习班完全是相反的方向嘛，看来这个小子也是为了扔掉自己的喜怒哀乐才来到这里的。不知道这是物以类聚还是吸引力法则在起作用，平泉从他妈妈手工做的布包里拿出了椰子味饼干给你吃。既然他带了一整包来，你就不客气地吃了。

"还是在外面吃的零食好吃呀。"

平泉不经意地感慨道。你也有同感。作为对他的椰子味饼干的回报，你悄悄带他去了竹林里的后宫。比你上次见到她们时更潮湿的维纳斯们，脸色暗淡。平泉睁大了细细的眼睛，鼻子鼓了起来，不停地舔自己的嘴唇，和用慵懒的眼神盯着你们的女人们面对面，然后怯生生地把手伸向她们有点歪掉的乳头，用脏脏的手指轻轻地摩擦了几下。

那里有《周刊花花公子》《平凡 Punch》《周刊实话》《SM 狂热迷》等色情杂志，平泉说着"咦，这是你的名字首字母缩写[1]"，

---

1 "岛田雅彦"的日文读法是"shimada masahiko"，首字母缩写是"sm"。

把《SM 狂热迷》拿到手上，打开一页，一边跳过难读的汉字，一边读出声音来。

"就拿这个，不错吧。"

虽然那并不是你的东西，你还是回答说"不是挺好吗"，平泉把《SM 狂热迷》塞进了布包。你有点担心："要带回家吗?"平泉回答说"因为可以学习汉字"。分手的时候，平泉跟你说了奇妙的话。

"其实，我是跟踪你过来的。因为你一个人进了森林，我有不好的预感。"

"什么不好的预感?"

"放火啦，上吊啦，那一类的。"

你完全没注意到自己的背后弥漫着那样的邪气。

输得漂亮

如果本能健全的话，人会被可怕的、下流的、不明所以的东西吸引。那些东西说不定会威胁到自己的生存，却无法不靠近它们。克服恐惧、无限接近它们的时候，陶醉的瞬间就会到来。

十岁为止，要是遇上可怕的东西，你应该会毫不犹豫地掉头回家。可到了十一岁，想要更进一步的好奇心开始占了上风。同时，你的活动范围变广，从野山转移到多摩川的河岸，去附近徘徊的范围发生了变化。多摩川河岸规划了自行车专用道，到河口附近十八公里的路程，你不知道往返了多少回。你在附近的暗夜道路上疯狂飞车，消费多余的体力。

那时，受森田健作主演的青春电视剧《女校男生》的影响，同学间流行学剑道，平泉也报名了道场。上映的还有樱木健一主演的《柔道一直线》，这个电视剧以技术论为中心，引起了你的兴趣。你查了一下，从你家骑自行车二十分钟能到的地方有柔道道场，于是你第一次主动提出想学一个东西。在那之前你没有试过持久地学些什么。母亲劝你去学钢琴，因为被同学调侃"娘娘腔"，就放弃了。然后是书法教室，总是胡闹，线头儿一样的字体一点也没改好。有天，你把装着每个月学费的信封弄丢了，来来回回在来的路上找了很久，就没去成教室。跟母亲隐瞒了这件事，被狠狠地责怪一通说："你要真不想学就别学了。"你就照办了。还去了算盘教室，算盘被你当轮滑玩坏了，以此为契机也放弃了算盘。书法和算盘都止步于五级。

那个道场是一个叫大友流的、属于柔术[1]传统的流派，现在已经没有了。这个流派遵守传统指导法则，一心一意练习五十种规范动作。道场同时又是弓道场和接骨院，自行车、灯油桶、竹扫把什么的随意地放在院子里，院子里有稻草包，练习场的

---

1 "柔道"是由日本传统"柔术"发展而来的现代武术。

墙边竖着担架。道场的馆长年纪挺大了，平时一直在茶室里待着，看看电视，有骨折或者脱臼的人被送进来的话，他就给人接骨，但从没见过他穿练武服，他也很少从榻榻米上下来。拜师的时候馆长展示以前徒弟的血书训示我们，一副了不起的样子，没想到竟然是个懒散的人。师傅们是上班族和体育大学的学生，他们在下午五点半之后来道场，五点半之前小学生们一个劲儿地练习受身[1]和规范动作。站在道场的对角线上的攻方和防守方在场中央面对面，缓慢的步调中，攻方随着"哟，嘿"的号子，手刀平稳下落；防守方喊着"呀"的号子，抓住对方的手，扭倒对方。这虽然有五十种类型，但比起格斗比赛更接近舞蹈，几乎对实战没什么帮助。剑道、柔道、茶道、花道，每个都有自己的架势。拿棒球来说，投接球和空挥练习就是架势。有了架势，就可以拆解它，也可以打破它，还可以就按架势出招。

　　拜师第一天，你学了前后左右、旋转时的倒地方法入门之后，突然迎来了学生师傅的粗暴洗礼。对方是黑带，还以为他们会手下留情，没想到他们对你一点都没手软，像是坚持要把所有的动作都过一遍似的，不停地把你摔在地上。不知道他们是发自内心讨厌刚拜师的小学生的不成熟的人，还是以击溃狂妄的小学生为乐趣的人。你被摔倒在榻榻米上五十次，最后被勒住脖子，意识不清。你的脖子和胸口留下了淤青，那晚在

1　被扔或被摔时，追求不要受伤、减缓冲击的倒地方法。

三十九度的高烧里睡去。"学什么都不会持久"的厄运，难道柔道也适用？烧退了，被勒住脖子时的感觉历历在目。随着听力模糊，视线变暗，有种身体飘浮起来的感觉，却和你模糊地追求过的陶醉感莫名相似——你就这样积极地接受了这件事。

第二个星期，你毫不泄气，又去了道场。学生师傅好像意识到自己之前太过火了，有点畏缩，对你也客气得不太自然。要走的时候，还请你吃了章鱼小丸子，想要跟你搞好关系。你一边吃章鱼小丸子，一边指着不经意瞥到的色情电影海报上的宣传语问："这怎么读？"上面写着"尼姑的赤裸告白"，学生师傅读道："doroso no akarara na kokuhaku[1]。"你故意不更正他，大声地复述给周围人听，心里却嘲笑他是个笨蛋，借此算是报了仇。

熬过了大学生老师的严格训练，掌握了五十种架势之中的一半和受身之后，身体变壮一圈，感觉对疼痛有了忍耐力。在那之前因为太害怕被不良初中生缠住，在热闹的地方徘徊时，你总是一副惴惴不安的样子，可现在你有自信，就算到了被打两三拳的地步，你也能反击了。

你的拿手招数是扑到比自己体型高大的对手怀里，挂在对方袖子和领口上，打破对方的体式的背负投[2]，以及将脚钩挂在对手大腿内侧，全身使力的里勾腿[3]。训练途中，你偷懒不学受

---

1 日语原文为"尼僧の赤裸々な告白"，"尼僧"的正确读法为"niso"而不是"doroso"，"赤裸々"的正确读法为"sekirara"而不是"akarara"，读错了两处。

2 柔道招数名称，把对手背起来从肩上摔倒的方法。

3 柔道招数名称，用腿从对手大腿内侧把相反方向的脚勾起并将其摔倒的足技。

身，其实是有理由的。因为使用受身的时候就是被摔的时候，特意练习怎么去输，在你看来没有意义。这种话就算说给学生师傅，他肯定也不懂，所以你跟教给你模范受身的会计师师傅说了，结果被教导道：

"你懂什么是失败美学吗？受身就是为了果断、漂亮地输掉的练习呀。"

私人绳纹时代

你和平泉展开了各种各样的比赛。你们俩都喜欢看词典和百科全书，从随便翻开的一页学习五花八门的知识是你们的共同点。"忧郁""烂熟""霹雳""魑魅魍魉"，这种笔画多的汉字[1]的读法、写法，谁知道的多啦；读了几本学级文库的书啦；能说出多少个外国的都市名、河流名、山名啦；伟人的名字和成就知道多少啦；能说出多少相扑的决定胜负的招数啦。你们一边互相炫耀自己的这些知识，一边一起放学回家。你们不正眼看其他的同学拿着装饭盒的布袋打闹，只重复着自己的知性游戏。平泉报考了私立初中，你计划去离家最近的公立初中，所以小学毕业后，见面机会会变少。一想到和这样兴趣相投的

1　日本汉字分别为"憂鬱""爛熟""霹靂""魑魅魍魉"。

朋友在一起的时间不多了，自然玩游戏时也更认真了。

六年四班的班主任冈松老师热心推荐学生们写日记。每天早上，大家的日记本堆在老师的桌上，老师看完后会用红笔写上感想。这个工作量不小，但确实是收集学生们的不满、了解学生们的家庭环境和学生们有没有被霸凌的最合适的通信手段。每周，老师会发行钢板印刷的学级报纸《多摩学生通信》，传达自己的想法，转载某位学生的日记。国语¹课和道德课上大家一起读这个报纸，一起讨论。经常出现的内容是揭发同学的恶作剧、少女的秘密告白、读后感、生病日记、奋斗日记、家庭历史等。自己的日记能被转载在学级报纸上，基本都是会被表扬，不会被挖苦的，能满足学生们想被认可的心理和展示自己的欲望。从这里学到的最基础的出版经验，也是未来以写作为生的人的摇篮。在此之前，你的喜怒哀乐都扔到森林里，有时顺着河流流走，有了日记之后，日记取而代之成了你的感情处理中心。当时的气愤、悲伤、愉悦，通过词汇得到处理。

你经常给冈松老师的印刷工作帮忙，把上蜡的原纸紧紧压在誊写钢版底下，用铁笔手写底板，再把它放上誊写钢版，带油墨的滚轴把字印到草纸上。中途有了轮转印刷机，效率是提高不少，但还是油墨沾得到处都是的手工活更能让你尝到劳动的喜悦。

因为《多摩学生通信》的影响，你有了想要散发写着自己

---

1 日本的"国语"即日语。在日本，国语作为一门主要科目，目的是教育学生掌握日语的理解和表达。

意见的传单的欲望。那时候，路上有街头诗人，以一本一百元的价格售卖钢板印刷的自己的诗集。你虽然没见过实物，但听说诗人是美女的话销量就会很好。你跟母亲说想把自己写的诗印出来散发，这事被祖父知道后，他把以前用来印贺年卡的明信片尺寸的誊写钢版送给了你。你兴奋地买了原纸，剪成明信片的形状，在上面刻上一首叫《野鸽的叫声》的、歌颂自己和多摩丘陵深情厚谊的诗，印了四十张，发给了同学们和冈松老师。那是值得纪念的你的最早的出版物。

毕业典礼后，冈松老师和两年前教过的学生，也就是你们的学长一起，邀请你和平泉一起去奥多摩的御岳山爬山。应该是对分别担任了第一学期与第二学期的学级委员的平泉和你的奖励吧。已经不能满足于只是在多摩丘陵徘徊的你，在这次经验后彻底认识到了爬山的魅力。一边大口喘气，一边沿着险峻的山路以五十厘米为单位一点点前进，擦擦额头的汗，喝几口不冷不热的水，正后悔为什么要来这样的地方受罪时，往上一看，以为还在远处的山顶就出现在眼前。终于站上山顶，调整好呼吸，俯视山下，一路以来的劳累一瞬间都消失了，不自觉地嘴角上扬。到山顶的奖赏是母亲给你捏的鲑鱼和木鱼花饭团，还有甜甜的鸡蛋烧。那些就像熊猫的竹子、考拉的桉树一样，一直是你的主食，比平时还要好吃三成是因为加了高山的精气。

被问到为什么要爬山的时候，回答说"因为山在那里"的马洛里[1]从珠穆朗玛峰顶脸朝下掉下来，最后被冻死了。如果拿

1　马洛里（George Herbert Leigh Mallory），英国探险家。

同样的问题去问住在多摩丘陵的绳纹人的话，他们可能会这样回答吧：

"海边和平地是活人的领域。海岸的洞穴和丘陵的横洞是通往阴间的入口。祖先的灵魂和神住在高山顶上。爬山是为了和祖先的灵魂以及神相遇。"

当然，你没这样想过。但是，从古代开始，想要登上山顶的人就比别人加倍向往其他的世界。你无意识继承了在世俗世界和异界、阴间之间自由穿梭的绳纹人的心吧，这如实地表现在你的不安分里，而这种不安分，用现在的话来说就是"多动"。

你的牧歌时代，心的绳纹时代，即将结束。虽然还看不到自己应该前进的道路，但比起考古学者你更想当作家。在后山回应野鸽的召唤，踏进森林，发现绳纹陶器，在竹林后宫里被裸体维纳斯们包围，和平泉相识，通过柔道学会受身和架势、收获自信，读很多学级文库的书，成为笔画多汉字的专家，开始写日记，然后不断进行能成为日记素材的小冒险，印诗散发，开始认真爬山。你忍不住想，是这些事情最终决定了你的作家志向，但好像也不能那么说。如果你当时不是对陶器感兴趣，而是对昆虫感兴趣的话，是不是会憧憬成为生物学家？你抬头看夜空数星星的话，是不是会想当天文学者和宇航员呢？大概不会吧。少年时代的经验和后来选择的职业之间没有因果关系。平泉通过竹林事件的契机，走进了 SM 小说的世界，专心于剑道，写日记，和你比赛抄写笔画多的汉字，却和你走上了完全

24

不同的道路。你要成为作家，还不得不积累很多无限接近偶然但又必然会发生的事。

《未完成》

家里刚有立体声音响的时候，因为没有可以放的唱片，你跑去最近的唱片店，犹豫了一个小时，最后买的是威廉·富特文格勒指挥、维也纳爱乐乐团演奏的舒伯特的《未完成》。这个最初的选择实质上决定了你后来的音乐趣味。为什么买的不是当时的流行歌《女人的路》《学生街的咖啡店》《喝彩》，而是《未完成》呢？因为比较了演奏时间和价格之后发现，《未完成》是演奏时间最长、价格最便宜的。大众歌曲不用特意放唱片，通过电视和广播、商店街的公放音乐自然就可以听到。如果是七十年代初流行的歌曲的话，只听前奏就能记起歌词和旋律，像石花菜凉粉一样顺滑无阻碍。这样的像自动唱机的孩子的数量比现在多多了。

因为家里只有《未完成》，所以每天都在听这一张唱片。听说附近的小学生暑假寄宿在祖母家，每天跟着祖母一起读《般若心经》，把全文都背下来了。你也在不知不觉中，能把《未完成》的全部旋律哼唱出来了。B 小调交响曲是庄严地从大提琴的低音开始的，接着是弦的轻柔旋律，再变成双簧管的旋律忧郁的第一乐章，把在昏暗的森林里迷了路的亨塞尔和格莱特[1]的不安生动地呈现出来。叠句很多，平静中越来越激动人心。走在山野和道路上时，"ta-tarata tatata-"的节奏鼓舞了你。

《未完成》是你散步的背景音乐，你内心深处的忧郁虫的主旋律，也表现出你初中一年级时始终感觉到的闭塞感。可是，人的情绪像《未完成》的构思一样时刻都在变化。有喜怒哀乐的起伏的话还好，当感情变得单调呆板、总是脸上挂着冷笑的时候才危险。实际上，看不出心里在想什么的人才危险。你意识到这一点，进行情绪转换，保持着平静状态。

虽然你很想丰富唱片收藏，但新唱片很贵，买不起，就算想着法子省零花钱，也最多只够买廉价版。不过，所谓廉价版，多是往年的名曲的再版，你听的主要是已经去世的巨匠，比如托斯卡尼尼、瓦尔特、富特文格勒、门格尔贝格、克伦佩勒、明希等的遗作。卡拉扬、伯姆、伯恩斯坦这些人正是如日中天的时候，他们年轻时候的演奏也能便宜地听到。正好同一时期，和你住在一个县的少年也在用不多的零花钱买廉价版唱片，他就是后来的指挥家大野和士，在当时，他已经开始指挥家修行了。

---

1 《亨塞尔和格莱特》，又译《汉塞尔和格蕾特尔》。格林童话之一。

进监狱

一直以来被放养的幼鸟被关进了鸟笼。在小学里被歌颂的服装自由、行动自由、表现自由被极端限制，学校里开始军事教育，立即适应是不可能的。长刘海被剪掉，粉红色的袜子被脱掉，运动服上被挂上号码布，等待着违反校规的人的是严厉的体罚。

学生中也许有将来要进监狱的人。为了能培养出到那时能成为模范囚犯的人，提早进行这方面的教育是初中的使命。

绞尽脑汁编出来这个定义的是你，不能完全说是玩笑的紧张感在初中里确实存在。老资格教师里有在战争时代作为代课老师任职的人，也有父子两代人都是这儿的学生的例子。让人想起东条英机的一撮小胡子、眼镜、光头，系着蝴蝶结领带的音乐老师，在早会的时候像军事教练似的发号施令，引得年轻老师发笑。最讨厌像从战争时代穿越来的小西老师的，是教数学的三池老师。有传闻说三池老师从研究生院毕业后，在公司的研究所工作过，后来因为弄坏了昂贵的器材被解雇，不得不来当了初中老师。平时他总是持恶劣的语气，不管在哪儿都打哈欠，嘟囔着"真累啊"，上课还会提前十五分钟下课之类的，可谓品行不端。小西老师告诫他改正态度，三池老师说了一句"我教养不好，真对不起啊"就趴在桌上假装睡觉。这种耍赖方法油盐不进，在男学生里很受欢迎。用单口相声的语气讲历史的品川老师总是很和蔼，一副超凡脱俗的样子。教英语的白山老师戴着高度数眼镜，课上不安分地走来走去，不知道他在看哪里、想什么，他的举止就像乐高部队一样僵硬，不像人类，不像在俗世。有同学听说白山老师的英文歌唱得好，就跟他提出想要他唱来听听，结果他连续唱了五首福音赞美歌，引发学生一阵尴尬。

要参加什么课外活动社团，你犹豫很久，最终决定什么都不参加，下课直接回家。初中没有登山社，柔道练习也还在进行着，更多的运动只会让你变成肌肉白痴，吹奏乐社里也没有你想学的乐器。

三点十五分，看黑板和老师的时间结束。三点四十分左右开始是专心于自己的时间。听音乐；看电视剧的重播；在车站前的书店选文库书；去市图书馆借书；骑自行车徘徊在街上；往多摩川的河滩里扔石头；去河槽用地的叫狸屋的小店里吃两串烤鸡肉串。在这些消遣中你一直在等待，一直在寻找新的陶醉的瞬间，崇拜的对象。既然不知道它们会去向何处、埋藏在何处，就有必要在任何地方设置探知的天线。

你尽量选人多的时候去剪头发，不用说是为了读漫画。恰到好处地满足你的幼稚的破坏冲动的是在小学掀起空前的"掀裙子热潮"的《无耻学园》；以排泄物为中心的世界观一炮而红的《马桶博士》；一个接任偏僻乡村学校的棒球教练的男人组织一群猿猴向高中棒球大赛发起挑战的《阿帕切棒球队》；随着"这个仇一定会报"的咒文，被霸凌的孩子被赋予超能力进行复仇的《魔太郎来了!!》等作品。你想在电视上看到以粪便为主食的美少女"便便酱"的走红，可《马桶博士》没被改编成动画，只留下了"超粪便团"的口号——"matanki"的记忆。

那是电视、动漫和英雄式特殊摄影最充实的时代，你却被一些小众的作品所吸引。特别是《彩虹化身侠》，反映了石油危机前夜社会的不安，作为面向孩子的作品来说，算是很黑暗的内容。在印度的深山里修行的年轻人一边变为"月火水木金土日"七个化身，一边传播狂热宗教，使大量假钞流通，导致恶性通货膨胀的发生，和实行恐怖袭击的邪恶组织"去死去死团"战斗。密教瑜伽的修行者和资本主义的邪恶的战斗构图中，反映了嬉皮士的世界观。反正统文化的影响很迟才波及了日本。留长头发，穿着色彩斑斓的不规则图案的 T 恤和牛仔裤的日式嬉皮士们，在印度流浪，身上没有钱还要去旅行，一起去新宿或涩谷，用信纳水[1]代替弄不到手的大麻和幻觉剂，一边吸一边旅行。

Ultraviolence[2]

初中一年级的冬天，你和同班的坏朋友一起去看"不正经"电影。变声、长阴毛后突然对性的冒险变得感兴趣，这件

1　稀释涂料原液后，使黏度降低并易于施涂用的有机溶剂。
2　极度暴力。

事无论在哪个时代都不会变。你们坐小田急线在新宿站下车，从东口出来经过两个人行横道，目的地是歌舞伎町。在独乐剧场前的喷泉广场，有个嗑药过度连话都说不清楚的男人问你："你小子要不要夹心面包啊？"你谨慎地拒绝道："不了，我肚子很饱。"从那以后，"夹心面包男"成了"吸信纳水的人"的暗号。转来转去，你们来到了目的地的色情电影院门口。来之前，你们约好要打扮得像十八岁以上，结果一个人穿了藏青色的运动夹克，一个人穿了木工夹克。你借来了父亲的有腰带的双排扣风衣。然后，已经变声的广末作为代表去买票。"三张大人票。"他对窗口的大妈说。窗口那边传来声音："如果有学生证的话可以便宜哦。"广末糊涂地说："啊呀，忘带了。""你们还是初中生吧。"就这样被看穿了，吃了闭门羹。

你们一边咂嘴，一边转了一圈，看看周围其他电影院的上映海报，决定选一个最能吸引你们的，最后意见一致地选了《发条橙》。

在烟雾缭绕的前排，你们占据了不用在意其他人的头的席位。从电影一开始你就被吓破了胆。右眼下面戴着假睫毛、戴着圆顶硬礼帽、白色的衣服外面装着生殖器保护器具的年轻人狠狠瞪着你。摄影机拉远，表情呆滞的同伙手里拿着装着牛奶的玻璃杯。那里是像温泉地的珍宝馆的酒吧。在音响合成器演奏的亨利·普赛尔的《玛丽女王的送葬乐》序曲中，主人公的独白开始了。

那是我。亚历克斯。还有三个朋友[1]是皮特、乔吉、季姆。我们坐在克罗瓦奶吧，思考晚上的计划。克罗瓦奶吧卖的是特级牛奶，牛奶加上非洛赛、辛乐梅或瑞克隆。这就是我们在喝的，它让人精神兴奋，准备来点ultraviolence。

和意图强奸少女[2]的比利男孩帮在赌场的废墟里乱斗的场面用的是罗西尼的《贼鹊》序曲；在唱片店和搭讪的两个女孩做爱的快进场面用的是贝多芬的第九交响曲第二乐章；在突然造访的作家家里强奸其妻子时响起的是《雨中曲》。这些全都是自己熟悉的音乐，那些欢快的节奏和旋律被毫无保留地献给了性和暴力。不是摇滚乐，而是古典音乐，你陶醉于这种不寻常的选择。

以近未来的荒废都市为舞台所展开的暴力主题电影，洋溢着你第一次知道的滋味。就像第一次吃比萨时感觉到的违和感，不，像被灌中国白酒时的刺激感，更像韩国的洪鱼脍刚入口时的异常感。虽然在那之前也看过很多哥斯拉、加美拉[3]、奥特曼发怒破坏城市，人被杀死的场面，但没有机会看跟自己一样的普通人类时髦地无限堕落的样子。原来如此，强奸是这样的状况，不良少年是那样改过自新的，好奇心旺盛的你想着，不管多细节的地方也不能看漏。你就像被卷进洗脑试验的亚历克斯一

1　日语原文为"ドルーク"，从俄语"朋友"而来。
2　日语原文为"デーボチカ"，从俄语"少女"而来。
3　与哥斯拉齐名的日本特摄电影怪兽。外形类似乌龟，还可以产生喷射气流来飞行，主要技能是喷射火焰。

样，把眼睛瞪得两倍大，和大银幕对峙。踮起脚尖也要看让人不愉快的东西，这种好奇心像胸口被灼伤那样被满足了。你狂喜到颤抖。一起看电影的广末忍不住说："看了不该看的东西。"你心里却想："只有人们不想看的东西才有看的价值呢。"

可是，只喝过牛奶和果汁的少年突然大口喝了龙舌兰酒和果渣白兰地酒，急性酒精中毒是不可避免的。看完电影后，你茫然若失地说着胡话，"朋友，少女，厉害"，这些都是电影里亚历克斯说过的不明所以的暗语。亚历克斯用牛奶磨炼神经，迫使自己进入极端暴力状态，然后被洗脑计划移植了对暴力的排斥反应，被去势。你却被《发条橙》本身洗脑，觉醒了。被初中压抑、沉睡的破坏冲动被点燃，你开始了从"好孩子"到"怪孩子"的蜕变。讨厌牛奶的你逼自己把学校供餐里的牛奶喝掉，是因为觉得说不定那样可以带自己进入极端暴力状态。

如果以导演来命名的话是"库布里克冲击"，如果借用主人公名字也可以叫作"亚历克斯症候群"，这种低烧状态持续了一段时间。你在谁也看不到的地方模仿《雨中曲》的舞步，放大音量听亚历克斯最爱的贝多芬的第九乐章。就在那时，你在初中图书馆偶然发现了安东尼·伯吉斯的《发条橙》原著的翻译。你立即开始读，明白了电影里的暗语的意思之后，你高兴地把它们记在笔记本上，做了一个简单的词典。然后迫不及待地用那些咒文一样的词跟同学说话，当然，没有一个人懂你在说什么。后来才知道那些暗语其实是俄语，但当时你还不知道这些，只是把那些神秘的单词念了出来。

文艺复兴也!

到了初中二年级,你就像要把迄今为止落后的补回来一样,飞速成长。一年之内,你的身高长了十二厘米,变成一百六十二厘米,超过了舒伯特,向贝多芬靠拢。如果能保持这个增长速度,你有望超过瓦格纳。可是,虽然你长高了,早会的时候能排在队伍从前数第八个,但在你的初中里的存在感还是很弱。掌握班里的主动权的是篮球社、足球社、排球社那些人,他们的女神,也是你暗暗喜欢的纪子是田径社的。"回家社"的人,如果不是班里第一名或者全年级前十名,又不是特别出众的美少女、美少年的话,会比围棋、将棋社和文艺社还不受重视。你不得不认真起来,在同学们也能理解的领域里证明自己的存在。

你放弃了拿柔道黑带。在道场的两年时间里,跟你一起进来的人渐渐都退出了,也没有新人进来,有时候不得不一个人穿着训练服,在冷冰冰的榻榻米上一边练习受身一边埋头读科幻小说。十三岁,你决定放弃柔道,专心爬山。原本以为平泉去读私立初中后你们就会变得疏远,没想到通过爬山,交往还在继续,每个月去爬一次奥多摩和丹泽的山。"去爬山咯",变成了你们之间的暗号。

那时,首都东京正频繁发生炸弹恐怖袭击。初中二年级暑假要结束的时候,位于丸之内的三菱重工写字楼发生爆炸事件,有八人死亡，三百八十六人受伤。以此次事件为开端，一直到第二年的五月，接连不断地有此类专门瞄准商行、大型综合建筑公司的爆炸事件发生。叫"狼""大地的牙""蝎子"的激进组织被认定为罪魁祸首，他们发行的机关刊物《腹腹时钟》[1]刊登了炸弹的制作方法，这比思想上的讨论更成为当时的话题。母亲说，还好父亲不在大公司工作，但你把心里的偶像亚历克斯和左翼激进分子重合起来。你认为，反对日本企业侵略亚洲，这样的大道理也有其合理之处。可是，如果在学校里主张这样的说法，一定会被管理风纪道德的老师叫出来，要把你的反抗心理消除在萌芽状态。

你努力做到品行端正、阳奉阴违，可还是在初中二年级的夏天，连续受到了老师的体罚。

第一次是在运动服的号码布上涂鸦"文艺复兴也"被体育老师责问："这是什么？"你活泼地回答："在日本重振文艺复兴是我的梦想。"立马挨了两记耳光。你被打得鼻血流了出来，白色的号码布被染上鼻血，正巧在"也"的后面添了一个"！"。平时几乎没跟你说过话的篮球社和排球社的学生，在旁边看到这不公平的惩罚，还安慰你说："这又不是军队，也太过分了吧！""明知道对方不能还手还打，真是卑鄙啊。"他们觉得你是作为学生代表被打，同情你，这让你很高兴，但你不觉得自己"不能还手"。你想的是，总有一天自己会以自己的方式对体育

1　1974年3月发行的地下出版物。

老师复仇的。

第二次是被作为手球社顾问的英语老师处罚。你替没时间的同学写英语作文的作业，作为回报你能拿两百元。这件事不知道被谁打了小报告，英语老师盛气凌人地来到放学后的教室，追问事情的真相。拜托你写作业的同学立即承认："确实是这样的，对不起。"英语老师生气地说："如果只是帮助朋友也就暂且不论了，还涉及金钱交易就是不单纯！"接着用大手给你们每人右脸一巴掌。那个时刻，你突然想要实践一下《圣经》里出现过的段落，把左脸也伸了过去。英语老师一瞬间愣了一下，可能是从你的眼睛里看到了反抗的意思，用比刚才还要重三成的力量打了过来。鼓膜受到冲击，接下来好一会儿都变得重听。英语老师留下了"把反省文和英语作文都给我写了"的话，趿拉着凉鞋走了。

被打的事情没有告诉父母。父亲是认可体罚的右翼，母亲也一直回避参加 PTA[1] 的活动。你只能安慰自己，这是自己和老师之间的矛盾，你得自己想出超出老师预料的复仇方法。被打的那个星期的周日，你一定得去爬山，因为如果不能在高山的清凉空气里收魂的话，你会陷在自我厌恶里无法自拔。某种意义上，你可能是想要成为逃避现实的专家。有了不开心的事，就逃到山里去，这种习性在十岁的时候你就学会了。书和音乐也一直是你心灵的避难所。忘了是哪本占卜书上写着，双鱼座 O型血的人"没有生活在现实中"，你觉得简直就是在说你。

1　Parent-Teacher Association。由学校教职工和学生家长组织的社会教育团体。

可是，只有梦想，事情是不会解决的。虽然还不知道要做什么，但你计划实行一些具体的行动。那如果不是针对学校和社会的抗议，就会变成各种各样的"没有理由的反抗"。如果不做什么实际的事情，你自己就会变成虚构的人物，这种想法虽然明明不合理，但你仍然无法摆脱，忍不住去想。

小小恐怖主义

你对理科的课投入了热情。负责理科的大泽老师是幽默的人，夹杂闲聊和玩笑的讲课正中初中生的笑点。他批评学生的方式也和年轻的英语老师、体育老师的士官风格不同，总是语速很快地嘟嘟囔囔讲道理。对因为偷窃被抓到的学生，他先说："再偷一次，就是停学哦。"然后小声说，"文具这种小家子气的东西有什么好偷的。非要偷的话，去偷国宝来。"对带小刀来学校上课的学生，他先训道："把脸洗了再来！"然后自言自语补充一句，"每天都是哦"，就像 The Drifters 乐队[1]倡导"要刷牙哦"那样。大泽老师的"初中生嘛就是这么回事"的达观，让学生们被骂了也不觉得受伤。学生们得寸进尺，像是跟在街上遇到的搞笑艺人对话一样，自来熟地跟大泽老师开玩笑的话，大泽

1　日本的乐队兼搞笑组合。

老师就会回答说："你这小子，这样把人当笨蛋对待的话，谁也不会理你，你会变成孤独一人哦。"对于这种不急不慌的态度和宽大胸怀，学生们甘拜下风。

你是在初中二年级的秋天，加入大泽老师担任顾问的爱护自然社的。社员有七个人，每周有两天放学后在理科教室集合，大家一起讨论公害和自然破坏的话题，检查多摩川的水质问题，周末去青少年科学馆或者森林公园。在没有爬山社的这个初中里，最接近爬山社的就是爱护自然社了。关于爬山，你的水平比其他的社员高出太多，连丹泽的溪流攀登都已经和平泉挑战过了。因为比起沿着山脊道路慢慢前进，一边避开猛烈溅起的浪花一边攀登岩壁，以最短距离进攻山顶更快也更惊险。

一直以来你以各种形式接触着身边的大自然，没有必要到这时候对爱护自然开始特别关注。你中途加入爱护自然社的真正目的是获得自由出入药品室的特权。第六堂课结束，你去大泽老师那里拿药品室的钥匙。保存着危险药品和有毒药品的药品室一般是上着锁，不许学生们进入的，但要是说为了准备课外活动的话，大泽老师就会放心把钥匙交给你。从拿到钥匙到社员集合到位的几分钟里，你是可以一个人独占药品室的。架子上摆着硫酸、盐酸、硝酸、氢氧化钠等危险药品，还有氯仿和乙醚等麻醉药。水银、氢氟酸、黄磷等毒药被更严格地管理——锁在密码柜里。

药品室里有写着老师用的实验指南的文件，你检查架子上有什么样的药品，顺便一点一点读了那个实验指南。指南的一开始介绍了汽水和羊羹[1]的制作方法，到后半段，和前面毫无关联地详细记载了黑色火药和硝化甘油的精制方法。关于要用到的器材和器材的设置方法、分量、注意点，还附了插图用于说明。

这说不定是能完全满足你的破坏冲动的指南。在连续发生爆炸事件的季节，初高中生们之间流行把烟花拆卸开，制作仿造炸弹，仿造炸弹一爆炸，被炸断手指、脸上被烧伤的人陆续出现。多年以前还发生了一个事件，有人把装在盒子里的书的书页挖空，在那里装入从施工现场的仓库偷来的炸药、镍铬铁合金、干电池。从盒子里拿出书来，就会通电、爆炸，这个炸弹被安装在新干线列车上。当乘务员正要从盒子里取出书时，因为装置里的铝箔破损，没能通电，才避免了一件惨事。顺便说一句，那本书是《源氏物语》，安装炸弹的人后来也查出来了，是福岛县的高中生。真的搞起破坏活动的人虽然是少数，但呼吸着这个时代空气的初高中生，每个人都被武斗的诱惑所驱使。你也不例外。

你最初策划的小小恐怖主义，同时也是对打了你脸两次的体育老师和英语老师的复仇。你在牛奶瓶里倒了半杯硫酸，用纸盖住，藏在口袋里，选准下课之后、社团活动开始之前，老师们在办公室休息的时候，去教职工专用的鞋柜那里。你准备往体育老师和英语老师的鞋子里灌硫酸。你没有把硫酸泼在他们脸上的勇气，也没有那么恨。被打的恨意也就是把他们的鞋

1　用豆馅做的日式糕点。

38

子破坏掉就能平息的程度。不过，当看到他们两人的鞋子的瞬间，你突然感到一阵悲伤。两个年轻老师的鞋子清一色鞋跟都磨得快没了，大拇指那里也破着洞，一看就是不合脚的鞋。根本不用特别倒硫酸，已经看起来很凄凉了。

小小恐怖主义以未遂告终。复仇总带着不好的余味，但你因为原谅了他们而尝到了清新舒畅的心情。对连买新鞋的钱都没有的两个老师，你发挥了宽容的精神，因此战胜了他们。

伴随着音乐的青春

后来，你继续出入药品室，经常给自己做汽水喝，解喉咙的渴，还用佃煮[1]的瓶子调配出一杯黑色火药，加入铜和锶，做了三色烟花。社团活动去了多摩川检查水质，在台风之后的河岸散步很开心。大小形状不一的漂流木、足球、篮球、家具、服装店的模特衣架，甚至立在墓地上的塔形木牌，各种东西被流水冲到岸边，呈现出青空市场的样子。

你想到一个点子，用不知道从上流的哪里漂来的衣柜做主体，漂流木做舷外托架，组装一个小船。花了三小时做好之后，用漂流木当桨，可以划到河中间的沙洲。暂时独占了没有人的沙

---

1 以酱油、料酒、糖，将鱼虾贝类、海藻等煮成的味道浓重的海鲜食品。

洲，感觉很好。你也想继续往下划，去河口冒险看看，但过堤坝的时候，肯定要翻船的。这样优雅的小船游戏仅此一次。

初中生们争先恐后地买了吉他，勤奋地练起了和弦，用刚变完声的沙哑的嗓音哼着卡朋特乐队、鲍勃迪伦、披头士乐队的名曲。你落后于同学们，想作为轻音乐的乐手讨女孩喜欢的想法早早放弃了。但是，没想到一个拥有吉他的机会来了。放学后经常去的面包店的店主像念咒语一样发着牢骚，把吉他竖着放在了店门口。难道在阴干吉他？你一直盯着吉他看。店主对你说："你要是想要的话，就拿走吧。"你一定是满脸想要的神情。店主年轻的时候也弹着吉他唱着《蓝色别墅》《花的项链》追过女孩吧。现在却彻底被那个女孩管得死死的，甚至都恨起来当时弹过的吉他了。

当天你立即就去乐器店买了基础教程书，开始了练习。因为那个吉他不是用拨片弹的电吉他，而是古典吉他。你把初步的目标定为《禁忌的游戏》，最终目标定为教程书最后一页的《阿尔罕布拉宫的回忆》。从那开始的一段时间，你的吉他热一直持续，差不多一个月后，你已经能弹《禁忌的游戏》的开头的乐句了。但是，没有机会把这个成果弹给别人听，曾经期待过的陶醉感也没尝到。比起优美而温柔的吉他小曲，你还是更想沉溺在更壮大的交响曲和管弦乐的享受里。

那个时候，接触音乐最方便的方式是收听广播。青少年让父母给自己买收录音机，几乎每天伴着它一起入睡。光是介绍两周内的广播节目表和其看点的杂志就有三种。你的零花钱不够买新唱片，所以有话题性的演奏的直播，你会用心等待，装好盒式录音磁带，按下录音键，一直等到解说全部结束。就这样，你录下了电影配乐集、柴可夫斯基三大芭蕾组曲、贝多芬交响乐全集等，渐渐增加了自己的音乐收藏。最让你陶醉的还是柏辽兹[1]的《幻想交响曲》。对爱情深感绝望的作曲家企图服鸦片自杀，没能死成，产生了音乐性的幻觉。像火山喷发一样袭来的爱情发热病和突然发作的忧郁的第一乐章《梦幻-热情》，和爱上的女孩再会、一起跳华尔兹的第二乐章《舞会》，在黄昏时听着牧童的笛声、莫名感到不安的第三乐章《田野景色》，在梦里杀了女孩、被判死刑后，押解到断头台的第四乐章《赴刑进行曲》，以及在自己葬礼上聚集的魔女、亡灵们展开了奇异的宴会的第五乐章《女巫安息日夜会之梦》。

浪漫派破罐破摔的青春，通过这个交响曲的乐声传递给了一百四十五年后的人类，你。

柏辽兹给贝多芬第九交响曲的伟业很高的评价，从第一次演出算起短短六年半后的一八三〇年十二月，这个打破常规的迷幻交响曲横空出世。这段时间里世界发生着巨变。巴黎开始七月革命，被资本家拥护的路易·菲利普一世开启了七月王朝[2]，工业革命带来的社会构造改变正值最高潮。

每周星期日的晚上十点，你把收音机准时调到 82.5MHz。

1　法国作曲家，法国浪漫派音乐代表人物。
2　法国七月革命（1830 年）后建立的立宪王朝，1848 年二月革命时被推翻。

安东·韦伯恩编曲的巴赫《音乐的奉献》的六声利切卡尔[1]之后，《现代音乐》就开始了。这个节目的主持人是柴田南雄，由他来介绍现役的作曲家们富有创意的乐曲。从这个节目里，你知道了约翰·凯奇、武满彻、施托克豪森、泽纳基斯等人的名字，还知道了电子合成音乐、整体序列音乐的流派。对于没有调性，也没有故事性的音乐，你虽然感到困惑，但就像邀请自己去森林的野鸽那样，是不是这种声音后面有什么隐藏的含义呢？你这样想着，对自己听不惯的声音充满了好奇。

　　那是明明还没有听过管弦乐队的现场演奏，却热心于听电子乐和噪音音乐，伴随着异常音乐的青春。后来，在多摩市民馆举行的专修大学管弦乐团演奏会上，你第一次听了现场演奏，演奏曲目是普罗科菲耶夫的《彼得与狼》。不知道为什么，单簧管演奏的轻浮的旋律，让你想起了南武线电车里的味道。南武线是和通往东京市中心的主要线路的中央线、京王线、小田急线、田园都市线、东横线、横须贺线、东海道线交会的黄金线路，即便如此，它还是有一种独有的近郊感，沿途有很多公营的赌博设施，去那些地方的赌徒们身上的酒气、烟味和臭味久久萦绕在电车里。也许是和出门听演奏会时，与输了自行车竞赛的人挤在同一辆电车里的记忆联系在一起了吧。

1　16—17世纪的器乐曲式。

奇人训练

你和平泉继续每个月去登一次山，同时进行的还有读书比赛。十四岁的时候，平泉沉溺于太宰治，被一般叫作"太宰病"的厌世情绪侵蚀了，自己的生日是太宰的忌日这件事，也让他感到莫名的宿命感。你也大略把太宰的作品都看了一遍，却不觉得"生而为人，我很抱歉"。同学们喜欢的是手冢治虫的漫画、星新一的超短篇小说、井上厦的青春小说、北杜夫的《曼波鱼》系列、江户川乱步的侦探小说等，这些你在初中一年级时就读过了。你集中地读了五木宽之，不过那个时候他已经停笔了。你开始倾心于大江健三郎和安部公房时，平泉开始热衷于三岛由纪夫。

三岛在你们小学四年级的时候自杀，但考虑到"死人不能说话"，谁都喜欢说说自己和三岛的关联，三岛依然发挥着强烈的存在感。你还没读过三岛的小说和言论，不知道为什么暗中对他的印象是黑帮电影的演员。平泉在旧书店买到了《新评》的特别增刊《三岛由纪夫全卷》，书里附了薄膜唱片，能听到三岛在市谷的防卫厅阳台进行的演说。录音里，针对煽动政变的激烈争吵，叫嚣着"混蛋"的骂声让人充满身临其境之感。听了录音，你想的是："如果是军人的话，死之前一定会想策划一次政变吧。"但是，你也想到，就算身材瘦小的小说家们这样呼吁，自卫队军官们的身体也不会立即有什么反应吧。不知为何，你从世间动态里察觉到，呼吁，这就是上班族和官僚能做到的极限。

从夏目漱石到芥川龙之介，日本近代文学的传承因为芥川的早逝险些中断，谷崎润一郎和川端康成自由自在地极尽恶趣味之能事。到了战后，太宰治捡起被扔掉的接力棒，战后派[1]的青春体验还是早早完结了，在战争中没死掉的三岛道破战后的虚假，紧接着登场的是背负着战后民主主义的理想和黑暗的大江健三郎。与此同时，安部公房朝着完全不同的方向，走出了自己的道路。这就是你理解的文学史的大概。大江健三郎之后出现的会是谁，在那个时间点还不知道。不过，每次看文豪们的肖像画，你都会想，日本文学界还真是人间动物园[2]一样的存在呢。小学生时期对写作的模糊憧憬，到了初二，逐渐转化为以小说家作为谋生职业的目标。为了达到这个目标，具体需要什么条件，或者通过什么资格考试，如果能知道这些，就能走捷径实现目标。但是，和练字、算盘、柔道不同，小说家不分级别，也没有执照。不过，你知道小说家一定得是对世间的普遍趣味和道德冷笑，通过把自己作为实验台，来获得对人性的认识的猎人。女同学们每次见你都会说"岛田君真是个奇怪的人呢"。但你觉得那是对想要成为小说家的人的至高赞美。你坚信自己的行为正确，不断重复着变成奇人、怪人的练习。

1　在第二次世界大战后，野间宏、中村真一郎等人自称"战后派"，以便把自己和前一代文学家区别开来。

2　展示、陈列人类进化史的地方。

角荣的脸

初中二年级的尾声，你家从住惯了的森林旁边，搬到同一个地区的商店街。不得不从早上伴着野鸟的叫声醒来，去邻居农家买茄子和黄瓜、在养鸡场买鸡蛋的田园生活变成终日喧闹的商店街生活，除了因为房东要求你们搬出去，还因为家里经济情况变得艰难了。父亲原本经营一家叫"岛商"的男装裁缝店，以石油危机为分界点，纺织服装业界开始衰落，同业者纷纷被逼到倒闭的地步。父亲发挥天生的才能，打入日本橄榄球协会的核心人物内部，拿下了选手们穿的运动夹克的订单，为了生存下来拼尽全力。即便如此，大型服装制造公司扩展成衣种类，抢走了定制服装的市场。顾客的经济状况也变差之后，赊账越来越多，付给做衣服的师傅的手工费被拖欠，资金周转变得困难。

父亲抬高了房东给的搬迁费，用这钱把家搬到了房租便宜的商住一体的商店街的"富士市场"，在那里竖起了"岛田洋装店"的看板，把西装和女装的修改、改裤脚、女装的缝制交给母亲，自己去外面招揽订单，以渡过难关。

自己家变得贫困是因为石油危机，这个烙印是在这时留下的。你恨不得把田中角荣[1]的脸当飞镖游戏的靶子。恶性通货膨胀和盲目开发导致的环境破坏、投机房地产的救世主角荣，

1　时任日本首相。

被称为拥有最高权力的人。确实，他善于处世、机灵机智，对着迷于金钱的人来说是圣人一样的存在。但是，单说他做过的事情的话，就是利用金钱推动政治，在日本全国到处开展推土机建设，在各地推行无差别的都市改造，仅此而已。人们囫囵吞枣地接受了无限成长发展的神话，但实际上角荣的政权也只维持了短短两年而已。石油危机带来的高度成长的挫折期和你的思春期重合。正因如此，田中角荣的脸是能让你想起思春期的忧郁的标识。

不，你还有更扭曲的想法。父亲和蔼可亲，是个好人，但也是只能扮演过路人角色的平凡人。而且他催收货款很不积极，记账也不够严谨，对钱太没有贪恋之心。这点作为商人来说是致命的，父亲本来就不适合赚钱。如果受到这方面的遗传的影响，自己也一定是不善于赚钱的人。最终，你这样想。

根据对钱的姿态的不同，世界上的人能分成三种。第一种是在现有的经济系统里巧妙地赚钱的人，他们被叫作商人、资本家。第二种是不擅长赚钱，只能像拉马车的马一样不停工作的人，他们被叫作劳动者、奴隶。第三种是否定现有的经济系统，想要创造出新的货币的人，他们被叫作艺术家、革命家。

你的目标当然是第三种人。但是在商店街生活的贫穷裁缝店的儿子到底有没有资格变成高雅的艺术家呢？这件事让你很苦恼。

商店街的人们都对不爱交际又难以取悦的你敬而远之，而对和父亲很像、待人亲切的弟弟多半评价很好。卖鱼店的人对弟弟说："身体很结实呢，去自卫队吧。"卖酒的店的人问弟弟："要不要来我们家打零工?"还有肉店给他牛肉可乐饼，让他在学校多照顾自己家的孩子。而你，对用卑下的语气叫着"大娘""大姐"来招揽客人的强卖生鱼片的鱼店，还有散发出让人胃烧心的炸物用油的气味的肉店，都充满厌恶。想到在这样的地方生活，自己会完蛋的，你一头扎进了音乐和书的世界。二楼的房间里装了新的立体声音响，你开着大音量,《幻想交响曲》《英雄交响曲》，还有初中二年级就开始听的马勒的《巨人》《复活》，这些乐曲回响在"富士市场"的小巷。你把崇高音乐的供物献给这偏僻的长排房屋，本是志愿给附近居住的人和客人一点音乐启蒙教育，结果什么都没得到，对艺术毫无理解的他们竟然跟母亲抱怨说："如果要放音乐，请放些流行曲吧!"你一气之下，把从《现代音乐》节目录下来的黛敏郎的《涅槃交响曲》第四乐章用大音量播放了一遍。

该隐[1]的忧郁

　　被商店街的店主们喜爱的弟弟，和你当然合不来。长得很快的弟弟虽然比你低两年级——小学六年级，但身高和你一

---

1 《圣经·创世纪》中亚当和夏娃的长子。因上帝更喜欢其弟亚伯的供品，该隐一怒之下将亚伯杀死。

样，体重比你重十五公斤。如果你们兄弟俩打架，柔道白带的你肯定是输家。

弗洛伊德所说的"神经症的家庭幻想"之所以会缠上你，也是因为弟弟的威胁一直让你处在自觉危险的状态。那时候，你经常放在书包里的不是学习笔记，而是创作笔记，在那上面漫无目的记下了你的想法。其中有这样的一段"习作"。

虽然爸妈坚持保密，但我已经知道了：我不是爸爸的儿子，也不是妈妈的儿子，而是别的男女生下的儿子。我的亲生爸爸和妈妈因为家庭的干涉结不了婚，选择了私奔，妈妈生下了我。然后，爸爸被神秘的人杀害，妈妈也被强行带回了老家。妈妈把刚出生不久的我托付给了现在的爸妈。因为如果不这样做的话，出生于不义的我也会葬送生命的。我现在的爸妈拿了一点养育费，把可怜的我当作自己的孩子一样抚养长大。不久，他们亲生的孩子，也就是弟弟出生了，他们的心思变成主要放在弟弟身上。

我不是爸妈的亲生儿子的证据有几个。第一，我和他们长相完全不同。偶尔有人这样说的时候，父母就会用"隔代遗传"这个词，说我和祖父长得像，蒙混过去。第二，弟弟和我也没有相像的地方。我主动学习、读书，成绩也很好，而弟弟什么书都不读，一天到晚地打架。我除了马肉什么肉都不吃，因为挑食所以很瘦，肠胃经常出问题，而弟弟什么都吃，就像战争中的孩子那样总是肚子饿，把我的那份也能吃了，很胖。

　　从爸妈的能力和性格来看，顶多只能生出弟弟那个程度的孩子吧。越傻的孩子越可爱，虽然弟弟受宠爱是理所当然的，但爸妈也应该对我好一些。另外，我给养育我的父母添了麻烦，不能背叛他们的期待，只能做一个不错的优等生。我过分发挥才能的话，弟弟的失败就会很显眼，这会让他们心里难过的。每当看到别人夸奖我时，妈妈那复杂的表情，我就会这么想：还是等稍微年长一些之后再发挥本领吧。当然，他们对我有养育之恩，我会好好孝敬他们。"虽然是别人的孩子，但把他养大真的太好了。"如果能让他们最后这样想，那我们谁都不会陷入不幸。

　　日记慢慢进化，不知不觉变成了展开幻想翅膀的舞台。那是日记以上、小说未满的某种东西，非要说的话，就像随笔一样的东西。你记下每天的发现、灵感、欲望、喜怒哀乐，那些离奇的感情和想象到底是怎么产生的，你完全不懂，很是苦恼。自己的欲望是从哪里来的，欲望的尽头是哪里，说得更深一点，"人是怎么变成自己的？"这种存在论性质的疑问困住了你。是坚持这样的疑问，还是无视这样的疑问，这也是成为小说家之前必经的分岔点。

　　首先，你把这个疑问扔给担任自然爱护社顾问的大泽老师。他用一个简单的答案敷衍了你："虽然我想说你长大之后就会明白了，但这个问题的话，长大之后也不会明白的。"接着你又去问京都大学哲学系毕业的英语教员堀妙子老师，得到了这样的答案：

"人是可以意识到自己的欲望和感情，却不能理解为什么会产生这样的欲望和感情的生物。"

全校第一聪明的美女教员堀妙子老师总是戴着樱田淳子[1]的标志性的鸭舌帽，喜欢穿的衣服也是童话风的。说话有点像口齿不清的少女，说的词语也不好懂。

"认为任何事都有因果关系，是亚里士多德先生的想法。任何事都应该有根本性的原因，在此之上，无法考证的地方即是'神'的存在。岛田君，相信神吗？"

"不信。但如果有的话会挺方便的。"

"是吗？想要证明神的存在是不可能的，但如果有神的话，人会比较容易变得幸福。为什么这样说呢？因为做了道德上的好事有了回报的话，就能相信这是神的保佑。"

"如果神不存在的话，因果之间的说明就不能靠神了。"

"那就来到实证科学的范畴了。不错哦，岛田君。那我再问你一个问题吧。岛田君相信灵魂的存在吗？"

"因为没见过实物，所以不能说存在或者不存在。"

"笛卡尔说'我思故我在'的时候，是从肉体中存在不被物理法则支配的灵魂的出发点考虑的。从那以来，肉体和灵魂的二元论开始被用于说明各种问题。本来，人并不明白自己在

1　日本前偶像，演员。

想什么，为什么那样行动。不管是什么行动、感情和欲望，都是由无数外界因素引起的脑神经的反应，想要准确说明每个原因和动机是不可能的。"

也就是说，人看起来是朝着目标行动，实际上却是漫无计划的，看起来是根据自己的想法自由地选择，实际上是被外在因素所左右的。现在，怀抱着奇怪的疑问的你，本身也是各种因素相互作用的结果。所谓的"自我"就是各种因素相互碰撞、擦肩而过的交叉点一样的东西。

不过，你引发堀老师给你讲那些哲学问题，是在不露声色地表明好意。而堀老师对你高度评价，认为是你的话可以理解，亲切地跟你说明那些道理，表示她一定不讨厌你。证据就是，在走廊擦肩而过的时候，堀老师会微笑着过来问你："岛田君，最近在读什么?""有时间再讨论哦。"你一边用爽朗的笑容回答她，一边暗暗幻想在保健室的床上接受老师给你性的启蒙教育。这是你被聪明女人吸引的最早的事例。堀老师和你一样也是牛年出生，和你正好相差十二岁。正适合感情教育，但停留于幻想。第二年，堀老师就和京都大学的同年级生结婚，去了美国。偶尔听到不知道哪里来的传言说，"她住在西海岸的带泳池的公寓呢!"，你立即开启了幻想的开关，在心里描绘了堀老师全裸、在水中如美人鱼般起舞的样子。

奇怪的人也挺受欢迎

　　到了初中三年级，新的试炼在等着来到三年四班的你。万万没想到，曾经给你两耳光的体育老师成了你的班主任。更进一步把你逼到困境的是，弟弟也来到了同一个学校。从菅小学、东菅小学、中野岛小学这三个小学来的一年级生们，刚到就要选出谁是年级老大。作为菅小学代表的弟弟凭腕力压倒众人，成了一年级的头头。但是，因为没有去二、三年级头头那里打招呼，被记恨上了，最终把二年级的头头制服，跟三年级的头头也大战了一场之后，弟弟得到了大家的尊敬，从第二学期开始成了全中野岛中学的第二号人物。

　　作为哥哥，你感觉很困扰。你尽量让自己低调，为避免被欺负而注意自己的行动，可因为弟弟好出风头，一年级生也开始关注你——"那个人就是岛田的哥哥哦"。而且第一号人物、三年级头头"老虎"盯上了你，"那小子很狂嘛，我要收拾他"的宣言也通过他的跟班传了出来。弟弟已经乖乖在自己手下了，还想让哥哥宣誓他的忠诚吗？你读不懂裤子拉得很低、用火剪烫头发、吸着信纳水的混混们的阴谋，不知道如何是好。为了不被打、平稳度日，怎么做才好呢？你烦恼了两天，最终想到了划时代的方法。

　　当上学生会的负责人，得到老师的庇护，他们应该就不能对你出手了。在新学期的学生会负责人选举中，你报名候选司仪。你的想法是，学生会会长太忙了，而司仪只要负责主持会议和早会就可以，比较划算。早会司仪的话，也可以对混混们发号施令，至少在形式上能让他们服从你。虽然让同学当你的推荐人，你也在全校学生面前发表了竞选演说，但不用说，你没有抱负也没有目标。你发表宣言说，"广泛听取同学们的意见，推动会议顺利进行"，再比个 V 字手势，就打败了对手，成功当选。被迫做完全不适合你的事情，但为了保护自己，你别无他法。如你计划的那样，"老虎"他们也不再盯着你了。

讥讽地认为学生会负责人什么的不过是老师们的帮手的你，一心只想让会议早点结束。学生会会长是二年级的一个女生，热心奉献，头脑也反应很快。但是，腿很粗，脸长得像岛仓千代子[1]。如果你没参加负责人之间的谈话，她会特意跑去你家跟你汇报。她似乎喜欢你，不过你对她一直很冷淡。

还有其他几个女生对你有意思。课桌抽屉里发现了没有落款的信，上面写着："喜欢上你是我的喜剧。"下课后被班里的女生叫出去，到了没人的教室，在班里排得上第二的美少女江户咲子递给你一条心形项链，跟你表白说："一年级的时候就开始喜欢你了。"但是，你不知道该怎么应对她们，只好假笑着邀约说："下次一起去看李小龙的电影吧。"后来还是爽约了。

一年级的情人节时，你收到了四个人的巧克力，二年级时收到了七个人的巧克力，这让你明白了你在女生中很有人气。奇怪的人也挺受欢迎的，所以将来的恋爱应该不会特别困扰吧。

1　岛仓千代子（1938—2013），日本演歌歌手。

可这对你来说并不是多高兴的事情，因为过去的艺术家们都是从失恋中得到很多启发，继而得到因恋爱而烦恼的人们的共鸣，为此，你也有必要尝尽不受欢迎的男人的苦恼。你担心莫名受欢迎的男人会在恋爱上不够努力，最后只能写出来没什么内容的浅薄东西。

自由过度的学园

母亲最小的妹妹，跟你年纪最接近的姨妈不知为何和东京大学学生结婚了。不知道他们是怎么认识的，但突然亲戚里出现了东大生，母亲觉得不能不好好利用这个条件——拜托他做你的家教。他爽快地答应了，条件是你得去他在大仓山的公寓，因为他觉得去你家太麻烦了。

于是每周末你都去姨妈姨夫的新家，在那里学习英语和数学。给你准备的英语教材很难，初中没学过的句式和单词经常出现，一开始你不明白，但很快学校里的英语课对你来说就变得很简单了。姨夫的数学也教得很好，让你感觉不难熬。姨夫姓野中，在医学部学精神医学，公寓的书架上有很多弗洛伊德的书、杂志《精神医学》和《现代的精神》的过期期刊，还有漫画的单行本。英语和数学的学习告一段落，你们一边吃饭一边闲聊。知道你读了很多小说后，野中告诉你："弗洛伊德很擅长写文艺批评，关于希腊悲剧和莎士比亚、陀思妥耶夫斯基都有评论哦。"你还没读过那些，对《现代的精神》的特辑号《作家的精神病理学》表示出兴趣之后，野中把书借给了你。在读了几篇从文豪们的病历雕刻出文学史的样貌的论文时，你的胃像针扎般痛起来。作家这种人，基本就是靠近疯狂的边缘、靠近离死亡很近的地方，再把那种感触、实际状况事无巨细地描写出来。

"人是那么容易变疯的吗?"

对于你的疑问，野中一边笑一边说:"和病人相处过程中慢慢变得奇怪的医生也有很多哦。"

"你应该没问题的。因为你在读安部公房和大江健三郎嘛，对疯狂已经有了耐受性了。"

读小说竟然还能预防变疯，这倒是没想过的发现。

吃完饭后，野中的朋友们就陆续来到公寓。他们是麻将友，说要彻夜打麻将。

神奈川县公立高中的选拔是根据二年级最后一次全县考试的成绩，三年级第一、第二学期的成绩，入学考试成绩合计的分数而定的，因此能去哪所学校，范围会被提前缩小。对你来说最不利的是全县考试的成绩不怎么理想。这都要怪你在考试的一周前不顾母亲反对，一个人去了冬天的丹泽表尾根[1]，沿着山脊走过了几个山顶。那之后，认真准备了中期测验和期末测

---

1 丹泽山的登山道。

验，努力拉高了成绩，尽管可以挑战学区内偏差值[1]最高的多摩高中，却在升学指导的时候被班主任断言："岛田适合去川崎高中。"再保守一点，选择新城高中或生田高中的话，应该没什么难度。"但那些地方对岛田这样喜欢自由的奇人来说太无聊了吧。"没想到，班主任还挺了解你。

县立川崎高中，简称川高，是川崎市内最老的高中。一九六九年，学园纷争最激烈的时期，当时的在校生发起了"革命"，坚守在校舍里，对学校方面提出了一些要求，还和警察部队进行了对峙。最终，学生们的要求大部分被认可，从那之后，制服、学生会、定期测验都被取消，川高成为全国最自由自在的高中。川高很早之前还是县里的名校，曾有过全校三十人考上东大的历史，但在纷争之后，学生的学习水平越来越差，家长们的评价也不理想。

在对规则和道德要求严格的初中被洗礼、像被洗脑后的亚历克斯一样失去骨气的你，要是去了有反抗精神的自由人的大本营川高，说不定能康复，你开始这样想。但是，热心推荐你去川高的竟然是想要通过体罚来矫正你的体育老师，这种讽刺对你来说一点也不有趣。

那个体育老师姓村山，第一次担任三年级生的班主任，对升学指导变得非常神经质。其他的老师讨厌在考试上冒险，推荐给学生的都是有十足把握的学校，村山却给学生们灌输挑战

1　一种日本升学考试中，以学生考试分数在所有应试学生分数中的排名为基准所换算得来的数值。

精神，让他们去尝试有可能考上也有可能落榜的学校。至于为什么将学生作为赌注去冒险，万一有人没考上任何一个高中，难道他要切断手指以示歉意吗？那种阴暗的激情大概连他自己都不能理解吧。

离你最近的多摩高中和生田高中的报考学生各有三十人左右，川高只有十个人。你的年级排名是四百人中的第十三名左右，前三名是超爱学习三人组的指定席，他们瞄准的分别是开成、庆应、樱荫。你虽然觉得在市中心的私立高中很有魅力，但没有奢望过高，选择了法政二高作为保底校。

参观学校那天的事你记得很清楚。你带着装着入学申请书的信封，从南武线和它的支线滨川崎线（通称滨线）换乘，朝着从来没去过的川崎南部的工业地带前进。滨线一小时内只有两班车，而且每班只有两节车厢，可以说是川高和日本钢管公司之间的专用电车。从尻手站的下一站川崎新町下车，走个三四分钟就能看到校舍了。正门在被铁丝网包围的迂回处，但是陆续有学生从铁丝网的破口出来。明明应该还没放学，他们这是早退吗？一个穿着宽松夹克的高个男生跟你们擦肩而过的时候，问了一句："是考生吗？"

"这里很自由很好哦。什么事都能被允许。当然啦，想学习也可以。"

那个人拨了一下长发，留下笑脸就那么走了。你们考生互相看看对方，想着"原来那就是川高学生呀"，出神地目送他的背影消失。把申请书交上去之后，去看了社团活动楼和食堂。

教室里像是在上课，但你还看到了把椅子搬到社团活动部的走廊里，一边晒太阳一边亲密地聊着天的情侣；在食堂的餐桌上玩大贫民[1]的小团体；剃了眉毛，还有涂着指甲油的女生和附近的小朋友一起玩的场景。

"哪里的初中？"

从背后搭话的是肩膀上搭着披肩、有点阴郁的漂亮学姐。"中野岛中学。"你回答。"原来是北部的孩子啊。"对方说。

"从北部看的话，这里可是完全不同的世界哦。空气虽然不好，但什么都有，很有趣的。"

亲切地来搭话的学姐看起来不像是要骗你们的样子。你确信，这里待起来应该很舒服。而且，这里的确有很多潜在的漂亮学姐。你已经去参观过法政二高了，对于男子校的野蛮氛围和特有的臭味，你实在没有自信能忍耐三年。

你们世代的英雄们每周忙着变身，和邪恶战斗，因此你有意识地被打上有强烈变身愿望的烙印。摆脱不掉去想"这不是本来的自己"的习惯，不自觉地为"想要变成自己"该怎么做才好而烦恼。但是，如果把自己放逐到不同的世界里，不用特意变身，也能像另外的人一样活下去。

只要能从多摩丘陵的山脚下逃走，去哪儿都好，逃到被称为川崎暗黑南部的、和北部完全不同的文化圈，这样的"出埃及"对你来说充满了魅力。

---

1 扑克牌游戏，也称"大富豪"。

体育老师的洗心革面

到了升学考试季，村山变得神经紧张，不管是多迟钝的学生都能看出来他被逼到绝境了。课外活动时间，他让学生做因数分解，学生不会的时候，他就抱住头；自言自语说"如果是学习的话，在家有学习哦"的龟田，被他用点名册打了一顿，他的情绪不稳定展露无遗。真想吐槽说"你又不是考生"，三年四班的所有人都对村山的歇斯底里感到不解。包括你在内的有志四人，开始在班里偷偷组织实施拒绝参加课外活动的计划，但因为也有人说"我觉得那个老师的做法挺好的"，最终没能谈妥。

灰暗的一周过去，又迎来了忧郁周一。课外活动时间，村山突然跟学生们低下头说："真对不起。"所有人都屏住气息，不知道发生了什么事。

"至今为止是北风，从今天开始我决定变成太阳。"

对这句话，谁都摸不着头脑。

"我被在农村的妈妈骂了。她让我用更大度豁达的心情来支持学生。我会改正错的地方，你们想要我怎么做，不要有顾虑，都告诉我。龟田，之前的事情，对不起了哦。"

前阵子被打的龟田很警戒地沉默着，所以换问学生会司仪的你。你本来想说"别当我们的班主任了"，想了想，还是决定这么说：

"暴力不能解决任何问题，所以请不要再打学生了。其次，在学生的面前请不要做一些歇斯底里的事情。"

村山垂下头，说了句："我知道了。"学生们也放下心来，把平时的不满都说了出来。为什么村山会突然洗心革面？你怀疑"被在农村的妈妈骂了"什么的是骗人的，也许是有人把有志四人的骚动泄密给了他。但是，他如果因为知道了骚动真相变得更加歇斯底里的话，场面有可能会发展成和学生们的全面对决，你暗暗期待过这样的结果。而为了避免这样的情况出现，村山一定在周末认真想过了对策。最终虽平稳收场，但其实是因为学生们表现出反抗意识才得到了胜利。这个时候你学到了"反抗吧，自然会得到想要的结果"。

你擅长石膏素描，经常被美术老师夸奖。应该是摹写漫画的过程中自然而然地学会了素描画法吧。三年级时，有个课题是名画摹写。虽然可以自由选择摹写对象，但没有人选米开朗琪罗和维米尔，热门的是能像填色绘画一样摹写的米罗和毕加索。完成的作品一齐贴上墙壁，全是《哭泣的女人》[1]。你想展示自己的技巧，特意选择了有些难度的达利的《记忆的永恒》来摹写，也就是那个"柔软的时钟"。

你常常陶醉于奇石和盆栽的造型之妙，自己的勃起时的生殖器也让你百看不厌。哪怕女人只是叹了口气，或者风带着淡

1　毕加索画作。

淡的花香吹过，不管什么都能让你勃起的那个年纪，你一天三次沉迷于自慰，并对那种罪恶感感到痴醉。秘密笔记本里幽闭着从《周刊花花公子》《平凡Punch》《朝日艺能》《周刊实话》等剪贴的裸体维纳斯们，她们一个接替一个做你的幻想对象。有一天，你变硬之后，一边凝神盯着无畏地朝天的龟头一边这样想：这家伙，难道不是代替当学生会司仪的、被完全拔掉反抗的獠牙的、佯装优等生的你，正青筋凸起、愤怒不已嘛。突然被刺激了画心的你怀着对自己的生殖器的敬意，在素描簿上画下了它威严的肖像画。虚荣心作祟，画像比实物尺寸夸大了两成。

画得真好啊，真想跟人炫耀一番，你这样想。油然而生的功利心涌上心头，你在午休期间学生都一齐在教室吃便当的时候，假装去卫生间，跑到了教职工办公室前的长廊，在"温故知新""切磋琢磨"等优秀书法作品的旁边挂出了那幅素描。

放学后，村山回到教室，跟学生们报告了这件在教职工办公室引起骚动的事，据说，负责风纪的小西老师涨红了脸，勃然大怒，说："不知道是谁干的好事，但作为初中生来说，实在是太过分了。"你觉得自己干得挺好，没想到村山第一个就找上了你："是你干的吧！"你还想假装不知道的时候，村山信心满满地断定说："会干这事的除了你就没有别人了。"说着就把素描还给了你。要是接下了素描，就等于承认你就是犯人，可为什么村山只是看到素描就凭直觉认为那是你画的呢？

"知道你画画在行，以后画点能给人看的画吧！"

只有这一句，没有责怪的话。这不是因为他对艺术有所理解，而是因为他实在想不到有什么好办法来对付新手的恶作剧吧。村山遵守了和你的不再打学生的承诺。即便如此，你也没有和村山和解。你从"文艺复兴"被打一事以来，一直是他所不能理解的让人讨厌的学生。这次斗争是你的胜利。另外，把猥亵的画作贴出来一事之后，你被女生们贴上了"变态"的标签，但你一点也不在意，因为很快就要初中毕业了。

保底校法政二高和本命的川崎高中，你都合格了。你的意识早已经飞到"川崎暗黑南部"去了。

"伟人"传

年长者总说，"要了解自己""要知道自己有多大的本事"，让后辈照着自己走过的没落的过程再走一遍。然而，坚决拒绝那没落的处方也是一种自由。忘记自我，判断错误，沉溺于妄想，干尽蠢事，一切还不算迟。不断重复失败，本身就有它的意义。弯路、岔道、顺道、迷路都会变成教养、经验，迟早会引导那个人去奔赴自己最重要的使命。越早知道自己有多大的本事，也就越早开始衰老，仅此而已。

你随手拿到传记，读完，研究别人是怎么度过少年时代的，整个春假的时间，你都花在这件事上了。

科西嘉岛上世代居住的拿破仑家族的第四个孩子是个身材矮小的少年，只会说科西嘉语，在贵族子弟聚集的学校里谁也不把他当回事，他在孤独中沉迷于阅读，目标是当小说家。"人反正总是要死的，就算现在死掉也没什么"被写在他的日记里。不久，他进入了陆军幼年学校的炮兵科，在弹道计算方面发挥了自己的杰出才能，不断晋升，最后竟然当上了法国皇帝，成为席卷欧洲的人物，这是谁都没预料到的吧。

在十个人之中有九个是贫困的、民谣里唱道"农民面前有三条路，逃荒、上吊、坐监牢"的山村富农家出生的少年，从年幼时就被迫开始在地里干农活，同情比自己家更贫穷的佃农，帮他们除草，反抗自己吝啬的父亲。后来他离开故乡，专心学习，对书上全然不提关于农民的事抱有疑问，与此同时对日本的明治维新有了憧憬[1]。这样淳朴的少年后来成为中华人民共和国建国之父，使整个国家都发生了大变动。

在奥地利北部林茨一个富裕的家庭出生、十八岁时因母亲去世而悲痛欲绝的青年，养成了深夜在街上徘徊，以及突发灵感开始演说的习惯。他想当画家，落榜两次进了维也纳的美术学院，和他同年级的还有埃贡·席勒。在犹太人画商那边，他那落后于时代的朴素的风景画根本卖不出去，为了生活费，他不得不在德国民族主义者的集会上做演说挣钱。这样一个内心

1　据传《七绝·改诗赠父亲》是改自日本明治维新三杰之一的西乡隆盛的诗，故有此说法。——编者注

不平静的、禁欲式的青年，为什么会走上灭绝犹太人的血路，至今还是个谜。

"天使，说的就是他那样的人吧！"被农民们敬慕的虔诚牧师的儿子，一个多病的少年后来说出了"上帝已死""偶像没落"，调侃着新教徒的禁欲和信仰最深处的感伤，大声叫着信仰原理不能束缚人的思想，提倡更高尚、更与人相关的哲学。虽然应该不是受到惩罚，他最终在失意中患上精神疾病，沉默十年后在母校和妹妹的看护下去世。

你试着把拿破仑、毛泽东、希特勒、尼采，每个人的少年时代和之后的人生压缩成三十秒左右的说明。少年时代本身就是极其荒谬的，再和那个人后来的事迹联系起来看的话，就更让人觉得摸不着头脑、荒唐无稽。因为绝大多数人都无法承受奇特的事实真相，写故事的人只好调整逻辑、调整因果顺序，做成符合起承转合的形式。

过去不是像相册一样，能永远如一日保存的东西，而像是总在被修正的历史，是会被隐藏、消除、捏造的东西。回忆录、传记这类东西，大多都是用谎言堆叠谎言。曾经撒过的谎快要暴露的时候，再用别的谎言去堆砌。人把自己的回忆重新排列组合，想要写出一个"自我"，却因为别人的介入不能如自己所愿。"自我"本来就是和无数个别人的关系，以及围绕着那个人的环境和现象彼此复杂地牵扯在一起的结果，不能随自己的喜好和理由改写。

即便如此，也有和自己的幼年时代、少年时代和平相处的办法，那就是把那些荒唐无稽照单全收。不要羞耻，彻底诚实，毫不保留。如果不是天主教教徒，也不用祈求被原谅，去受惩罚吧。把自己的过去隐藏，死后却暴露在别人面前，这才是让人羞耻的结局。与其这样，还不如讲出事实，带着无忧无虑的心情去死后的世界。

既然装模作样解释了那么多，不能不给出一个范本。也许有的地方写得太过火，有的地方可能是记错或和曾经的梦境混淆了，但这里写的一切都是真事。

第二部

南北战争

革命之后

　　你听说了很多关于南部那些人人品不好的传闻，但只看入学典礼上的气氛的话，很明显川高并不是无法地带。那时候郊外的初高中到处都弥漫着"没有理由的反抗""没有仁义的战斗"的风气，但川高学生早在七年前就从"极度暴力"阶段毕业了。多亏伟大的革命斗士们从对手的国家权力那里获得了自主自律的权利，学弟妹们才有了自由自在的生活。当然，在校生之中并没有实际参加过当时的斗争的人，但传奇通过口口相传而被继承下来，二、三年级生鼓动一年级生说："自由是学长姐留给我们的遗产，千万不能让出去。"这成了传统。

　　"要是再早出生一点，就能跟警察战斗了，真遗憾。"没有一年级生是这样想的。大家想的几乎都是："呃，原来有过革命呀。没赶上真是太好了。"而相比二年级生，三年级生对传奇更有热情，从这点看来，一年一年，革命的氛围在随时间流逝而逐渐淡薄。

制服制度已经被废止，所以服装是自由的。男生的立领西服、女生的及膝短裙和深蓝色西服外套是标准服装，三年级生对一年级生的一半以上都穿着标准服装很不满，鼓励一年级生："多打扮打扮嘛!"体操服也没有强制规定，但小卖部也有卖标准服装。入学典礼那天，有高年级生不停地对想买标准服装的家长说："这种不用买的啦。"这样多管闲事的举动也是为了守护自由的行动的一部分。

从中野岛中学来到川高的除了你，还有木山、直野、小泽、佐川、荒木、石田等人，女生只有米泽一个。你还没决定要在哪里大展拳脚，石田和米泽就选择和初中一样去吹奏乐社，小泽选了柔道社，剩下的四个人去了手球社。中野岛中学的发言人直野提议："北部的人作为少数派，不团结会被欺负的。"初中时练过手球的两人赞同，说"那我也加入"，然后本来属于剑道社的两人也加入了手球社。如果去成员人数多的棒球社、足球社、橄榄球社，四个人再怎么团结也是寡不敌众，但在规模小的手球社能取得主动权，这就是当时的想法。进入了柔道社的小泽受不了工业地带的脏空气，选了室内运动，吹奏乐社的两人分别练习小号和长笛的技艺。你想要用文笔证明自己的存在，让南部的老滑头们对你刮目相看，但文艺社怎么都不像能接受你的满腔热情的地方。刚入学就有社团介绍各自活动内容的时间，每个社团都苦心设计吸引新入社员的方法。足球社在讲堂的台上颠球；橄榄球社展示新西兰的传统 haka 舞[1]；网球社的女孩穿着迷你短裙站成一排，对着大家抛媚眼和挥手等；美术社表演行动派绘画。而文艺社没有参加这个介绍活动。

在装配式建筑的社团活动楼二楼尽头，你找到了文艺社和出版社的活动室。你去看了几次，不管什么时候去，那里都没人。如果被迫成为清高的"回家社"社员，你将在高中没有自己的位置，沦落成虚构的人物。放学后，你埋伏在连着社团活动楼的游廊，等着传说中的文艺社社员。

目送了几个运动社团的人离开后，好像是要突袭你似的，一个长发圆眼的迷你裙女孩腋下夹着三本书，微微歪着头，往你这边走来。虽然是第一次见的脸，但散发出作为偶像候补、什么时候被星探发掘都不奇怪的气场，你不知不觉忘记了呼吸，那张侧脸和背影让你看得入迷了。随风摇曳的黑发看起来像是有精灵缠绕着，细细的小腿肚像是被东方的博士们赐予的恩惠。你不自觉地叹出难以释怀的一声"呼"，抬头看着天笑了。那是你第一次经历的"一见钟情"。如果是浪漫派诗人的话，应该会感觉到"像被雷劈一样的冲击"吧。你感觉到的是从肋骨到脊柱，一阵强烈的酥痒。微风吹过，鼓励着你"快跟上她"。你立即决定，不管刚刚从你面前经过的女孩是茶道社社员还是书道社社员，你都要跟她进同一个社，这对优柔寡断的你来说是很少见的。

1　传统毛利伴歌战舞，新西兰橄榄球队在比赛前跳这种舞。

幸好，她去的是文艺社的房间。你握紧双拳，因为这个奇遇而狂喜。你想，果然通往文艺社的轨道早就为你铺好了，只是自己注意到得太晚而已。老实说，对还没见过的传说中的文艺社社员，你没什么期待。说着"喜欢读书，自己也写诗"的女孩大多很朴素，气色不好，绑着三股辫，戴着高度数的眼镜，看着人的时候，总是皱眉蹙眼——你对她们有着相当具体的偏见。实际上，初中文艺社的社员就是那样的，也不能怪你。不过，南部和北部情况不同，文艺社可能才是花园一样的存在。

　　敲敲刚刚才被关上的门，清澈的应答声传了出来。你打开门，低下头："你好。我是一年五班的岛田雅彦，想要进文艺社。"你口齿清楚地打了清爽的招呼。"请进吧。"她让你进屋，给了你一个本子。

　　"在这里写下你的名字和简单的自我介绍，还有喜欢看的书和电影之类的。"

　　本子上留下了各种笔迹，记载着社员们的近况报告。你当场快速看了一遍，圆体字和绘画文字很多，由此可以得知这里是少女们的花园。

兴趣	攀岩
特技	制造炸药、边后退边跳着走
初中时代的绰号	怪人
喜欢的作家	卡夫卡、爱伦·坡
喜欢的电影导演	斯坦利·库布里克、深作欣二

你在本子上这样写后，不停追问那个奇迹美少女很多问题：文艺社平时都做什么？社员有多少人？你的名字叫什么？美少女一边微笑着看着你的笔迹，一边用带着疲倦鼻音的声调回答道：

"说是活动，也没有什么特别的。大家都是自由地写自己想写的东西，仅此而已。有时候会来这里，喝喝茶聊聊天，在本子上写写东西。文艺社自己办的报纸叫《煤烟》，每年一次，文化祭的时候会发行。不过纷争后，现在也不是每年都办了。二年级生有三个男生、三个女生，三年级生有一个男生和三个女生，还有总不出现的'幽灵社员'两人。我是二年级的久保响子。以后会跟大家介绍你的，所以请时不时来这里露面吧。"

被"不特别做什么"的文艺社约束宽松地迎接进来的你，有了一个任务，那就是在午休和放学后顺便去看看文艺社活动室，想要和高年级社员们靠近、巧遇。在学校里除了教室里自己的座位之外没有容身之处的你，因为能自由进出文艺社的活动室得到了绝好的栖身之处。而且，同时还找到了自己崇拜的女神。和久保响子拉近关系也自动被编入，成了文艺社活动里的一部分。

就像吹奏乐社社员的音阶练习，柔道社员的手劈练习，手球社员的击球练习，文艺社员的例行公事是在活动室磨炼妄想的强度，和其他社员用文字进行争论。你从无所事事的半吊子状态被解放出来，开始能为自己的行动赋予意义了。

南部的花样少女们

因为一开始就邂逅了超级美少女，你还以为其他女生社员在对比之下，不过是被破布包裹着的肉片呢，没想到这个预想完全错误，你为自己的肤浅感到羞耻。在活动室遇到的第二个学姐是和久保响子完全不同类型的、身材小巧的开朗美少女。童颜，胸部却很丰满，烫卷的短发下戴着耳钉。一在活动室看到你，她就用动画风的声音爽快地跟你打招呼："你就是岛田君吧！"然后立即开始了闲谈。

"我是二年级的首藤真弓，请多关照。明明文艺社没去拉人，你竟然找上门了。一年级生只有岛田君一个人哦。你是哪个初中来的？哦哦，中野岛，最远的那个呢。我是大师中学的。"

大师中学是和樱本中学并列的、在川崎暗黑南部也以恶童多而闻名的学校，你班里也有几个是来自那里的。在他们眼里，北部的都是天真的孩子，而他们却背负着某种看不见的重担，这就是你对他们的印象。

"你为什么想进文艺社呢？"

因为崇拜久保响子——暂且隐瞒这个动机，你列出了一堆在初中时代就想过的事情："用肌肉、运动神经、乐器来战斗的方法也是有的，但笔杆子比剑还要强。""我不擅长数学，没法用理科跟人比拼。""如果有钱的话，可能什么事都能用钱解决，但我没有钱，只能锻炼文笔活下去了。"诸如此类。首藤真弓淡淡地对你表示佩服："你还真的想很多呢。"

之后接着说："这个学校虽然说可以自由，但大家对这种自由并不觉得感激，还有人觉得这种自由挺麻烦。自由这种东西，不一直追求的话，就会立即被夺走。我在写诗和日记的时候是最自由的。家里的事情，小团体的事情，和大人之间的关系，这些麻烦的事情很多，这个学校对我来说就像断缘寺[1]一样，能让我躲起来。读学长姐推荐的书，自己也开始写诗，我想说不定可以变成和以前完全不同的自己。"

这是基于什么语境而来的告白，你想象不出，只能在每处自己也感同身受的地方点头示意。比起这个，你一边偷瞄首藤真弓的脸和胸部，一边感觉到既怀念又尴尬。那是因为她和你家里相册上的年轻时的母亲几乎一模一样。不管是发型还是娇小身材，都好像是在刻意模仿母亲一样那么相像，说话方式和走路的样子也很像，就连"真弓"[2]这个名字，都让人联想到妈咪，忍不住想依赖她。如果真的喜欢上她，简直是变成疑似近亲相奸关系了。不过是第一次见面，就这样胡思乱想一气，也难怪你日后对和她的相处距离该如何拿捏始终犹豫不定。

接下来遇到的是二年级的两个男生和三年级的一个男生。他们是出版社社员，借口分摊同一个活动室，想和以女生为主的文艺社一起举行活动。实际上，男生的文艺社社员也兼任出

1　日本近世希望离婚的妇女的修行寺院。修行三年后即可宣告离婚成立。
2　日语读音"mayumi"和"妈咪"读法"mami"相近。

版社社员这一不成文的内部规矩，导致刚入文艺社的你也被看作是出版社的一员。没考虑太多的你接受了这件事，却因此遭到学长们粗暴的教育。

戴着有色眼镜、拥有三十岁过后一定会秃顶的发质的、名字里有两个"平"的二年级生，上平纯平鼓着嘴唇，用盘问犯人的语气对你连续发问。

"到目前为止，你有没有参加过反对修建成田机场、反对越战的游行？"

"没有。"

"支持哪个政党？"

"我没有选举权，没有支持的政党。"

"你觉得《无限近似于透明的蓝》如何？"

"嘴里说着'美国佬滚回家'，心里可喜欢美国了，试图把这种矛盾通过吸毒来忘掉的故事，我读的时候感觉是这样。"

"对在日朝鲜人的歧视，你怎么看？"

"我身边没有，所以没什么感觉。"

"你不觉得因为朝鲜战争的特殊需要[1]而复兴起来的日本人，应该帮助被迫离开家乡逃到日本的朝鲜人吗？"

"觉得。我觉得大家应该搞好关系，一起吃烤肉。"

"'造反有理'，你知道这个词吗？"

"不知道。这个人是干什么的？"

1　朝鲜战争时日本作为"联合国军"补给物资的生产基地，对于战后日本经济复苏有重大影响。

"不是人。是一句口号，是'反抗的人是正确的'的意思。你这小子，一点都不关心政治啊[1]。"

"这是法语吗？"

"non-political。不关心政治。你这小子，多读点书吧！"

你一直自信比别人坐南武线电车的时间要长，专心读书的时间也长，读书量不会输给任何人。没想到竟然被上平驳倒、问住，最后还是恰好也在场的妈咪为你解围说："就到此为止吧，弄得他怪可怜的。"你被讽刺说："你这小子，全靠长相救了你呢。"

对于上平污蔑性的"不关心政治"的显示优越感的行为，你没能反抗，又被妈咪解围，这双重的屈辱让你在接下来的一段时间，每天脑子里都在想该如何报仇。后来你才知道，出版社孕育了主导七年前革命的战士们，也是最忠实地把当年的传奇传达给学弟妹的组织。

人生第一次一见钟情，为了把它发展成恋爱而进入了文艺社，事情到这里都还好，没想到跟着女神一起附赠来的还有左翼。对此，你完全没察觉，一心追着久保响子跑。

幸运的是，另外一个二年级男生饭田君对你很友好。他不像上平那样鼻头渗汗、嘴角冒泡，总是用迎合文艺社女生的语气说话："都还好吗？""这个你知道吗？""有人想吃铜锣烧吗？"自愿做女生们的杂务工。饭田家的店是学校指定使用的文具店，

1　原文"ノンポリ"（non-poli），non-political 的日语缩写。

他本人也承担着家业和学校之间的互通传信的作用。饭田还是统领文化类社团"俱乐部讲评会"的带头人，笔记本、文具、画材、印刷用纸和墨水等的置办都是他一手操办，经常在学校里忙着跑来跑去。人的精明度和经济情况都是校内首屈一指的他，外号"饭田商店"。为了对付一些要从饭田那里想方设法弄到钱的坏家伙，作为自我防卫的对策，身兼保镖一职的朴君总是和饭田结伴行动。关于朴君的传言，你从和他同样是毕业于樱本中学的同学那里听过。据说他是极真空手道的黑带，腰上卷着裹着报纸的漂白布，就算是针对朝鲜人的右翼和黑社会他也不害怕，敢和他们一对一打架。朴君恐怕是学校里最擅长打架的二年级生。饭田君为了支持和保护朴君，还做过"朝鲜问题研究会"社团的社长。

三年级男生笹野君的目标是理科的大学。他数学极好，平时总是用计算器做数学难题的验算，有时又会像突然发疯似的自言自语，说些什么"便秘几天能上吉尼斯纪录呢？""麦角酸二乙酰胺[1]""去骨去芥末母乳拉面"。他总穿着像建筑工人的工作服的夹克，腿像腊肠犬一样短。虽然不知道他为什么会在文艺社，但作为三年级的疋田顺子的倾听者的角色，他是不可或缺的人才。

这个疋田顺子留着齐刘海短发，性格豪爽，是三年级的女子三人组的重要人物，兼文艺社社长。她特别喜欢寺山修司，

---

1 一种致幻剂。

自己也写短歌和奇怪的随笔。放在活动室的名为《极密调查报告》的笔记本被她写得满满当当。比如有这样的警句：

"世界想成为一本优美的书吗？怎么可能。世界不过是占满厕所的涂鸦而已。"

"他利落又清爽。只不过打嗝总是大蒜味。"

"男人总是用裤子里那根短棒把人生搞砸。"

"我的男朋友自相矛盾。他姓'木下'，却住在'桥下'。"

"男人和女人，做的是神的工作，粘在一起是恶魔的勾当。"

疋田顺子自称"俺[1]"，对男生一律叫"omae[2]"，总是微微歪着头，斜着眼看世界。有很多女生粉丝崇拜疋田，觉得她的举手投足很帅气，文艺社能有一定的存在感，多亏了疋田的人气。久保响子也是崇拜疋田顺子的学妹的其中一人。

有意模仿"糖果组合[3]"的三人组的另外二人是人称"平琳"的平田美雪和"清冰"清川梓。平琳是想考美术大学的少女，偏爱荷叶边，短裙的裙摆和上衣的袖口、领口自不用说，连袜子、挎包和便当袋都点缀着自己手工缝制的荷叶边。她能用穿

1　日本男子的自称。

2　一般情况下是日本男性在非正式场合中对男性或亲近的人使用的第二人称，给人较为无礼的感觉。

3　日本一九七〇年代活跃的女子偶像三人组。

透头顶的尖厉声音，接连不断地说话，还负责《极密调查报告》的插画，是文艺社的会计。平琳收藏了很多少女漫画，借给别人看后，作为回报别人会给她零食，于是活动室里总是有零食分赠给大家。清冰不怎么来学校，因为在校外出版社打工很忙。穿着男人给她买的连衣裙和高跟鞋出现在学校的时候，会被误认成老师。她个子高，身材也好，拢长发的动作充满了成年女性的魅力，气场和杂乱的活动室完全不同。饭田君自愿成为清川学姐的小跟班，她娇弱的脚被鞋子磨破时，他赶快跑去药店买创可贴，作为奖赏他被允许给清川贴创可贴，这对他来说是莫大的光荣，到现在脸上还会露出将要射精时那种心醉神迷的表情。

此外，还有身高一百四十七厘米、长得像老鼠的二年级女生四谷，适合扮女装的温柔二年级男生高田君，这两个不引人注意的配角都是北部的，而富有个性的主角都是在南部被污染的空气里长大的。

至今为止从没去过北部、一直把南部当成世界的中心的人们，把市内最北部想成过度稀少的山林，把从那里来的你当作边境来的客人。你没想到会被他们单方面认定"北部什么都没有吧"。还反驳"有多摩丘陵，还有读卖乐园呢"。可他们坚持认为你是农村来的"井底之蛙"，并没有想要改变自己这个偏见的意思。明明你知道新宿、涩谷，而他们连川崎站附近之外都不愿意去。对他们来说，东京就是京滨东北线和东海道沿线的蒲田站、品川站，没有非去那些地方的必要，在川崎就什么都有。真想跟他们说："不知道谁才是井底之蛙呢。"但又碍于寡不敌众，你还是什么都没说出口。

六月过了一半，文艺社的学长姐说要为唯一的一个新人举办欢迎会。放学后，你在活动室一边读书一边等待着。你被告知下午六点在川崎银柳街商店街的饭店集合，但地方你不熟，希望有谁能带你去，结果谁都没来，你开始不安了，在学校里转来转去找学长姐的身影。幸运的是，久保响子长发飘飘地从图书馆出来了。因为坐电车和步行要花的时间差不多，你们决定步行去。对你来说这简直成了天上掉馅饼的疑似约会。路上你很紧张，几乎没主动说话，久保响子却一直提问："你都听什么音乐？""你擅长什么运动？""至今为止你最讨厌的事情是什么？"渐渐你也放松起来，说自己将来想当艺术家，如果是小说家就更好，想要把不愉快的现实世界按理想改写，等等。

"学长姐真的想发起一场革命哦。"

难道她也是革命新派？你慎重考虑了措辞，对她这样发问：

"高中只有三年，学长姐没得到革命的好处就匆匆毕业了。他们后来怎么样了呢？应该没受到好待遇吧。"

"我见过几个学长姐，他们有的人复读，有的人上了大学，有的人去市政府工作，还有人成了高中老师。对了，物理科助教的武藤老师，以前是文艺社的呢，你知道吗，有时候他会来活动室，拉拢饭田君和上平君他们呢。他在理科大学的时候也好像一直在搞学生运动哦。"

"竟然有人好不容易发起了革命，最后却去当公务员的呀。"

"你不知道吗？据说川崎市公所是左翼们的根据地呢。"

"变成煽动市民搞革命的公务员……久保学姐，你毕业了想干什么？"

"继续上学咯。我想跟疋田学姐走一样的路。"

"疋田学姐想干什么呢？"

"她好像是准备去还在进行学生运动的文学系，或者社会学系吧。岛田君呢？"

"我还没决定呢，大概是想逃去国外吧。"

"哪边？"

"和美国相反的方向。欧洲，或者苏联什么的。三年级生看起来好悠闲，不知道他们有没有准备入学考试呢？"

"川高的学生都是进了补习学校¹才真正开始认真学习的。高中时大家都是玩日愒岁，这是传统。"

"一开始就准备复读的吗？进了大学再玩不好吗？"

"因为不是为了考进大学才上高中的呀。在这个学校里做什么都可以，所以把时间都花在准备入学考试上的话，不是太浪费了吗？"

受到学长姐的熏陶和宠爱，美少女也能变得这么看得开呀。

欢迎会在一个叫康帕内拉的专门开茶话会的饭店举行。说是三年级生三人组的共同朋友滨田君的父母开的店，所以能便宜点，结果也不怎么便宜的样子。文艺社社员八个人和三人组共同的朋友两个人，后来又来了两个文艺社的学长姐，正好聚集了十二个人，以你为中心并排坐在长长的座位上，就像最后的晚餐一样。疋田社长率先发言："社里新来了个看起来喜欢孤独的一年级生，大家多关照，一起把他培养成一个好男人吧！"然后把啤酒一饮而尽。你想到有可能要发生这种事，所以没穿制服去上学，现在看来是对的。这样在饭店里光明正大地喝酒对你来说是第一次，可学长姐看起来已经很习惯了，如果在这里表现出惊讶的话，会被当作傻瓜对待吧。这样想着，你也把倒给你的啤酒一口气干了。不再那么紧张了，这挺好，但太阳穴开始变得很热，渐渐地大家的谈话飘得越来越远。原来空腹喝酒很容易醉是这么回事。忽然清醒过来的时候，拥有动画声音的妈咪和童话风的平琳已经坐在你两侧，两个人交替着往你嘴边送用叉子叉住的香肠和手拿的三角形比萨，说着"啊——"，示意你张嘴。你不明白为什么自己会像雏鸟一样被喂食，但也只好皱紧眉头，任她们去。上平和饭田看着这些，露出了扫兴的表情，说着什么"别把他宠坏啦""也喂喂我嘛"。看他们那样，妈咪叮嘱你："岛田君，千万别变成那样的人哦。"平琳也在一边煽风点火："好好培养，他一定会变得更帅气的。"滨田君凑热闹对着平琳说："你都有我这个男人了，怎么还跟比你小的男孩搞不清楚呀。"

你用余光看着男生们公然嫉妒的样子，只能不失礼地挤出一脸苦笑。你真正喜欢的是久保响子，最有女性魅力的是清冰，说句过分的，你想要像火腿一样被她们俩夹在中间。可以完全确定的是，你更讨比你年纪大的姐姐们的欢心。

　　清冰、疋田、久保响子三人和晚来的已经毕业的男生聊得火热。你很在意他们是不是在谈论你不懂的成年人的话题，不时就要看看久保响子的表情确认一下。不过，你的醉意越来越厉害，学长姐的举动在你眼里像低速摄影的慢动作镜头。已经毕业的男生偶尔用威慑的眼神看着你。他前年毕业，好不容易在复读两年后考上了早稻田的文学系，现在的三年级生一年级的时候，他已经是三年级了，按理说和久保响子的在校时间不重合，尽管如此，他却自来熟地搂着久保的肩膀，装模作样地说着："人嘛，都是一边玩一边进化过来的，认真学习的人会退化的。"这小子是把文艺社当自己的后宫了吗？虽然你也在学长姐的款待中酩酊大醉，跟他算得上一丘之貉，但对于他把响子当夜总会女接待的行为，你还是默默地感到气愤。

　　大概过了两个小时，欢迎会结束了。毕业生邀请三年级生们去二次聚会："响子也会来吧？"响子回答说："去不去都可以。"就这样，响子也成了去二次聚会的一员。离开饭店时，你和毕业生打招呼，被说："'不关心政治'君还是小孩，快回家吧。"然后被妈咪送到车站，不得不一个人回家。久保响子被毕业生带走让你懊恼，也许这种懊恼太明显了，妈咪在你面前把毕业生贬了一通说："川崎高中比大学的气氛还自由，上了大学还总是想回这儿呢。在大学里是失败组的，回这儿反而成了土霸王，谁不想回来呢。"还安慰你："别在意。"

在这个工厂煤烟能让鼻毛变长的恶劣环境中，有一个不为人知的花园。在迎来人生最美季节的女生们聚集的花园里，寄生着装腔作势、冒充自由斗士的左翼。女生们心思单纯地写诗、吟咏短歌、把每天的变迁写成随笔和日记，婀娜优美地和文字打交道，左翼却坚信只要搬出经典的那套就能得到女生们的尊敬。当你在南武线的电车里摇摇晃晃时，不知道多少次一边咂嘴一边心想，那些经典你是绝对不会读的，还不如去背《般若心经》呢。

北部的人气男

同年级生都是不好对付的人。

教室的墙边放着工厂地带的学校才需要的空气净化机，却从没见它运转过。机器的旁边的缝隙刚好能钻进一个人，如果是被别人塞进去的话，看起来像是被惩罚；如果是自愿进去的话，看起来像是在忏悔。你在那个缝隙的深处的墙壁上贴了安格妮丝·林[1]的泳衣照，每次陷入自我厌恶的时候就去看看她。

---

1 Agnes Nalani Lum，活跃于日本一九七〇年代的美国籍模特。

有人想进那个忏悔室，柔道社的小堺就是其中之一。他来自南部的川中岛中学，不知为何对作为候补进入川高的事情感到很骄傲。明明就像喝醉的大叔一样说话不清不楚，却很喜欢自言自语。最早小堺是这样跟你搭话的：

"要小心南部的女生，她们后面有黑社会撑腰哦。"

同是来自川中岛中学的学生指着你说："北部也有小堺这样的人呐。"也就是说，南部也有你这样的人。从那之后你和小堺渐渐认识了，你把本想自己独享的忏悔室分享给他，作为回报，他给你烟草。小堺跟人的肢体接触很多，在走廊走着，他会过来勾肩搭背，说什么"把你脖子借来用用"，把你当成柔道的绞技[1]练习工具。知道了你也练过柔道之后，他感动地说着"喔喔，我的朋友"抱紧了你。课间休息，他还会说"想跟你一起去小便""来个寝技[2]好吗"。

连有着奇怪的男人体味的小堺都在六月坠入了爱河。七班的大贯的名字，一天里能被他提八次，且神情变得又陶醉又郁郁不乐。你好奇大贯是什么样的美女，特意去看了她，结果完全不是你喜欢的类型，只好随便说："那个人后面说不定有左翼撑腰。"小堺问你："那我也要变成左翼。怎么做才能变成左翼呀？"你回答他："加入文艺社。"小堺还认真地苦恼起来："可是，柔道社和文艺社没法兼顾。"直到最后小堺也没有跟大贯表白，到了秋天，他又转向了新的崇拜对象。

---

1 柔道中，使用胳膊等将对手的颈部勒住的招式。
2 柔道中，以躺倒的姿势使用的动作。

一年八班的最大派系是附近的渡田中学势力。他们住得离学校近，午休时还能回家吃饭那么近。中学校规规定必须推光头，就算他们很想把头发留长，可三七分和小波浪卷发都不适合，最后还是不约而同选择了平头。他们总是结伴行动，午休时一起玩"大贫民"，"坚持就是胜利"是他们的信条，每天的例行公事总是不会忘记。在学园的自由气氛里，他们做着几乎没有任何意义和价值的事。

牛岛是异卵双胞胎的其中一个，小个子的哥哥体弱多病，弟弟却是性爱机器。很快他就看上了同班的中田佳子，对她展开了热烈追求，可惜她迷上了你，连上课时都会用热情的眼神看你。被她锁定的你，经常有种被监视的错觉，这让你感到不安。中田佳子总是和网球社的女生们结伴行动，连这些女生也一起观察起你的举手投足来，真让你喘不过气。牛岛跟你说："如果你不想和中田交往的话，就别表现出会让她误会的态度。"你只好回击说："我又没对她抛媚眼和飞吻。我知道她的三围，就不告诉你。"

自那之后，这个讨厌的性爱机器到处散播谣言——"岛田只对男人感兴趣""有恋母情结""性格不好""大骗子"，甚至"包茎"什么的，就想让班里的女孩对你敬而远之。让你被怀疑成同性恋的原因，应该就是和柔道社的小堺总一起打闹吧。虽然这些都是毫无根据的谣言，但一半以上被说中了，因此你也不生气。牛岛针对你的举动，对包括中田佳子在内的全班女生都完全没有效果，谁也没因为那些谣言冷落你。相反，同性恋被认为是适合和女生聊天，恋母情结被看成是孝顺，性格不好约等于有趣，女生们甚至好奇地问你："至今为止你撒过什么谎？""包茎是什么呀？"

中田佳子为了牵制其他女生，公开表达了对你的好感，也因此有人悄悄地在你的鞋柜里留下了匿名信。那个人好像从在入学典礼时见到你开始，就一直喜欢你。在喷了玫瑰古龙香水的信纸上，用端正的楷书写着如下内容：特别是你一个人在窗边沉思的样子，穿着凉鞋在走廊飒爽地滑行的姿势，用奇怪的回答回应老师提问时的脸，这些都是自己喜欢的类型，让自己感觉胸口透不过气。信以"请把我的难过的心情放在岛田君的内心深处，不要告诉任何人"结尾。因为不知道是谁写的，你只能保守秘密。这是不是南部的女生被北部的怪人吸引的因缘呢？

如果在教室里不顾忌别人眼光，一直盯着你看的人不是中田佳子，而是久保响子的话，哪怕在课上，你也要把她带出教室，亲她，用让人窒息的力量抱紧她。如果把带好闻香味的信藏在你鞋柜里的匿名女生是久保响子的话，你会不发一言握紧她的手，立即把她带到其他地方去。

有条件的妄想无法付诸行动。你热情地清醒，冷静地情绪高涨。女生们迎来了思春期，想要男生，男生也通过两腿之间的生理变化感觉到了那种气氛，但谁也不知道该怎么办。你虽然不是同性恋，但至今只和男生打过交道，女生的手都没摸过。作为热身运动的自慰已经足够了，在真正和异性发生关系之前却原地踏步不前。

暴力教室

　　有一天，一直支持你的妈咪带了两个剃了眉毛的女生出现在一年五班的教室。看到你后跟你说："岛田君，这班里有个叫北条的吧。把她给我叫来。"虽然是从没说过话的女生，你还是做了传话人。北条沙知总是很冷静，有自己的节奏，有种作为比大家高两年级的学姐蔑视同学们的感觉。她来自京町中学，总是独来独往，一个人看书。你以为是要拉拢北条进文艺社，没想到妈咪上来就踹了北条一脚，拽着她的头发把她打倒在地。一起来的两个女生也每人打了她一个耳光之后，妈咪恫吓她："你小子，态度够横的啊。你以为不过我这关能行吗？你那个态度不改的话，我每个星期都来收拾你！"远远地围观了这一切的同学们吓得脸色发青，不敢和妈咪目光相接。你被迫看到了和平时满脸慈爱完全不同的、妈咪的另外一面，脊梁骨一阵发凉。妈咪看向你这边，又恢复了平时的动画声音，微笑着说："岛田君，下次再聊哦。"然后趿拉着被踩平的鞋走了。

　　"岛田君，你怎么会认识首藤的？"小堺战战兢兢地问你。

　　你答说："因为她是文艺社的学姐。"小堺悄悄告诉你："她呀，是女阿飞的头头，你不知道吗？"

　　你很震惊地发出"啊——"的声音，说着"我不知道啊"逃进了忏悔室。在不知情的情况下被女阿飞保护、关照的自己实在是可悲，还有点被妈咪背叛的感觉。过了一会儿，你问受了刑罚的北条:"你没事吗?"她咂咂嘴,嘟囔道:"她明明说过不再当女阿飞的……"然后又看看你,意味深长地笑了。

虽然在北部的中学也有暴力事件发生,但在南部这是家常便饭。第一学期快结束的时候,一年级生的势力地图渐渐明晰起来。果不其然,习惯了暴力的、毕业于南部中学的学生们决定了地图的分布,最终形成两虎盘踞的局面。北部的学生几乎没有参与的份儿。两个老大分别是大师中学的宇津木和幸区南加濑中学的山协,他们的下面是以足球社社员和橄榄球社社员为中心组成的十五人左右的跟班组织,想要对抗他们几乎是不可能的。川高没有学生会,这个秘密学生会组织起来后,或者成为这个组织的一员,或者成为格格不入的异端,或者混进关系好的几人小团体,除了这些没有别的选项。

两个老大之间绝对不起冲突。他们应该是互相认可了对方的实力和自己相当,避免争夺第一吧。在中学已经对暴力事件感觉腻烦的每个人,可能会想,如果能和境遇相似的大家早点达成共识的话,就可以过上平静友好的学园生活。只要是选择来川高的人,应该是很容易理解这点的。你最早见到妈咪的时候,她曾经跟你说过"这个学校对我来说就像断缘寺一样,能让我躲起来",虽然很晚,这句话的真正意义你才领悟。即便如此,妈咪还是不时地变身成女阿飞,给狂妄的学弟妹一点颜色看看。这也许是被推崇为组织的领导者不得不定期举行的仪式吧。

还有一次,两个老大之一的宇津木惩罚学弟时你也在场。

那是在教室举行的保健体育课刚结束之后，老师刚走，你就听到后面传来低沉的声音、桌子倒地的声音。回头一看，同班的山本流着鼻血躺倒在地。宇津木大喊一声道："你小子别太放肆了啊。这个学校能和平，是因为我不想起事端。把这个话也告诉其他人吧！"然后把手帕扔给山本，出了教室。简直是电光石火的秒杀。被打的山本确实是不够本分，厚颜无耻。作为秘密学生会的干事，自鸣得意和宇津木平起平坐，还把别人买来的面包顺手牵羊，嘲弄欺负比自己弱的同学，典型的小无赖。班里同学都认为，宇津木处罚山本，是山本自作自受。

暑假的回忆

一学期有八十天以上的课，其中一半约四十天，你都迟到了。上学时间段的滨川崎线，一小时只有两班车，如果错过了这两班，你就赶不上早上的班级活动。一般来说这样是要被叫家长来的，班主任却很大度，几乎没给你留下任何迟到的记录，你想，接下来也可以随便迟到了。

从初中开始你就习惯随身携带创作的笔记本，上面写着一些类似小说的东西，除此之外，你也在手账上写日记。一时中断过的记录梦的日记也继续写起来，还写了一些诗一样的东西。

从多摩川的中流到河口，从郁郁葱葱的丘陵地带到煤烟覆盖的工业地带，你每天往返着。在这个过程中，曾经彻底被分开的南部和北部，在你的意识里慢慢地开始交汇。为了适应沉闷的空气，鼻毛都变长了。对南部气质感到困惑的同时，还是在极力迎合他们的风格。可是，当新鲜的空气被吸进肺里时，当听到小鸟的啼鸣和虫子的叫声时，放松的过去的自己依然如旧。进了高中，你一如既往和发小的平泉去登山。暑假去了云取山和八岳，沿着溪流登山的丹泽中级线路也一个个完成了。川高也有登山社，而且活动室就在文艺社的旁边。同班的细田是登山社社员，你经常和他聊天。听说他们下次要去登谷川岳，你从顾问的伦理社会老师那里得到了一起去的许可。大镜老师是川高毕业的，把二年级的不良社员管理得妥妥帖帖。他禁止强迫一年级生背负重物，但允许在帐篷里吸烟草、喝啤酒。因为要配合体力不如高中生的老师的速度，所以相对而言是轻松的登山行程。

你在电车里聚精会神地读书，大镜老师很好奇你在读什么。知道你在读谷崎润一郎之后，他说："明明还是处男，竟然读这么早熟的书。"到目的地后搭了三个帐篷，每个帐篷住四个人，一年级生和老师住一个帐篷。

"岛田君将来想做什么？"

被问了老生常谈的问题，你脱口而出："小说家。"

"没有副业的话，可能养活不了自己哦。当老师怎么样？暑假很长哦。"

"老师也不容易吧。不良少年、黑社会的 PTA、教育委员会什么的，都不是好相处的对手啊。"

"不把麻烦的事情变成好玩的事情，是成不了专业人士的哦。"

"如果我不想在争论里输掉，应该怎么办才好?"

"读一百本岩波新书，就会变很强哦。"

"所以还是需要修养咯?"

"有了总不是坏事。如果不想靠修养来赢的话，可以跟住持练练禅问答。"

虽然是无意中说到的话题，"禅问答"这个词却一直留在你的脑海里。你虽然不想把头发剃光，但坐禅却有吸引你的地方。从今以后应该还有更让你烦恼的事情，你也漠然想过该怎么提前为那些做准备，这正好被老师说中了。

除了登山，暑假里没有别的开心的事。也许是因为你身处北部的"边疆"，没有朋友邀请你出去玩。有一个初中时代的朋友来家里看你，仅此而已。为了排遣不能和久保响子相见的寂寞心情，你开始写信。契诃夫和陀思妥耶夫斯基给恋人和妻子写的信，间隔没有超过三天的，只是信就占了全集的一卷，让人怀疑小说是不是写信的间隙的产物。你也效颦，把像是柏辽兹写给亨丽埃塔那样热情的句子写在笔记本上，再誊写在信纸上。你一共写了八封情书，寄出去的只有两封。那之后就一直等待回信，不知道是邮局散漫还是信被偷了，回信一直没来。难道自己写了什么让响子感觉不快的内容吗?你又把草稿的文章再看一遍，看的时候会脸红，会发现错别字，坐立不安，只好骑着自行车在多摩川河堤的自行车专用道上飞奔。

　　无法见到响子学姐的暑假，我一边听德彪西的《梦》，一边回忆响子学姐随风摇动的头发和微笑时露出的虎牙。有时候，我会去多摩川河滩，在河面的光影之间寻找响子学姐的踪影。响子学姐现在在做什么，在想什么，梦见了什么，就算问石头和云彩，也得不到回答。喜欢上一个人，原来是这么辛苦的事情啊。如果被蚊子叮咬，可以挠挠。如果扭伤关节，可以湿敷。如果得了感冒，可以吃药。但是，关于爱情却没有对症疗法，除了祈求响子学姐的心能向我靠近之外别无他法。写这封信需要多少的勇气？我满不在乎会被左翼和跑腿的当作笑话，但是如果响子学姐对我更加疏远的话，我会非常不安，不知道该怎么办。即便如此，我也不能放任自己的内心产生的化学变化不管。因为，说不定这个化学变化会成为改变整个世界的契机。

　　老实说，为什么会对响子学姐着迷，我不知道。但是在考虑这个理由之前，我的身体先有了反应。或许是我的本能在发挥作用。我相信自己的直觉，把我的心托付给你，你想煮它、烤它、扔掉它，像是抚摸猫咪一样抚摸它，或者像是种仙人掌那样养育它，都是你的自由。不管你做这些会给我带来什么样的痛苦或难为情，我都能忍受。因为我是岛田mazo[1]彦，所以不用担心我。

到了八月最后一个星期，终于从久保响子那里来了回信。

谢谢你的信。我试着把mazo彦君搁置一边了。你是文艺社受欢迎的人，如果我独占了你，会被大家记恨。受欢迎的男人不好过呢。为了到秋天也尽量不变得尴尬，我会接受你的热情，然后泼你冷水的。

你的狂热被避开，被冷却了。为了出气，有一瞬间你都想随便自杀，死了算了，于是去了最近的铁路道口。但跳进南武线的线路自杀实在是太落魄了。你想来想去，自己不能接受这样没有美感地死掉，于是喝了餐具柜里用来做装饰的威士忌，怄气躺下了。你对爱慕的人和被爱慕的人之间的不平等感到气愤，也因为语言的魔术还没开始就已经结束而丧失了自信，但另外一方面，你这时才意识到，以前的你，对于那些向你表示热情和好感的、给你情书和巧克力的女生是多么冷淡。她们选了你作为人生最初的恋爱对象，你却漫不经心地对待她们的苦恼心绪——不邀请她们出去约会，不跟她们好好聊天，不跟她们握手，只是装腔作势说些什么"猫和女人一样，不叫她们的时候就会来——波德莱尔"的箴言，最后也只是看着远去的女

---

1 mazo指受虐狂，与作者名字中的"雅"的日语发音masa首音节相同。

生的背影挥挥手而已。所以，现在得到了同样的对待，只能认为是因果报应，只能放弃。本来你还期待自己去了南部之后能改掉这一点，现在看来身体里的优柔寡断先生还健在。

心中阴云消散

到了秋天，你决定主动出击，尝试认真改变自己。

你偶然在电视上看到一个纪录片，是关于永平寺的行脚僧的生活的，你这才知道原来在东京有永平寺的别院。你的想法极其乐观：只要去那里，说不定自己就会开悟。和母亲商量之后，得到的回复是："去吧。你总是不安稳，通过坐禅能修炼明镜止水的心境也好。"母亲还说："差不多该去理发了吧。"用轻松的语气鼓励你迈出这一步。

从学校回家的路上，在武藏小杉站换乘东横线，再坐日比谷线在广尾站下车。一边和路人问路一边找，花了三十分钟左右终于来到寺院里，发现了"周一坐禅会"的牌子。刚好碰到正要出门的僧人，跟他打了招呼，僧人面对你合掌微笑。你问他关于"周一坐禅会"的事，他很亲切地告诉你："晚上七点开始和普通大众一起坐禅，谁都可以参加。如果是第一次参加的话，要先参加讲习会，请六点半到正殿来。"谢了僧人之后，又得到了他的邀请："现在我要打车去新宿车站，要不要一起？"于是你也坐上了出租车。在车里被问到"为什么想要坐禅"，你没说是"因为失恋了"，回答的是"因为想让心中阴云消散"。

周一你又一次去了寺院，在年轻健壮的僧人的指导下，和其他三个参加者一起学习了坐禅的基础知识。七点整开始，你们在微暗的禅房里，半盘腿坐在圆形的坐垫上，集中注意力听着自己的呼吸声，这样坐了四十分钟。一直盯着墙壁——当然，上面什么有意思的内容都没有——合十的双手的左右手大拇指轻轻摩擦着，你想象着亲吻久保响子的自己。大概十分钟后，脚开始发麻，渐渐失去知觉，发麻的感觉静悄悄地蔓延到膝盖。突然时间停滞，一秒钟变成五秒钟那么长。困意袭来，上身一动，肩膀上就被放上戒鞭。头稍微斜一点，敲肩膀的鞭声就会响彻禅房。翘首以盼的坐禅终止符是敲钟的声音。解放坐麻的脚，离开坐垫，慢慢在禅房里走动，脚麻的感觉慢慢消失，血液循环变好之后突然一阵强烈的痒痒袭来，为了不发出呻吟声要用尽全力。

最后是全员一起唱《般若心经》，结束。在那之后，自愿参加的人被带到榻榻米客厅，被招待茶和点心，可以听老师的讲话。因为是第一次，你也参加了讲话会。老师通俗易懂地解释了道元[1]所说的"只管打坐"的意思，你却在坐禅的时候脑海中乱舞着化成影画形状的"杂念"，和无心无欲的境界相差甚远。

1　道元（1200—1253），镰仓时代初期的禅僧，佛教曹洞宗在日本的开祖。

讲话会上还有位像是会勾起僧人们世俗烦恼的、八头身的、模特一样的女性，如果能和她见面，每周来这里也不错，你这样想着，很快注意到了这位有资格当久保响子继任者的崇拜对象。

从那之后一段时间，南青山的禅寺代替文艺社活动室成了你的新的生息地。周一一放学，你就去涩谷，先用决定好的三百元打小钢珠。赢了的话就立即换成巧克力、烟草、袜子等奖品；输的话则毫不犹豫地放弃，然后在车站前的名曲咖啡店"漫步"，打发时间。靠在胭脂色的旧沙发上，就点一杯咖啡或者苏打水和一百元的吐司赖着，一边专心读文库本，一边等着自己点播的巴托克的弦乐四重奏和布鲁克纳的交响曲。整整两个小时，让自己的身体里渗透节奏和旋律，以化成灰烬的状态面对坐禅。就这样，在寂静中，你的耳朵只能听见弦噼啪碰撞在按弦板的巴托克和布鲁克纳咆哮着的六把圆号的声音。把这个声音当作背景音乐，看着眼前墙壁的污渍就像动漫一样开始跳舞。选择巴托克和布鲁克纳，进入坐禅的冥想状态，没有药物也能到达恍惚状态。你暗暗把坐禅和古典音乐的迷幻融合作为目标。

那个时候有收录音机、立体声音响、便携式的小型收音机，但因为没有 iPod 和随身听，不能一边听喜欢的音乐一边坐电车和在街上散步。正因如此，你特意去名曲咖啡店，沉醉于音乐，牢牢留在记忆里，在大脑中播放。站在谷川岳和云取山的山顶的时候，你也一个人看着下面流动的云，启动了脑内的投币式自动点唱机。

南部的消息通

　　二年级时班级重编，班主任从物理老师变成了数学老师。你对学习世界史、化学、地理比较有热情，也被古典的世界所吸引了。特别被《伊势物语》的在原业平的行动所感化，开始着手寻找理想的恋人作战计划。你不再崇拜安格妮丝·林，和久保响子变回普通的学姐和学弟的关系。一年级结束的时候，同班的河合睦美送给你手织的毛衣并跟你表白，你们一起吃了手作三明治，你想谦虚地学习男女交往的基本常识，但因为本来她就不是你喜欢的类型，所以在三次约会后你跟她说："如果两年后你还喜欢我的话，就一起坐禅吧。"这样和她分了手。

　　三年级生离校之后第一次回到文艺社活动室，妈咪、你，还有同班的深川一起喝了咖啡。深川读懂了你的表情，说："这个组合是不是很让你意外？"问了之后才知道，他们两人是大师中学的学姐和学弟，深川在和妈咪交往，妈咪只当深川是无足轻重的人。深川是秘密学生会的秘书，是服侍宇津木的侍童一样的角色。他留着和宇津木一样的大背头，身材瘦小，在哪儿都不闲着，口才好，和其他人相处有道。深川是老师和小团体之间的联络人，据说老师为了把握学生们的动向，希望深川能当他们的间谍。如果不小心在深川面前说了别人的坏话，第二天就会被对方知道，深川对教师们的私人信息了解得很详细，详细到简直怀疑他是不是在职员室安装了窃听器。他对同学们的过去和学校里的恋爱情况等也很精通，大家都说："如果想知道要交往的对象的预备知识，问深川就行。"当然，这只限于南部范围内。

妈咪介绍你是"小学生的时候发掘了遗迹，中学生的时候制造了炸弹的岛田君"。被问到"好久不见，最近在干什么"的时候，你回答道："坐禅。"深川一脸佩服地说："原来北部也有这样前卫的人呀。"

就这样被他们二人邀请，去了秘密学生会的大本营的咖啡店。那里据说是同年级的江崎美智的妈妈开的店，晚上是轻食店。你还听说被中田佳子甩了的性爱机器牛岛跟江崎好上了。

深川说："北部的人看着都像小孩。"你回应说："南部的人好像任何时候都在和什么抗争似的。"深川淡淡一笑说着："被你这么一说，好像还真是这样。"看了看妈咪那边。妈咪觉得说的是自己，嘟囔了一句："我也想早点隐退呀。只不过一放松，就会被对手反将一军。"

"北部的人还在烦恼怎么兼顾学习和课外活动呢。那有什么可烦恼的呀？南部的人肯定更早成熟，变成大人。"

"只是更早学会了大人玩的游戏而已吧。"

"麻将、打小钢珠、赌自行车赛可是必修科目哟。岛田，你在打什么工吗？"

你被棒球社的人拜托，在川崎球场卖过可乐，因为没有空闲看球赛，干了两次就辞掉了。

"我家是开拉面店的，我就送送外卖，被叫去附近的麻将店凑凑人数什么的。没办法呀，本地的不良少年对我纠缠不休，跟我要钱。"

"本地的不良少年，和高中的不良团伙不一样吗？"

深川放低声音，跟你耳语道：

"川高的那帮人都是正经人的儿子、女儿，讲道理能通的人。本地的那些坏小子几乎都是在黑社会的手下干活的，挣的钱不够生活，就威胁本地的小孩，勒索他们的零花钱，夜里打劫商店，把收银机整个偷走什么的。我们家的拉面店也被偷过。后来没办法，就只能交给他们保护费，免得被盗。"

"去报警不好吗？"

"报警了会怎么样呢？他们手下的小流氓过来，说'是你小子打的小报告吧'，把我打一顿。这里呀，就算是不良少年，要是没有一点黑社会的关系也不能安心生活。自从我跟真弓姐开始交往，已经不会被威胁交钱了，也没被打过。"

你问为什么会变成那样，他说："因为她的叔叔是组织的干部。"唉，你想到自己竟然激发了有那样背景的女性的母性，脸色发青。

"真弓姐在川高做我们的女阿飞头领的这段时间，川高学生也能安心生活呢。连宇津木也听真弓姐的话。"

为了北部难以想象的束缚而苦恼的南部人，让你感觉也挺可怜的。

差不多要回去了，坐在里面的桌席的穿西装的人说要请你们三人喝饮料，可你们并不认识他。你们道了谢，不客气地喝了服务员小姐送过来的饮料，里面是人头马。

青少年之友

比起想要和奇怪的人做恋人的女孩，更想和没有内涵的可爱女孩缠绵。为了满足这样的欲望，不得不让自己变得更受大众欢迎。在运动方面争输赢难度太高，你决定组乐队。初中生的时候你弹过吉他，也被称赞过声音好听。不过，民谣和摇滚的复刻的话，秘密学生会那帮人已经在做了。你的目标是不允许别人追随的前卫乐队。

要组乐队就需要乐器，但吉他什么的太老套了。你下定决心，弄坏了初中时面包店老板给的吉他，要做其他的乐器。春假里你拉扯锯子、挥动凿子，经过一个星期的摸索尝试，完成了自己做的弦乐器。借用吉他的杆儿和弦轴，用红木胶合板做了中提琴大小的筒体，开了"f"形的孔，涂涂料，竖起用买鱼糕附带的塑料板加工成的弦马，拉紧吉他的弦。指尖弹过弦，发出琵琶一样又低沉又干涩的声音。你把那个乐器命名为"中提琴吉他"。用涂了耐酒精树脂的方材代替弓来摩擦弦的演奏风格也是自己编出来的，你把它放在膝盖上，配合着这个开始了即兴演奏作曲。先决定主题，再按心情叠加变奏，为了以后能再现，用盒带录了音。你花了一个月时间做成了全十二首《无伴奏中提琴吉他组曲》，献给伟大前辈巴赫。

你决定在二年五班的同学里选乐队成员，选出来的结果却特别奇形怪状。和你一样是古典迷的小鹿负责钢琴和口风琴，醉心于迈尔士·戴维斯的爵士迷、熟悉民俗音乐的砂川担任小号，加上乡村音乐迷、最近刚买了班卓琴的柔道社小泽，你担当的是打击乐器和中提琴吉他。小鹿和砂川住中原区[1]，成员中没有老家在暗黑南部的人。本想让进步摇滚乐迷本宫也加入乐队，却被他拒绝说"我讨厌拉帮结派的"，只好把他算作候补成员。音乐趣味不同的五人集合在一起，可以把各有优势的种类横跨几个领域表现出来，而且能吸引各种听众，你是这样想的。

演奏全是即兴演奏，按顺序插入各部分的华彩乐段，随时转调，回到主题然后结束。你们共有代替乐谱的、记着乐曲构成的笔记。每人自带两首曲目，以作曲者为中心磨炼演奏。练习则按顺序在各自家里进行。最初在小鹿的位于小杉町的家里集合。

你想做像巴托克的《第五号弦乐四重奏》那样的、暴力展开民谣旋律的乐曲，想把乒乓球落地的声音、水流下的声音、玻璃破碎的声音作为打击乐器使用。砂川想用阿伊努人[2]的民谣旋律演奏爵士乐。小鹿想把童谣《开心的女儿节》的主题演奏

---

1 川崎市的一个区。
2 居住在今北海道、本州北部和千岛群岛、库页岛南部的土著民族。

成巴赫的《哥德堡变奏曲》。小泽则只想弹班卓琴。每个人的想法各不相同，当你们尝试即兴演奏《开心的女儿节》的主题时，小鹿的小学生妹妹觉得好玩，带着口琴参加了演奏，场面很热闹，很成功。钢琴只演奏莫扎特的《土耳其进行曲》的节奏，班卓琴和小号叠音，你除了用响板、西洋铙钹、小鼓，还用上一捏会发出"噗噗"声的玩具、洗脸盆的水、风铃、脚步声等花样百出的打击乐器，来演绎《土耳其狂想曲》，另一边用唱片机播放柴可夫斯基的《钢琴协奏曲》，中途改变转盘的旋转速度，一会儿用手暂停转盘，一会儿重新回转转盘，尝试把唱片机本身作为一种乐器来使用的新手法。在转盘演奏者出现在电子音乐的世界之前，你一时高兴编出了这种演奏法。

傍晚，结束练习的你们开始饮酒作乐，小鹿的妈妈结束了舞蹈教室老师的工作回家了。她准备好晚饭之后，还要去附近的小酒馆打零工。小鹿妈妈给你们做家常菜，给你们倒啤酒，用习惯的接客的态度跟你们聊各种话题。你被问到"岛田君，以后想做什么?"时，回答她说："我想做小说家。"小鹿妈妈说："啊呀，要是能得芥川奖就好了。"

小鹿妈妈说了"不要拘束，在这里好好玩吧"，就去打零工了。你们说着"好年轻好漂亮的妈妈呀""白天跳舞，晚上去小酒馆，中间还要做家务，真是太辛苦了"，对自己在这里喝酒有了一点罪恶感。作为单亲妈妈家庭的大儿子，小鹿担忧的是如果要去上大学的话，学费只能靠自己去挣。

"要是可以的话，我想一辈子都不工作。为了能不工作，只能做像妈妈那样工作的人的小白脸。"

不知道小鹿是认真这样想的，还是只是为了遮羞掩饰，看样子小鹿心里知道自己继承了爸爸的懒惰基因。

"不过，我不像我爸爸那样受欢迎，所以要是妹妹不赶快去工作，我就麻烦了。"

"你真是太没用了啊。"你故意刁难小鹿，"如果我有那么可爱的妹妹，为了她，我愿意去送报纸、卖可乐呢。"不，那么寒酸的零工什么都解决不了。要想救助贫困的家庭，成为乐队的人气王、小说卖成畅销书、作为艺术家获得成功比较快。

重要的乐队名还没确定。已经有几个备选，比如"色即是空""川崎吸盘男孩""多摩川四重奏"等，最终还是决定用最普通的"青少年之友"。

刚开始的时候，你觉得自己被肤浅的一般女生的热烈目光围绕着，三个月后的文化节证明这只是你的错觉。青少年之友借来有大钢琴的音乐室，举办了第一次的音乐会，听众却只有三个人，而且是班里最朴素的合唱社的三个人，只给你留下了茶绿色的长筒袜、白色衬衫、三股辫、牙齿矫正钢圈的模糊印象。文化节上吸引了最多观众的是职业摔跤研究会和轻音乐社的乐队"焦糖"的音乐会。以前，作为怪人的你挺受欢迎的，这让你误以为就算很前卫也会有女生跟着来，结果失算了。替补成员本宫可能是想安慰你，带了一瓶托里斯威士忌来看你，说道："你就什么也别做，沉默闭嘴才会受欢迎啊。"

生日的告别

你享受孤独的乐趣，提高妄想的程度，尝试超现实主义的自动记录，把过去的梦作为素材写成小说，还尝试把短篇里写得好的改成广播剧。自己去录脚步声、道口的声音、人多拥挤的声音、玻璃破碎的声音、鸟鸣声等声效。活用收录机和自己做的乐器，画外音和音乐也全是自己一人完成。这个收录机还有发射调频无线电波的功能。和单向的收发器一样，选择空闲的周波数，可以在那里播放录音的内容。电波可以到的范围在半径五百米之内，虽然范围小，但对上同一个圈内的别的收音机的周波数的话，可以收听"广播"。

你想使用这个功能，让别人听自己制作的广播剧，于是把"几点几分把收音机的周波数转到这里试试看"的信息留在了喜欢的女生的鞋柜里。你在定好的时间播放了自己的作品，听众却一个人也没有。

你希望靠在运动会上的表现挽回局面，但不是靠班级对抗的竞技项目，而是靠在加油助威时用的吉祥物制作。其他班级在胶合板上画动漫人物，提高士气，五班在你的构思下，用六张胶合板再现了达利的《记忆的永恒》的随树枝摇摆的柔软时钟，高高举起在川崎的灰色天空。树枝和时钟随风摇摆的样子很有意思，但看到的学生们都嘲笑道："那是什么东西啊?!"

是太过前卫的报应吗？也许在你不知不觉中，川高已经变得越来越保守了。为了迎合大众做的所有努力全部事与愿违，你突然发现自己已经被满场一致地排挤出班级，被逼到了孤高的境地，被俗物们的胡闹隔绝在外。

不锻炼对孤独的耐受性就不能走上文人的道路，你这样安慰着自己。为了排遣无聊，你埋头备考，买来了至少有一千页的过去考题集，还去参加了模拟考试。如果能作为应届考生考上想去的大学，就是对把自己排挤在外的同级生们的复仇。短短一个月的集中学习的成果反映在英语突击考试里。你被英语老师叫住："岛田是要考外国语大学的吧。"当时你还没决定要考的大学，外国语大学难度太高，不在你的考虑范围内。那个英语老师自己毕业于外国语大学，可能有种看到英语好的学生就想邀请到自己的老巢的习惯。那之后，你开始在模拟考试的时候在志愿一栏写上"东京外国语大学"。

开始坐禅之后你突然就不受欢迎了，所以只好主动出击，计划着收复失地。你同时给羽毛球社的一年级美少女友川稻美，女篮社王牌、身高一米七的小野雪美，网球社的元气泼辣美女椎名翠写了情书。三人都是运动社团的女生，这虽然是偶然，但毫无疑问，潜意识里你渴望富有健康美的女生来中和你前卫的灵魂。"贪多必失"和"业精于勤"之间互相矛盾，你决定只相信"追求吧，自然会得到想要的结果"。

你知道了女生们家里的电话，算准她们正好回到家的时机，给她们打电话。你总是使用家附近的公用电话亭，把那里命名为"爱情宝盒"。但是，因为没有什么和女生聊家常的经验，对话经常聊不到三分钟。你聊起最近读的书、喜欢听的音乐、觉得感动的电影，而对方只给一些"哦""是吗"之类的毫无兴趣的回应。也许干脆直接地邀请说"文艺社的活动室基本没别人，在那里做爱吧"，被拒绝之后再说"那好吧，那请你过好没有我的幸福人生吧"，反而会比较好。如果这样，像填问卷一样向全校学生的三分之一的女生撒网发出邀请，说不定其中会有人觉得有趣，真的出现在活动室呢。

你和三个女生各出去喝过一次咖啡，聊了一点各自将来的梦想，关系没有再更进一步。近距离观察对方，反而让你发现了她们脸上的青春痘、黑痣和牙齿不整，对她们的性幻想也迅速破灭了。你肯定不是为了找毛病而接近她们的，但这让你悟出禁得起近距离观赏的容貌实在是少有，对久保响子的恋恋不舍更高涨了。

没想到和久保响子最后一次见面是在你的十七岁生日那天。她一个人打扫了文艺社的活动室，你打招呼道："善始善终？"她说："不是，我是在寻找在这里没有虚度时间的证据呢。""一起找吧。"你说。她回答："谢谢啦。但是证据已经找到了，不用了。"

"决定去哪儿了吗？"

"我要去学美术的专门学校。岛田君要去的应该是更高级别的吧。"

"响子，如果我成了小说家，你能跟我交往吗？"

你已经预感到从此以后和响子不会再见面了吧，突然说出了这样的话后，她微笑着回答"要是成了小说家，美女会一拥而上哦"，还和你握了手。

"谢谢你暑假给我的信。我很高兴。"

一边目送离开的时候这样安慰你的响子，一边深深叹一口气，你把藏在柜子里的托里斯威士忌对嘴喝了。她找到的"证据"到底是什么呢？你一直在想。一个小时后你才突然想到，难道在这里的时间没有虚度的证据，是你本人？然后你不停回想刚刚她的表情、举手投足。那个微笑和握手，还有对你的信的感谢，都完美符合这个设想，证实了你的直觉是对的。说不定失恋只是你的错觉，久保响子一直等待着你热情的追求。你冲出活动室，在学校里找了一通，但没找到她的影子，反而被饭田商店叫住了。

"文艺社已经只剩你一个人了吧。已经没有烦人的学长姐了，你可以随心所欲啦。"

你问他有没有见到响子，饭田一副陶醉得要翻白眼的表情："响子的胸可真软呀。"你问是什么意思，原来在只有三年级生参加的毕业派对上，他趁乱摸了响子的胸。你扔下一句"已经没有遗憾了吧？请安心睡吧！"，一口气跑到车站，蹲在站台一角跟自己发誓说道：

"我一定要成为小说家，把从头到尾都是白忙一场和大惊小怪的、可耻的高中时代全部改写。"

壁橱实战秀

在川高，三年级的春天要去关西修学旅行。晚上住宿是一起的，白天可以自由行动。三个人以上成为小组，还要交上行程表，但因为没人监视，所以其实在当地想做什么都可以。大家都是便服，整齐的太阳眼镜加上双排扣西装，看起来几乎都是黄毛小子，全妆加上高跟鞋的女生看起来就像陪酒女。你和青少年之友的成员组队，去了奈良的飞鸟、当尾地区的岩船寺、九体寺、大原等地方，空闲时间去去咖啡店和游戏机厅，午后在食堂就着饺子喝啤酒，彻底懒惰散漫地度过。

旅行中你听到了这样的传言：

二年级时和性爱机器牛岛交往过的江崎美智在刚升到三年级后，突然变得淫乱，在修学旅行时和很多男生上床。连集体活动也逃掉，和京都的大学生白天就开始窝在情趣酒店里，一次收一万元，还拿了特产生八桥。

传言来自秘密学生会的发言人深川。再怎么说允许自由行动，突然这么一说，你也不相信能到修学旅行时和当地大学生性交易的地步。的确，江崎剃眉、染茶色头发，穿着胸口开得很大的针织连衣裙，吸引了路上男人们的目光。如果只是这个传言的话，还能只把它当作都市传说，但这事还有后续。

江崎美智遵守门限，和班里的其他女生一起回了宿舍，但似乎还不满足，到了关灯时间，她悄悄出现在男生房间，指名要秘密学生会两个领导者的其中一人——足球社的山协和她上床。山协让江崎美智进了壁橱，要和她发生关系，同一房间的男生被卷了进来，为了让他们闭嘴，山协说："想偷看做爱的要付五百元。"四个男生同意了，轮流把脸贴在隔扇的缝隙，用房间自带的紧急用手电筒照着，观看了两人的"活塞运动"。由于这是不争的事实，江崎美智白天和大学生性交易的传言也陡增了真实性。青春的记忆里总有愚蠢的行为，公开做爱的两人，以及付五百元偷看的几个人是借着酒劲不知不觉失控了吧。世间太多不公平的事，是谁都会失去认真活下去的愿望的。但是如果最终沦落到性交易和偷看做爱，这也太廉价了。一年级时的江崎还勉强停留在清纯派阵营里，一定是被性爱机器牛岛动了手脚，或者被更坏的男人调教，改造成了适合性交易的样子。江崎美智毕业后的出路不难想象，兼顾她的兴趣又能赚到钱的工作，在川崎车站附近要多少有多少。

山协以为拉拢同屋男生成了自己的共犯便万事大吉了，没想到第二天早上两人就被班主任体育老师拽了出来，端坐在走廊上，被推荐给你禅问答的伦理社会教员大镜老师骂了一通。应该是被不觉得公开做爱好玩的人打了小报告吧。大镜不知道江崎性交易的事情，因为不知道该如何制裁进行了"壁橱实战秀"的两人而苦恼着。

吃完早饭，正在准备出发的学生们到处走动，在这慌乱之中，你认真听了大镜是如何硬搬道理的：

"毕业之后，我才不管你们要干什么。可是你们是在修学旅行的时候，和同年级生练习拉皮条和仙人跳啊。退一百步说，就算我承认你们互相爱着对方，但收钱让别人看你们的性行为算什么？难道是觉得不收钱教性行为不划算？你们要知道羞耻啊。"

大镜和你视线交错的一瞬间，有一种难为情的表情，那个时候你这样想：他们两人只是想模仿离开家的成年人玩些"深度过家家"的游戏罢了。和其他学生准备升学考试一样，他们也不过是在摸索实践适合自己的道路。大镜老师也许和你抱着一样的想法，但因为老师的立场不得不做出表率，只能喊一句："你们要知道羞耻啊。"

你清楚地记得修学旅行最后一天发生的事。前一晚在房间里喝便宜酒，在重度宿醉的情况下，在京都御所的石子路上一直走路。在朦胧的意识里反复思考的是，过去的文豪们也在青少年时期做了很多蠢事，自己也要做出不输于那两人的纪念碑式的蠢事。

大家以为两人会被退学，最轻也是停学处分，没想到只是被严重警告了一次。老师们所说的自由放任主义，实际上和明哲保身、得过且过没什么区别。

Next Destination[1]

　　五月之后的生活以准备升学考试为中心。高中的课程和应试准备是两回事，所以逃课，在图书馆和活动室自学的时间变多了。集中学习五个小时，休息时去坐禅；在多摩川的河床上和平泉聊天；一边打盹儿一边听巴赫的《哥德堡变奏曲》、马勒的交响曲《复活》《悲剧》和贝多芬后期的弦乐四重奏等；去打小钢珠；和青少年之友的成员躲在生田绿地和川崎国际田园俱乐部的草坪，举办酒宴。

　　那时你读埴谷雄高的《死灵》读得入迷。收录到第五章的《定本死灵》刚出版，你就冲动买下了像黑色棺材的装在箱子里的书。书里的主要舞台，"微暗"的家里，非常离奇的人物们围绕"无限""虚体""同一律的不快"等命题，没完没了地展开独白和对话，这让你回忆起以前的文艺社活动室。你特别对有着躁狂症运动性的出场人物"首猛夫"着迷，觉得那里有你的分身。你模仿他"啊哈""噗噗"的笑声，把他的名字改成"首猛彦"做了笔名也是自然的结果。

　　朝着自我意识的奇点，不停进行思考运动的三轮兄弟和首猛夫是超越时间的存在。有物理学者说，原来时间这个东西只是幻想；也有宗教认为，时间只不过是神为了不让人发狂，赐予的规律罢了。拥有肉体的物质性的每个人都被"寿命"这个

1　下一站。

时间所束缚，如果意识被移植到书本或录音带等媒介的话，会变得像被写在《圣经》上的基督一样几乎不朽，从时间的制约中被解放。想变成那样的东西，当时的你天真地想。

与此同时你还醉心于梦野久作，日活浪漫色情[1]把《少女地狱》拍成电影时，你从家出发骑自行车十五分钟到登户银映[2]看了电影。色情影星飞鸟裕子的锥形乳房把你征服了，一段时间里你的精气都被她的身体吸走了。

去见寺山修司也是那个时候的事吧？在新宿伊势丹举行了《寺山修司的世界展》的活动。活动设计了好像"不擅长整理的人的房间"的杂多的展览，来回顾寺山从短句、俳句到随笔、舞台剧、电影、先锋速写、赛马评论、游戏等众多领域开拓时代风尚的成果。会场里，穿着牛仔布的夹克和凉拖的寺山本人驼着背转来转去。这个活动里寺山本人也是展示物之一。你带去了寺山修司短歌集的文库本，毕恭毕敬递给寺山本人，请他给你签名。因为没有笔，你递上了铅笔，他舔了一下笔芯，用有个性的笔迹写下了自己的名字，又问了你的名字，写上了"给岛田雅彦样[3]"，还写了一句"明天在哪里"。

暑假你参加了代代木补习班的夏季讲习，被满员教室里的吱吱呀呀的冷气所害，得了感冒。你发现了值得作为崇拜对象的美少女，视奸着她，她的视线却一直没离开英语老师。有好

1　一九七一年至一九八八年之间，日活制作发行的日本成人电影标签。

2　从前开在向丘游园车站前的一间电影院。

3　"样"加在人名之后为尊称。

几个具有个人魅力的老师，远比高中老师能教你们关键的应试技巧，偶尔说的笑话也很精明，而且大家都说话很快，节奏很好。你从他们身上看到了"在人面前讲话时不这样不行"的典范。老师们成了情绪不安定的考生的憧憬对象，你觉得他们一定会吸引很多的美少女崇拜者，能从里面任意选自己喜欢的。

平泉也来了这个讲习，你们比平时有更多时间见面，下课后去彼此的家里玩，或者骑自行车去河川喝酒。平泉想去京都的大学学哲学，目标大学是同志社大学和立命馆大学。你把专业定为俄语，自己把目标大学限定在东京外国语、上智、早稻田这三所大学的范围内。比起随便去一所保底校，你更做好了复读的准备，为了挑战难关大学，每次模拟考试的成绩都牵动着你的喜忧。

北部的优等生们烦恼的是能否应届考上理想的大学，能不能进指定学校的推荐名单。而比任何人都无谓地行使了自由权利的南部的各位却拥有完全不同的烦恼。

一年级时迷恋过你的中田佳子和其他南部的漂亮女孩都报考了全日空和东亚国内航空等公司的空服员。想当公务员的很多，川崎市公所成了川高的就业学生最想去的地方。秘密学生会的坏学生们也参加了公务员考试，毕业后为了地方的福利和保健工作，这也许能让他们清偿过去做的坏事吧。

也有人想当演员。交了不便宜的学费进了演员培训所的田边，试镜上了叫《夕阳之丘的总理大臣》的青春电视剧的学生角色，虽然是配角，还是露了脸。

也有人想进自卫队。有哮喘的经常只能观看大家上体育课的安藤，听说治好了病，有着进航空自卫队、"想自由飞翔在天空"（听起来像是哆啦A梦的主题歌的一节）的梦想。

拥有在野精神的川高学生中，早稻田大学是人气大学，就算去庆应义塾，肯定会很显眼，这是大家的共识。青少年之友的成员也有着过高期待，计划着能不能混进早稻田容易进的学部。

拉面店的儿子深川为了逃离家附近的羁绊，想去其他地方的大学，但因为没有能考上的国立大学，几乎放弃了。他来拜访妈咪不在了的文艺社，你们时隔很久聊了起来。据说妈咪去了津田商业学校，一个培养秘书的专门学校，目标是一般企业的行政职位。她也行动起来，准备实行逃离暗黑南部的"出埃及"。

曾经和妈咪一起去喝咖啡的小酒馆的常客，那个请你们喝了人头马的人突然邀请深川："毕业后，来我们这里吗？"深川问："是什么公司呢？"他给了名片，上面用粗体活字写着"山泽一家"。你问："那是什么样的一家呢？"却被深川笑话道："唉，跟北部的你不好解释啊。"你这才知道，山泽一家是掌管川崎繁华街的稻山会旗下的暴力团伙。即便是和黑社会经常有交集的深川，好像也不愿意真的入伙暴力团体。"我再也不喝人头马了。明明想走出这里，反而被浸染得更透，可怎么办呀？"深川少见地认真地苦恼着。

经营着黑社会的常客会来的小酒馆的是江崎美智的妈妈。

也许女儿要卖春的路早就在家庭里铺好了。如果放置不管，早晚会进风俗行业，最终却停在了差一点就要进风俗行业的地方。你从深川那里听说，不管是去专门学校，还是为了应聘白天的工作参加一般企业的就职考试，江崎在摸索人生的转向方式。大镜的一句"要知道羞耻啊"有了促进江崎洗心革面的效果。顺便说一句，曾经担任江崎性伴侣的山协，决定靠格斗比赛发迹，据说在泰式拳击的健身房苦练积累呢。

最初的没落

从那一年开始，国立、公立大学的入学考试导入了新系统，你那年是最早的考生。为了迎接共通一次考试，你每天学习八小时，就这样迎来了考试当天。考场在离家很远的横滨市立大学；早上开始下雪。国语、英语、数学一、社会二科、理科二科在两天之内考完。到了最后你眼都花了，腿也软了。二月接连有私立大学的考试，三月是国立大学的二次考试。模拟考试的合格率分析说，不管是哪个目标大学都有六成希望能合格，所以你乐观地想，总会有可以去的地方吧。但最后关头，你不想复读的心情越来越强烈，把国立、公立的目标大学从东京外国语大学改成了横滨市立大学。结果这个迷惘打乱了你的运势。

去看早稻田榜单公布那天的事，你记得很清楚。那是下着小雨的三月八日，你穿了一身像是在吊唁自己的全黑的衣服。本校大学生在为上榜考生大喊万岁，你没能在公告板上找到自己的考号22540。你把全部赌注放在三月二十日的横滨市立大学的合格公布上。模拟考试的合格率判定是80%以上，但你的考号3558没有出现在公告板上。考试竟然以全败告终，复读成了定局。考上了合格率30%的同志社大学的平泉陪你一起去看了合格公布，本来决定看完公布之后你们要去喝酒庆祝的，回家路上的气氛自然是死气沉沉的。

青少年之友的各位怎么样了呢？小鹿和砂川复读，小泽去了东洋大学印度哲学系，候补的本宫考上了神奈川大学的英语系。川高的考生的录取率大约是三成（如果是棒球比赛的话，算是强打者[1]水平），七成复读倒是不意外的结果。

决定复读的第二天，你整天窝在被子里，试图用巴托克的四重奏和肖斯塔科维奇的交响曲的阴郁的声音来中和自己的挫折。第三天也像病人一样一直躺着，母亲说"已经不可能比现在更低落了，你就放心踏出下一步吧"，还给你做了铺着吸满鲜汁的油炸豆腐的乌冬面。吃了之后你有了回应她"复读在我计划之内"的从容。

对在最终阶段松劲儿的后悔，间歇性地袭来的时候，因为

1　棒球比赛中，攻击方的打者站上打击区，挥动球棒试图将防守方的投手投出的棒球击入场内，使场内的九名防守者处理失败，不能产生出局。上垒和长打概率高的打者，被认为是强打者。

受了自由的诅咒，所以对此无能为力的达观慢慢占了上风，你重新有了出门办补习学校入学手续的力气。考虑到代代木补习班跟你不合，你去河合塾和骏台补习学校转了转，最终决定去位于御茶水的骏台。落榜的背运似乎缠上了你，你在国立上午班的选拔考试里再次出局，被分到了国立白天班。

补习学校没有运动场也没有体育馆，运动不足是必然的结果。按你的经验，运动能让大脑更活跃。你认为复读这一年的前半部分最好练好基础体力。坐禅只会让脚麻，成不了运动。你也想通过慢跑锻炼持久力，但反正都是要跑，还不如选一个多少能换点钱的运动，还能贴补家用，抱着这种伟大的想法，你选择了送报纸。你观察在清晨的街道到处奔走的配送摩托，找出派发量最少的报纸，去《每日新闻》的门店面试。当场被录用，四月三日开始送报纸。

每天早上四点半起床，五点开始去配送区域转来转去，最初的三天是住在店里的售卖员教你顺路。你对照顺路表，通过在地图上标记来记忆，被夸奖学得很快。经营门店的是失去了左手的受伤军人，你从小学生时开始就对那张脸有印象。小学六年级时，电影评论家淀川长治在小学体育馆开演讲会。听众太少了，淀川不满地说道："就这些人?"看了看坐在最前排的你和弟弟，决定说些适合小孩子听的内容，然后从客座上下来，手舞足蹈地用讲谈调在你们面前讲述了《奇迹创造者》的全片。你深受感动，大约四年后在电视上看到那部电影的时候，发现和淀川长治告诉你们的完全一样，又感动了一次。那个演讲会的主办人就是《每日新闻》门店的老板。

配送区域包括你捡绳纹陶器、久违了的丘陵地带。丘陵顶上的禅寺寿福寺也订阅了《每日新闻》，骑自行车去寺里实在是太难了。开始的时候你只能推着自行车爬坡，习惯了之后，可以骑着自行车歪歪扭扭地爬上坡了。你还每天记录配送的结束时间，每次刷新了记录的时候就用可乐来庆祝。每天早上要去一百八十户左右，只看玄关就能知道这家大概的生活水准和家庭成员构成。有大邮箱的家一般都比较富裕，有老人的家庭有种蘑菇的气味，有小孩的家庭有猫的气味。

黎明是一天的结束和另一天开始的分界线，可以看到与人们以粉饰过的样子出现的白天和刚入夜的时间完全不同的光景。自行车快速骑过配送区域，感觉像是世界已经毁灭，你正在梦游幽灵之城一样。整个街上只有自己一个人，竟然还在送报纸。偶尔能看到牵着狗的老人和穿着内衣去垃圾堆倒垃圾的主妇，他们就像是在自家的床上一样随意。你还看到过穿着西装在路边打鼾的男人，他们更像是不存在的过去的残影。

六点半回到家吃早饭的时候，你终于回到了现实。配送之后的早饭特别美味，全身恰到好处地疲劳，下午补习学校开课之前还能再睡一觉也是一种乐趣。复读生的自卑感经常拉扯，但你在只有复读生的教室里，怀抱着自己是将来的小说家的矜持，过着虽然扭曲但又很健康的每一天。想要写小说的心情难以抑制，作为暂且封印了创作欲望的补偿，你画起了四格漫画。最大能容纳四百人的教室里挤得满满当当的肉鸡们，不需要发挥自己的个性，但也没有必要把歌颂小小自由的习惯改掉。

你特别喜欢上世界史课。每个老师都是中国史、伊斯兰世界史、美国史的专家，而且很会说笑，会把内容极其丰富的历史的荒唐无稽告诉你们，无常感让你回味无穷。把自由市民的叹息和愤怒用独特的牢骚口吻娓娓道来的老师，总是看不上官僚和政治家，想要培养学生们的高尚意志和批判精神。这远比左翼学生的千篇一律更具体，因此深得抱有自卑感的复读生们的心。教室很安静，但没有学生会错过笑的时机。倾斜着身体听老师讲话的学生其实才是最认真听的人，就像狂热的自由爵士乐的粉丝，沉醉于"完全理解那个人说的讽刺话的我"之中。当然，你也是那其中一人。

虽然只是应试用的世界史的讲座，但通过这样的课程，被食欲、性欲、虚无感玩弄的青少年们平日里的忧愤得以宣泄，就像学习怎么聪明地花钱一样，逐渐成长为能有效地使用自己所拥有的权利、义务，以及自由的市民。补习学校也是肉鸡们自我觉醒的地方。

高中时代你写的日记里经常出现"绝望""自杀""无意义""忧郁""色即是空"这样的字眼；"No future"（前途无望）、"Nevermore"（快不行了）、"Unfuckable"（活不下去）这样的你专用的英语咒文一周至少一次被你写下来；"四月二十九日，去死""八月十五日，想做爱""二月十四日，毁灭吧"以这样的短短一句话结束日记的日子也很多。但是，更孤独、更忧郁的复读生时代的日记，总体来说是健康的、谦虚的，诅咒的词语

121

也减少很多。

应届生考上大学可能有运气的成分。本来就运气不好的你，连 60% 的合格率都不够用。反过来说，这就相当于强打者击出安打[1]的概率不理想，所以叹气也没有用。复读经历就像是对所有从过分自由学园里出来的人的惩罚。严格补习一年时间，不靠运气，为了选择适合的大学绕远道走，这只是冷酷的神挫败你的起步。只不过接受这个事实，你花了半年时间，从日记就能明显看出来这点。

每天勤奋学习的空隙，你会去神保町的古书店街和新宿歌舞伎町、涩谷附近到处溜达，去独立电影院看《一条安达鲁狗》《卡里加里博士的小屋》等无声电影的名作，用送报纸挣的钱一时兴起去桃色沙龙挥霍一把。你不知道那种店里请女孩喝东西收费很贵。来到你这桌的百惠和阳子非常担心你这个慷慨的复读学生，如果不是她们提醒你"还是确认一下钱包里的钱比较好哦"，你可能会被在店后面暴打一顿。时间被缩短，和每个人象征性地跳了舞，让你摸了胸部之后，像柔道的裁判一样说了"就到这里吧"之后，你被赶出了店，钱包里只留下为了消除残存的不好印象、只够买口香糖的钱。

---

1 安打，棒球术语，指的是打者将球击入场中且防守方未能造成打者出局，形成上垒并推进垒上跑者，是棒球比赛最基本的进攻得分方法。

甜蜜的绝望

在同志社大学上学的平泉回家的时候和你互相汇报近况。据说京都现在还时兴学生运动，几乎像传统艺能一样被保留下来了。平泉进了探险社，受到了学长姐的残酷洗礼，还被教会了露宿和搭便车旅行的秘诀。他暑假一路搭便车去北海道时，送给了你在厚岸的海岸拾到的、自己晾干的海带当伴手礼。平泉乘胜追击，和老家在大阪的探险社同学比赛，看谁能先一路搭便车到东京。结果同学比平泉早一天到达平泉的老家，和平泉母亲说明情况后，先进了他家，泡了澡，和他家人一起吃了晚饭，还在平泉的床上睡觉。平泉也受到关西文化的影响，变得有魄力和厚脸皮，但据说还是比不过真的大阪人。下次似乎能去喜马拉雅山远征的两人的水平让你望尘莫及，但平泉的态度和小学生时没有变化，没有让你感觉到自己不如人。

到了秋天，和青少年之友的成员时隔半年再见面，大家在森林公园的输电线下面围着火锅喝了酒。在家里复读的小鹿和砂川两个人都有着复读生卑躬屈膝的感觉，聊天的时候不怎么和人视线交汇。好像是在看着考试全败之后的自己，你觉得心疼。小鹿也想通过送报纸来锻炼体力，这点和你一样，但因为白天太闲了，他又开始打搬家公司的零工，越来越累，得了肾盂肾炎。

砂川好像完全不晒太阳，明明暑假刚结束却肤色苍白，还变胖了。他不打工，窝在自己的房间里练习滑音管吉他什么的。唯一的大学生小泽离开了家，在距离大家车站徒步十五分钟的地方开始了一个人的生活。虽然加入了民谣同好会，但没交到女朋友，一边从班卓琴里找安慰，一边为了挣生活费开始打道路施工的零工。

大家都混得不怎么样，不知道这是因为北部的人本身能力不行，还是因为尚未找到核心使命。不过，只有砂川有种潜入阴暗面的气息，你装作开玩笑的样子问："你有想杀的人吗?"他用欢快的语气说："有呀。""谁?"小鹿生硬地问道。"我呀，我!"砂川回答。三个人苦笑，砂川继续说道：

"其实我想把世界上所有轻浮的家伙都杀了，但那太麻烦了。不过，只要把我杀了的话，我的不快就都消除了，一下子问题就能解决。"

"砂川，你小子，多去晒晒太阳，多和外界接触会比较好哦。"

砂川好像并不知道自己已经被孤独的毒腐蚀很深了。孤独的道路连着地狱。你虽然上补习学校，但几乎不和旁边座位的人说话，就算发现川高的毕业生也不会主动搭话。即便如此还是经常参与外界的活动，和认识的人打招呼，在书店被人搭话，这些最大限度地使得精神得以保持平衡。

实际上，你经历过很多次和完全没有关联的人的相遇。在御茶水丸善的西洋杂志卖场，你正看着 *PLAYBOY* 和 *HUSTLER* 杂志上阴部被涂黑的裸体时，突然留着胡子的三十岁男人说着

"My name is Fernandes." 要和你握手。他用英语邀请你："如果想看这种杂志的话，来我家看吧。"你说："我今天必须得回家。"他说："这样的话就喝个咖啡吧。"他带你去了麦当劳，请你吃了巨无霸汉堡。他递给你他的电话号码："想学英语的话，随时找我哦。""随时打电话给我。"他冲你抛了媚眼，还摸了你的屁股。

还有另外一天，你被自称是佛教研究会的学生搭话，漫不经心说起自己也坐禅之后，对方开始滔滔不绝地讲宗派不同、现世利益什么的，最后胡说道："我比你想得明白。我不怕死，连不安我都觉得是快乐。"你抓住了对方的矛盾，想辩倒他，但对方偷换论点，巧妙地避开了。等注意到才发现已经过了两个小时了，这样的事也经历过。

也有很开心的相遇。在新宿的地下街走路的时候，从对面走来穿着丧服的美女，长长的黑发在飘舞。一看是久保响子。"啊，岛田君，还好吗?"她朝你招手，两个人站着说了一会儿话。"我现在要去剧团的人的葬礼。"她说。"你当女明星了吗?"你问她。"怎么可能。认识的人在剧团做美术，我有时会被拜托帮忙而已。"你因为十足是一副复读生的样子，外表邋遢，而感到不好意思，想着至少等到自己是大学生了再见面才好，可还是没隐藏住自然流露出来的笑容。

如果她带你回家，你愿意成为她的猫、她的狗吧。可是，想要传达给她这个意思需要的觉悟，就像在相反车道骑自行车逆行一样。在她面前，你为了把被讨厌的风险降到最小，放弃了自己是异端的事实，最大限度地努力做一个甜甜男孩。你想起她毕业的时候你问过她："如果我成了小说家，你能跟我交往吗？"那个问题她一直没有回复你。但你不由得察觉到了她背后跟剧团有关的男人的存在，你想自己只能当个谦虚的路人，笑着安静地离开那里。也许她根本没有什么男朋友，但确认了这个又会变成什么样呢？恋爱的人时常姿态很低，对对方太过在意。再见面是甜蜜、酥痒的，那是绝望的味道。甜蜜的绝望将来会成为你的拿手好戏，那是和久保响子的关系的产物。

恋爱留下了叫作留恋的副产物，越回味越甜。而且，对她的留恋成了你变成小说家的很大的动机。也许有人会笑话说"这太蠢了吧"，那么这个人不懂的是，恋爱的人的弱点、烦恼正是创作的源泉。

再见，暗黑南部

对绕远路一整年的总清算终于来了。按照第一次是悲剧，第二次就是喜剧的历史法则，不管考上与否，这次都会是喜剧。去年因为有"一定有办法的""还有其他的呢"的乐观，能平静面对，经过一年的修行后，对修行的结果将要被检阅的不安变得越来越沉重。没理由的自信带来好运，有理由的自信击退坏运气。去年你站在前者的立场输了，今年只能站在后者的立场赢。

你靠禁欲、适量运动、勤奋、突发性的解闷使生活节奏有张有弛；认真听贝多芬和巴托克，让身体记住了跃动的节奏感；通过培养团队意识，中和了自己的被害妄想，抵抗了强迫观念，熬过了十个月的惩罚。应试实力扎实地提高了，但对范围受限的考试感到腻烦，早一刻也好，想尽快回到小说家修行里。

第二次的共通一次考试也不能说是很顺利。满分一千分，你设定的最低线是八百分，估算出来的分数比最低线少四十四分。国语和英语各得到一百八十七分和一百七十九分的高分，数学和理科的丢分影响很大。不过，幸运的是东京外国语大学的一次和二次的规定分数比例是五比五，二次考试的规定分数是英语四百分，世界史的近代论述一百分，你有望通过英语一次逆转。

你报考了东京外国语大学和上智大学，加上保底校明治大学和青山学院大学。报名费是送四个月报纸赚的钱。那个时候，因为苏联入侵阿富汗和美国对此的反击，国际形势一下子变成反苏联，这对志愿报考俄语的人来说是一阵强势逆风。难道是为了特意把自己送到不被认同的环境才去上大学的吗？到填志愿的最后一刻你还在犹豫。可以学法语，深入研究现代思想；可以学西班牙语，沉溺于象征流行符号的拉丁美洲文学；还可以学阿拉伯语，进行中东地域的研究。但是想了一圈之后，你还是回到了同样的地方。

国际形势每刻都在变化。毕业早也要四年之后了，到那时形势可能已经变了，僵硬的苏维埃体制可能也会变化。正值逆风的现在，报考人数少，不是更容易考上吗？本来你会被俄语吸引就是因为初中一年级偶然看了《发条橙》，从那之后开始把俄语的单词当作自己专用的暗语使用。因为学俄语是六年前就设定好的既定路线，只能贯彻初衷。去年因为害怕复读改了目标大学而造成恶果，今年不能再在这里犯错了。

你不再犹豫，寄出了包括俄语系的志愿书。这之后就是怒涛般的节节获胜。先是连续考上了上智的外国语学部俄语学系、法学部国际关系法学系，作为保底校的青山学院也轻松上榜。明治没考上，但第一志愿的外语考试通过了。你在告示板旁边静静仰望天空，放松嘴角大呼一口气，《周刊现代》的记者来问你："恭喜你合格，请说说现在的心情。"你得意忘形地回答："明天开始我要继续写没写完的小说，应征新人奖。"对方问你："如果可以的话，请告诉我，标题是什么呢？"你的回答是《为了缓慢的日常的嬉游曲》。这是你复读生时代一点点写的超短篇集，关于睾丸和肛门之间的，正好碰到自行车车座的部位的考察、幻听和错觉，出神发展成没想到的事态的经过，偷看日常生活里突然开了口的异世界的体验，写的都是这样的事。笔名不用说，首猛彦。

你打电话给父母汇报上榜的消息，母亲说："这下总算不担心了。"承受神经质的考生两年的父母操心受累，你为此道歉。母亲因为担心你送报纸会迟到，总是睡不好，得了肾盂肾炎。最近，父亲的"裁缝岛商"停业，在因为制作橄榄球日本代表的制服而结识的教练的工作单位——日本体育大学——的秘书部再就业了。他们告诉你不要担心学费的问题，你考上国立大学多少算是尽了孝心吧[1]。后来你听说，知道你上榜的父亲抽泣了，祖父激动得说不出来话。父亲从太宰府的老家出来之后，没能用自己的双手获得成功，到了儿子这辈才被回报；祖父觉得自己没出息，没能把儿子和女儿送进大学，是孙子的争气抵消了这种悔恨。只不过是你考上了大学而已，他们却利用儿孙创造属于自己的故事，无法压抑感动的心情。

第二天，你长时间以来第一次去多摩丘陵散步。你曾经把自己的愤怒和悲伤扔掉，收集绳纹陶器，藏起裸体维纳斯的杂树林消失了，没有阴影的新型城市就快要建成。促使你自我觉醒的森林，你已经回不去了。从此只能出发，去未知的世界。

为了拿毕业证书，时隔一年你回到母校。你偷偷看了看文艺社的活动室，除了在你三年级时加入的一年级生之外全是你没见过的人。作为社员们之间的联络簿使用的《极密调查报告》还健在，里面全是"螺旋体""放屁 DoReMi""奔跑吧，爱洛斯""死于阴茎""发条我家"等水平极低的字眼，这让你很生气。才短短一年时间，川高生的气质和知性都很大程度上退化了。这让你相信，以后母校肯定会朝着二流高中的道路，突飞猛进地堕落。你一边等着滨川崎线的下一班电车一边想，应该不会再回川崎暗黑南部了吧。

1　日本国立大学的学费普遍比私立的便宜。

站在新出发点

离开始俄语的学习还有半个月的时间。你计划去平泉所在的京都自由旅行。刚结束复读"服役"的你，为了适应四月开始的学生生活，兼顾康复和热身两个作用，想先接触一下大学生的日常生活。平泉说他在京都市内活动都是靠骑小摩托车，你也立即去考了驾照，弟弟干过的搬家送货的零工你也干了几次，攒了旅行费用，买了周游券，坐上了东海道本线的大垣夜行列车。你坐在 165 系的直立四人座，不时感觉到背部的"烧灼的铁皮，拉丁区[1]"的振动，等待天亮。

从大垣开始，你在石山、膳所途中下车，拜访了据说紫式部曾经闭关写《源氏物语》的石山寺、有木曾义仲和松尾芭蕉的墓的义仲寺，听到了小河潺潺水声的灵魂之音。这一个星期的关西旅行是除了登山之外第一次一个人旅行。平泉忙于打工和探险社的聚会，你随便在山边的路上走走，最远去到了大阪和神户，还用借来的摩托车跑遍了京都市内。晚上平泉带你去他常去的居酒屋，还有出町柳的小摊贩的拉面、天下一品拉面、大阪有名的炸串，睡铺就借铺在平泉位于岩仓的房间。你被带到五番町的脱衣小屋，看了公狗和女人的性交秀。胖女人的小指头不见了。性交之后，狗也许是觉得不情愿，舔着自己的阳具的样子很可怜。

1　巴黎中部塞纳河左岸街区。

喝多了的第二天，你在寄宿的房间闲着没事，读了房间里放着的文艺杂志的新人奖得奖作品。类似《京都啊，我的感情怎么办》这样的长标题的作品，好像是平泉觉得也许能对京都生活起到参考作用而买的。你对汗臭味的、闷热的文风感到厌烦。读村上龙的《无限近似于透明的蓝》时也有一样的感觉，如果写这个程度的文章的人都能当作家，自己该被漫天樱花和穿着椰子胸罩的夏威夷美女的吻迎接进文坛，你宿醉的大脑这样想。

春假快结束的时候，青少年之友的成员们再次聚集，举行了乐队的解散仪式。虽说是解散仪式，其实和每次在公园聚会一样 —— 带着在野外品茗会的心情喝酒罢了。小鹿进入了庆应义塾大学的候补名单，但没能入学，他决定去明治学院大学的夜间部；没报考保底校、把全部赌在早稻田上的砂川没能上榜，决定再次复读；说想要从南部走出来的深川被二松学舍选中了；秘密学生会的宇津木最终放弃上学，加入了山泽一家，他像是为了保护秘密学生会的成员不被黑社会征募而牺牲了自己；据说江崎美智最后还是辞掉了做了半年的事务工作，开始在风俗店上班。顺便说一句，那年考上东京大学、京都大学的人数是零。大家都觉得，恐怕比你高一年级的川上君会是川高最后的东大合格生，实际上也确实如此。

以后也许没有机会抬头挺胸面对伟大的学长姐了，你只好以母校的衰落是时代趋势为由放弃。自己也有一部分责任，对不起，在这里说抱歉。

高中毕业一年后，曾经的同班同学都还没有去到遥不可及的地方。江崎美智和宇津木也还没跨入无法回头的地点吧。可是，十年后会变成什么样，谁也不知道。

你终于站在了开始学俄语的起点，但谁也不能保证你十年后能成为小说家。不管二叶亭四迷、白桦派、战后派的作家们从屠格涅夫、托尔斯泰、陀思妥耶夫斯基那里受到了多大影响，你学俄语这件事和成为小说家之间却完全没有关系。如果没看《发条橙》，你不会想学俄语，也不会被叫怪人吧。那么全部的出发点是《发条橙》吗？不是这样的。还有野鸽、绳纹陶器、贝多芬、《幻想交响曲》、登山、暴力老师、知识阶层老师们，以及平泉给你的影响。还有以越境去暗黑南部为契机开拓新天地、久保响子、妈咪、左翼、爱上你的同年级女生，青少年之友和坐禅的影响也复杂地相连交错，卷起旋涡，激起火花，这些间歇性地变成了创作欲望喷涌而出，你不得不写下来。也就是说，你身边发生的一切事情形成了你的一词一句、一举手一投足。接着，为了再一次从零开始、重新摸索说话的原则，新学一门文字和语法都不同的语言是必要的。

第三部
东西冷战

俄语学习开始

不是在山手线的大冢站换乘都电荒川线，而是从巢鸭穿过染井灵园，花十五分钟步行去学校，你选择这个路径是因为可以随时祭拜芥川龙之介和二叶亭四迷。大学校园位于东京都北区的住宅区一角，飘荡着浓重的郊区感，路对面的低偏差值女校的高中生，从窗户伸头嘲讽男学生也让人厌烦。

春假最后几天，你提前背了西里尔字母，为最初的课程做准备。学一门未知的语言，在起跑阶段就加速跑占据优势是你的计划，可是新生全都跟你想的一样，老师也把这当成理所当然的，发音练习还没怎么会，突然就开始了"这是什么?""这是书"的练习，这让你手忙脚乱。要是不提前背字母的话，从一开始就要落后了。

一星期有七堂俄语课，基本语法、语法的实践训练、讲评、对话，每堂课都像工厂流水线一样进行。每个人被轮流点名做问题练习，你算出自己排第几个，就能事先准备好回答。

但是如果教授突然改了点名顺序，学生们要是很惊慌，答不出来的话，就会被冷淡地跳过。每次上课要过完十页教材的内容，所以只要有一次没答好，就会被甩到很后面。六十名学生被分成 AB 两个班级，根据传统的彻底灌输俄语基础的训练方式，每年六十人中有十到十二个人不能升入二年级。留级的不安从四月开始就悄悄靠近，每上一次课，紧张感就变得更强。说大学能各种玩、不用学习的传言是假的。你那自甘堕落的、尽情享受甜美生活的梦被背叛，只能承认选了俄语专业的自己还是"mazo 彦"。

星期二、三、四、五的俄语课结束后，终于能歇一口气。间隙有基础课和体育课，不过作为学生，只要被动地听那些感觉好玩的内容就可以了。你选修了中岛岭雄的国际关系概论、舛添要一的政治学、土井正兴的历史学、千野荣一的语言学和西江雅之的语言人类学等。特别是土井教授的关于斯巴达克起义的讲课、西江教授的非洲调查旅行时的惊人奇闻，还有千野教授的食人比喻，让你忍不住想说"一张坐垫[1]"！第一外语是俄语的学生，选的第二外语大部分是英语，英语课的水平很高，上课前用英语的新闻段子开场；讲评 E. H. 卡尔的《历史是什么?》，格调高雅得很奇怪，也很无聊，你无数次逃课之后更懒得去了。你的脑容量被西里尔字母和复杂的俄语语法占据，没有应对英式英语对话和学习英国式历史认识的余裕时间。

---

1 《笑点》节目主持人的台词。给有趣的回答者坐垫，相反，无趣的回答者会被拿走坐垫。

经过一年复读的"服役"之后，对像高中一年级时文艺社那样的少女花园的憧憬变得强烈。你已经体验过前卫过了头，回头一看谁也没跟上来的痛苦，又想起朋友建议的"什么也别做，沉默闭嘴才会受欢迎"，于是你谨慎地拒绝出风头，冷静观望了一段时间。俄语学系的六十个同学和川崎暗黑南部的各位比较起来，优等生的概率高，一个不良少年都没有。来自外地的人多，方言多种多样。最显眼的是一个来自大阪的人，很快和同为阪神虎[1]球迷的人结伴，像漫才[2]一样互相打趣，把教室弄得很热闹。老家在福冈、熊本、鹿儿岛的九州男儿也因为他们的男子气概而分外显眼。毕业于女校的人对于小学之后第一次的男女同校不知所措，不和男生说话。毕业于中央线沿线的高升学率都立高中的女生可能是不想被看成只会严肃的人吧，经常笑嘻嘻的，对谁都展现出适度的女性魅力。口音奇怪、反应慢一拍的是归国子女。

你决定跟同学不用本名，而是用高中开始用的笔名"首猛彦"，但又不想给别人留下阴暗文学青年的印象，作为对大阪人的反抗，你有时候会说些带着川崎暗黑南部气息的不良玩笑，但因为不熟练，全都失败了。垒球课守一垒的时候，你对上垒高兴着的同学开玩笑说："韩国学生因为光州事件被镇压，我们却在这里打什么垒球。"给别人留下了"那家伙政治意识很强"的印象，一段时间里，同级生都跟你保持距离。在那时候，因

---

1 日本职业棒球队，根据地在以大阪、神户为中心的关西地区。
2 由两个人以滑稽的问答为主表演的曲艺场节目，关西盛行。

为课外活动楼的迁移一事，大学方面和学生自治会正在对抗。围绕自治会的主导权，名为共产主义者同盟战旗派的党派和日本共产党的青年组织"民青"互相仇视、彼此对立，这在普通学生的眼里也看得明明白白。从高中时代开始，你拒绝做"政治少年"，一心修行做孤高的艺术家，绝不参与什么学生运动，目标是要做人见人爱的角色，即便如此，在四月这个时间点，愿意和你说话的只有劝诱你加入组织的战旗派和"民青"的高年级学生。

逃开政治劝诱，想在教室、图书馆、生协[1]食堂之外找到能一头扎进去的专属场所的你，在即将被拆毁的旧木造的课外活动楼徘徊。站在走廊里的有点脏的赫尔墨斯的石膏像前，你想起了速写着被突然从窗户折射的微光照亮的久保响子的端正侧脸的自己。你认为这是要你进美术社的启示，于是毫不犹豫敲了那个课外活动组的门。

那里是聚集了法语系、俄语系、意大利语系、阿拉伯语系的女生们的花园。没有口沫横飞的左翼男子，她们一边谈笑，一边轮流做模特，优雅地画着素描。这里和文艺社一样，有争相帮你的法语系和俄语系的学姐，但这里没有像久保响子那样值得你崇拜的女生。德语系的辻井君、中文系的片山君和法语系的宫田君等男生们也很友好，叫你"首"，还邀请你去喝酒。七月在讲堂大厅要开设大学内部展览，你被告知要在这个展上

1　一种自治组织，近似于中国的合作社。

第一次亮相。在俄语课的间歇，你开始准备油画。

　　老家在长野县饭田的辻井君寄宿在笹家，正好在你上学路的途中，你没赶上末班电车的话经常借住在他那里。后来这几乎变成了习惯，周三有第一节的课，前一天晚上你就住在他家。好不容易来到了市中心，没必要一次次地回郊外的自己家。在北区、丰岛区、新宿区、涩谷区也有你认识的人的住所。你努力发挥了"有礼貌地厚颜无耻"的精神，欢迎你去做客的朋友慢慢变得越来越多，不经意中你已经变成了隔两天就要去朋友们的家的游牧民。

　　俄语系的那些人中，毕业于大阪丰中的松川住在能走路去学校的驹达，同样老家在大阪茨木的枚方，为了方便游玩住在吉祥寺，老家在飞驒高山的岛津住在南浦和的较为宽敞的公寓，大家都是一个人住在东京，每个人风格却不同。你对他们外地人怎么看东京感到很好奇，还和老家在九州、四国的人一起频繁在池袋、新宿、涩谷边走边喝酒。对东京的地理不熟悉，在这点上，你这个郊区长大的人也不例外，但明明说好在忠犬八公像[1]前见面，竟然有人跑到新宿去了，这真的出乎你意料。松川是律师的儿子，依循着"反抗不顾家庭只管工作的父亲"的老套故事，平时爱开玩笑，实际上是真诚的优等生。枚方的目标是做拉丁风的时髦男，经常和西班牙语系的人混在一起，被说是选错了专业。岛津的哥哥因为事故去世，岛津把伤心隐

1　涩谷站地标。

藏在虚无主义里，总是说玩笑和戏谑的话。

进了大学也是和同性一起玩，进化成异性恋的过程迟迟没有进展，你觉得这样下去不好，于是决定五月在伊豆举行俄语系新生合宿时，和有好感的女生进一步发展。洗完澡吃完饭后，大家和教授六人一起喝酒，唱歌跳舞。原卓也主任教授早就醉了，让自己喜欢的女生坐在两边，搭着她们的肩膀，摸她们的头，把现场变成了私人夜总会。其他的教授相对冷静，一边暗笑一边观察着原教授的荒唐行为。你这才明白，把"俄语文学大家喝醉了也会这样"当众表演给学生看，已经成了每年的例行公事。虽然有明显对此表示出厌恶的女生，但更多的人表现出的"怪酒不怪人"的面无表情给你留下了深刻印象。

原教授睡着之后，一部分男生像得到许可一样活跃起来，对女生发起进攻。你坐在管弦乐队拉小提琴的老家在名古屋的女生身边，说着"你喜欢布鲁克纳和马勒吗"，想来一通古典音乐讲座。那个女生醉得不轻，一直往你这边靠，你以为有戏呢。但是廉价伏特加喝太多，感觉恶心，反而是你先倒下了。这次新生合宿诞生了两对情侣，新宿高中和国立高中的情侣一对，以及大阪男子和熊本女子的西日本情侣一对。

这之后，你和那个女生一起去看了一次电影。她告诉你，她有一个在工作的男友，你就像一次性筷子一样被用完扔掉了。

Lost virgin[1]

　　暑假之前有俄语考试，只要有一科低于六十分，就是留级的黄灯。矶谷教授的课你拿了五十七分这样微妙的成绩，只能把赌注下在秋学期挽回局面。比你得分还低的同级生中，有人已经早早放弃了晋级，但一个人留级太寂寞了，他想着怎么也要再多带上几个人一起，把队伍发展成了四个人的小集体。加上已经不见出席上课的另外两个人，已经有六个人在这个时间点确定了要留级。

　　俄语语法的复杂程度足以引起神经症，简直让人觉得这只是为了让学习者感到挫败而设置的圈套。过去时、将来时、关系代名词什么的还好理解，日语里的助词所对应的格变化竟然有六种，根据阳性、中性、阴性名词各有不同，根据单数、复数也不同，除此之外，连跟着名词的形容词也要一起变化。花了半年时间总算攻克了格变化的难关，又在动词的完成体和未完成体的新难关前进退两难。根据动作是一次性的还是反复性的，必须区别使用意思相同的动词，这个规则和英语的完成时、进行时的时态概念相似。

　　"攻下语法，就立即能读契诃夫的原著了。"

　　原卓也教授在没喝酒的状态下这样说过，你决定相信他的话并坚持下去，但还是不如同个教室里的女生努力。你为了俄

1　失去童贞。

141

语学习不落后，把第二外语的英语的学分都放弃了，有的女生竟然还有余力修了英语的教职学分。在外国语大学有很多像这样的擅长学习的"语言大神"，还有四年时间里掌握了六门外语的人。

漫长的暑假，你埋头读陀思妥耶夫斯基的译作，为了攒钱出去玩，在五反田的加油站打零工。白金一带的居民，开高档车的客人很多，苏联通商代表部的事务所也在附近，那里的职员也来这里加油。你跟客人用俄语打招呼，对方用严峻的表情看着你，什么都没说就走了。后来你跟原教授说起这件事，他告诉你："通商代表部的职员大多是 KGB[1]。和他们走得近的话，会被日本的公安[2]怀疑成间谍。"

也许原教授只是在戏弄你，但你再次深刻意识到，在这个国家，学俄语本身就是异端。那一年举行了莫斯科奥运会，美国因为抵制苏联进攻阿富汗，拒绝参加奥运会，日本也跟随了美国的步伐。本想看看在蒙特利尔初次登场的纳迪亚·科马内奇[3]的表现的，结果电视也没有播，是很寂寞的一届奥运会。

到了秋天，同年级的女生变得讲究起来，穿搭和化妆都渐入佳境。虽说每个人 lost virgin 的方式各有不同，但处男第一次性体验的故事听着总是蛮心酸的。老家在札幌的 T 君拿着打工

1　Komitet Gosudarstvennoi Bezopasnosti 的简称，又译克格勃，苏联国家安全委员会。

2　日本的"公安警察"负责处理与国家安全有关的案件。

3　纳迪亚·科马内奇，生于 1961 年 11 月 12 日，罗马尼亚体操运动员，是第一位在奥运会上获得满分 10 分的体操运动员。

挣的钱去了薄野[1]的浴场，在一个叫圣子的大龄女子的引导下结束了童贞。老家在新潟的K君在叫"新宿音乐剧场"的脱衣舞场的真人秀舞台上，在十五个看客的观望下，把童贞献给了一位有点胖的脱衣舞娘。

你依然被多摩丘陵的朴素和川崎暗黑南部的野蛮所拉扯，没有完全变成擅长和女生打交道的城市男孩。虽然校园里还留着立式广告牌，但学生运动在东京已经完全成为过去式了，受POPEYE和Hot-Dog PRESS[2]启蒙，全身心奉献给爱和性已经成为时代的趋势。你的青春期正值石油危机，发展神话开始显出令人不安的迹象，但以索尼随身听为代表的制造业突飞猛进，消费文化的鼎盛时期开始了。西武集团以PARCO为中心对涩谷进行再开发，滑雪场和度假宾馆招揽年轻人，正是爱和性繁荣经济的好时机。你一边吸着这样的时代的空气，一边学俄语，因为背负着拉斯科尔尼科夫[3]的忧郁，被看作时代的错误也是没办法的事。

不用说，你心底憧憬着一次翻身。语法学习变得轻松后有了余裕时间，你想狠狠报复勤于搭讪的西班牙语系和法语系的冒牌拉丁男们。

---

1 位于札幌市中央区的繁华街区。
2 二者皆为一九七〇年代创刊的男性时尚杂志。
3 陀思妥耶夫斯基的长篇小说《罪与罚》的主人公。

上帝已死

美术社的夏季合宿时，你和意大利语系的二年级生浅川奈绪美关系突飞猛进，秋学期以后也一起去喝茶、吃咖喱饭，在这过程中对她超凡脱俗的言行产生了兴趣。她是从意大利回来的归国子女，意大利语说得流畅，日语有些生硬，这一点很有魅力。她每次说些形而上的奇怪的话，比如突然说起先祖的事情，"附在自己身上的灵会恶作剧"。你都轻松应付过去了。但是，约会渐入佳境，要进行下一步的时候她就会想办法"早退"。问她理由，她说"因为想去道场"。你曾想过她浮世绘风的清爽长相和合气道、长刀很搭，难道是在道场专心修炼过精神？她邀请你说"你也一起来吧"，但当时的你已经体会过了自己坐禅只会让杂念蔓延、把腿坐麻，还是拒绝了。

大概是第四次约会吧，你下定决心要一气攻下奈绪美，带着日本战国武将的觉悟邀请她出来吃饭。你把从自动贩卖机买的避孕套藏在包里。出了俄罗斯饭店，你借着伏特加的后劲邀请她去情人旅馆，她拒绝了，反而把你带回了她租的公寓。

你第一次坐东武东上线，在没听过的车站下车，来到了六张榻榻米大小的房间。像是确认彼此意思，你们注视着对方，接吻，你立即开始脱她的衣服，像敲键盘一样在她的露出的白色的脖颈和乳房上落吻。金色的项链碍事，一边避开项链一边重复爱抚的过程中你们越来越激动，她的阴道充满黏液，你的阴茎也变硬发胀。因为这是你们的第一次性体验，两个人都不懂怎么进行，总之先戴上避孕套，尝试了三分钟左右。突然位置对了，剩下的就是投入地摆动腰部。从阴道溅出的爱液沾湿了床单，她的头发凌乱，你大口喘气，最后房间就像被施了魔法一样开始转动。

你终于沉沉睡去，醒来的时候她穿着浴衣，正坐在旁边，把自己的右手放在你的下腹部。"你在干什么?"你问道。她回答:"净化。""那是什么?"你说着坐起来，一阵猛烈的头痛袭来，你抱住头。她把手移到你的头上，这样说道:

"如果有哪儿不舒服你就说。手这样放上去，可以净化人、东西和地方。效果不仅如此，连枯萎的植物也能变活，食物也会变得更美味。"

你无法想象她有这样的超能力，说着"饶了我吧"，让她把自信满满举起来的手放下去，她说:"不这样做的话，我会不安的。"好不容易能品尝第一次性体验的喜悦，朦胧地设想过在炫目的海边全力奔跑的场景，却被那个手泼了冷水。的确，连你都对于初体验能否顺利进行感到不安，处女的她感受到的不安应该比你更强烈。但即便如此，两人之间的爱的体验也不需要神和教主介入吧。简直像整个性爱过程都被教主偷窥，像是被迫完成了三人性爱一样，怎么都感觉不舒服。你本就被伏特加醉得难受，又加上"被净化"，好一会儿都站不起来。

从那天起，她信仰的神和教主成了你的竞争对手。当然你不是要剥夺她信仰的自由，你坚信，如果那个宗教把她从你身边夺走，你只能参与战斗。你也加入她，有同样的信仰，成为信徒的话，事情也许能得到圆满解决。把爱和信仰分开，在同一个床上睡觉的异教徒情侣当然也是有的，但能不能安眠就不好说了。

在那之后，和她的交往还在持续。和她聊天、画画、散步很开心，但只要在约会前有什么事是让她不开心的，或者你无意的一句话让她感到不安的话，她会立即依赖神。你本来想说"别依靠神，来依靠我吧"，但谦虚的你在握着护身符的项链的她耳边小声说道：

"一百年前尼采就说过了哦。上帝已死。"

她对这么一句话既不认真接受，也不随便带过，只是默默走开了。你追上去握着她的手说："你听我说。"她却甩开你的手说道："和你在一起我会心痛。"

因为这件事你和奈绪美的关系变差了。你为了修复关系做出让步，给她打电话，也聊不了多久。在美术室遇到了，她对你的态度很疏远，故意和中文系的新社员亲密地聊天。她一度被你说服，还跟你说："对你冷淡对不起哦。"不知道什么时候态度又变得僵硬，有次还把你一个人晾在咖啡馆。也许你无意中触犯了她的禁忌，说了不该说的话，你这样想着，自己的言行都变得神经质了，却想不出任何具体的原因。慢慢地，你开始怀疑是不是自己的存在本身就是对她的伤害。

最终，你和奈绪美就这样变得疏远，就算在美术室见到了彼此，也是互相使用敬语，努力控制感情，避免冲突。你们两人也进入了冷战状态。

难道她只是被派来和你进行初次性体验的女性吗？三个月的时间里突然接近，又突然冷却的爱恋，如果你有错，除了说了"上帝已死"之外，你想不到其他的答案。她把手放在你身上，也许给了你健康和平静，但这和因为对身体好就逼你喝牛奶很相似。后来你查过她热衷参加的"崇教真光"，明白了她的举动是为了消除恶灵的仪式。完全是偶然，那时候你开始读陀思妥耶夫斯基的《恶灵》。

白夜

秋学期的冲刺挽回了春学期的不利局面，避免了留级，成为二年级生，并且也二十岁了。攻克了繁杂的俄语语法后，虽然还是得抱着辞典，也能读契诃夫的原著了。你还翻译了一部分《一个文官的死》和《牵小狗的女人》，和有名的神西清译本比较看看。至于陀思妥耶夫斯基，你读完了《卡拉马佐夫兄弟》之后暂且告一段落，开始读马雅可夫斯基、布尔加科夫、扎米亚京的翻译本。你认真查东京电影院的俄罗斯电影放映日期，看了从爱森斯坦的《战舰波将金号》《亚历山大·涅夫斯基》《伊凡雷帝》到卡拉托佐夫的《雁南飞》、邦达尔丘克的《战争与和平》、塔可夫斯基的《伊万的童年》《飞向太空》等名作。

从一年级开始有交集的俄语系的大家，组了一个非官方的同好会，叫"现代风俗研究会"，计划拍 8mm 胶片的电影。大家凑钱在友都八喜电器城买二手摄像机和剪辑设备，写了剧本，以试映、剪辑、开会的名义，一起在离大学走路三分钟的地方租了一间由町的铁工场经营的公寓，做"现风研"的办公室。你拜托父亲用车运来了家里的沙发床和被子，这样就能在办公室睡觉了。

厕所是公用的，房间里自带水槽和炉灶，你们把六张榻榻米大的房间叫"茶室"，把招待来俄语系聊天的美女叫"茶会"。也因为离学校近，美女们对看似危险的这里有着好奇心，接连不断有人答应邀请。打扫榻榻米，在墙壁上挂你画的水墨画，收录机放着莫扎特的《嬉游曲》，插花是从染井灵园偷偷拿来的菊花，用红茶或一升装的红酒来招待了她们。研究会的其中一人，老家在横滨的野原，姑母是银座俱乐部的女老板，她给你们从客人那里拿到大块神户牛肉的时候，你们举行了豪华的牛排派对。相反，零花钱进账之前大家都没钱的时候，只能用炒圆白菜和萝卜锅来果腹。

大家聚在一起，自然而然就成了酒宴，喝得烂醉，总是就地睡成一团。附近有大浴池，体育馆也能冲澡。有了茶室之后，你的都市游牧民进程加速了，只有身体不舒服的时候才回老家。也许是因为你这样胡来，这时候的你的体重只有五十五公斤，体脂率只有百分之八，每月都要感冒一次，半年扁桃体就会肿一次。

电影的剧本是你写的，是把《罪与罚》的一部分和《雨月物语》的一部分不紧密地联系在一起的"男孩遇见女孩"的故事。内容是转世到现代的东京的拉斯科尔尼科夫在巢鸭的地藏路上遇到了幻影的索尼雅，一路追着她，两人共度一夜之后，早上醒来却发现自己一个人倒在墓地。剧本完成了，演索尼雅的女演员却没找到。因为被俄语系的女生们拒绝，你在狭窄的校园里到处看，花了两周时间来抉择，最终决定找中文系舞蹈社的水城理惠来演，由担任导演的你去说服她。你们在体育课上一起修了社交舞，还一起跳过华尔兹和吉特巴，并不是完全不认识。她回答你说："我没演过戏，但如果你觉得我可以的话，我愿意。"

不过这次选角最终以失败告终。因为你被她的美貌吸引，不是把她作为女演员，而是作为恋人来对待。暂停拍电影，你把她带到共同租的房间，像是要对一直单身的过去复仇一般，你变成了性爱机器，一打十二个的避孕套一个星期就用完了。对于自己的精力旺盛，你一瞬间考虑过难道是"净化"的作用？但立即就把这个念头否定了，你决定给这个事情更简单的解释，那就是和没有宗教诅咒的女生在一起是很融洽的。

тоска[1]

一九八一年夏天，你从横滨大栈桥港口乘坐贝加尔号去俄罗斯旅行。你想在契诃夫、陀思妥耶夫斯基的故乡检阅一年半以来的俄语钻研成果。在美国的支配下成为反共防波堤的日本被英语和流行文化感染，俄罗斯会给被资本主义洗脑的青年意识带来什么样的化学变化，你对此充满期待。在绳纹的森林和工厂地带长大、在东京的游牧生活中被磨炼出的野蛮知性在追求着新的世界。渗透进你意识的美国，真的能被俄罗斯替换吗？这次的旅行应该会占卜出今后你的俄国研究方向，以及毕业后的选择。

从横滨沿着太平洋岸北上，穿过津轻海峡，去往远东的港口城市纳霍德卡的航路全程需要五十个小时，这是五木宽之十五年前在写作《再见吧，莫斯科的阿飞》之前走过的路线。出发前夜，你就像要去战场的士兵在休假一样，和水城理惠一起度过。拖着行李箱在咖啡馆和居酒屋之间辗转，最后到了情人旅馆，一直亲热到早上。母亲和平泉都特意来港口送你，还扔了彩带送别。

漫长的船程刚开始就已经像在俄罗斯了，四人间的船舱弥漫着一股燃油味，背上一直传来发动机的振动，所以白天你在不宽敞的船里四处走走，在吧台就着蟹肉罐头小口喝九十五元

---

1 俄语的"忧郁"。

一杯的伏特加。没想到船上有你熟悉的面孔，是高中教伦理社会的大镜老师。你问他为什么去俄罗斯，他说："为了亲眼看看社会主义的实践。"眼睛带着笑意。

你参加的是在列宁格勒（现在的圣彼得堡）研修俄语、为期三十二天的旅行，集中了各个大学的俄语学习者和退休人员、老师、公务员、劳动组合的专职职员等。其中北海道的人很多，是和俄罗斯心理上距离比较近的缘故吧。你想起了在学生部看到的面向俄语学生的招募暑假工信息上，有在根室[1]坐着海上保安厅的巡视艇、对着俄罗斯的渔船用俄语发出警告的内容。

午饭和晚饭是有侍者服务的苏式全套菜肴，名为"Бифштекс"的汉堡肉特别好吃。红菜汤可以换成味噌汤，你试着点过一次，端出来的是味道很重的味噌汤和满满一碗白米饭，上面插着蓝背脂眼鲱鱼干，还有咸菜。看起来像是放在佛像前的供品，很搞笑。

旅行之前你从原教授那里听说，在莫斯科或列宁格勒的街上走着，可能会有人从背后叫你"岛田先生"，你也许以为是认识的日本人，但记得忍住不要回头，如果能透过橱窗确认叫你的人，就能抢先 KGB 一步。原来原教授去莫斯科的时候，经常有人尾随，为了确认是不是他本人，叫他"原先生"。教授与反体制派的作家和诗人有私交，还参与了禁书的翻译工作，所以登上了 KGB 的黑名单。原教授认为，自己的弟子们也有可

1　北海道的一个城市。

能在监视范围之内，于是忠告你要多加小心。好不容易学好了俄语的基本语法，处于刚开始学走路阶段的学生被这样警告，实属光荣，但被怀疑是间谍而逮捕的话就不妙了，所以你决定一直在脸上挂着天真的笑容。

从横滨港出发后第三天的下午抵达纳霍德卡。办理完入境手续后，立即被安排上了巴士，坐上了去哈巴罗夫斯克[1]的夜行列车。夜行列车历时十三个小时，在哈巴罗夫斯克换乘飞机去莫斯科。到莫斯科已经是傍晚了，在红场附近的国际旅行社酒店吃了简单的晚饭后，你立即一个人去了夜晚的街道。虽然距离下船已经超过了一整天，你的身体还残留着船的摇晃感，身体的惯性让你感到高尔基大街也在摇晃。你坐自动扶梯来到地下，乘坐向往已久的地铁，在马雅可夫斯基站下车，跟广场的马雅可夫斯基铜像打了招呼。你忍受了擦肩而过的俄罗斯人身上的体臭、甜腻的香水味和尾气排放回到酒店，被对你秀乳沟的妓女搭讪，你只跟她聊了几句，没有更进一步，因为比你大一年级的学长跟你同住一间房。

第二天一整天你都在坐地铁，去看了位于新圣女公墓的果戈理、契诃夫、爱森斯坦、肖斯塔科维奇的墓，乌克兰酒店和文化人公寓，包括莫斯科大学在内的七所斯大林式建筑，还去了地铁的终点站——莫斯科的新兴住宅地 Yugo-Zapadnaya。然后你乘坐当天的夜行列车去了列宁格勒。

1　伯力。

你在离中心部二十公里的郊外的面朝波罗的海的休养地停留两周，接受俄语研修。课程在上午结束，午饭后的时间自由行动。你也知道，和本地人谈恋爱是学外语的捷径。在美国进行间谍活动的 KGB 必须冒充美国人，融入美国人的交际圈子。他们为了掌握完美无缺的纽约腔或南部腔，积极地诱惑美国人，以最友好的方式接近敌国的女性，除了想要的情报，还能获得赠品——情爱。可是如果和对方真心相爱，就避免不了叛变的结局，所以间谍们必须抱着冷眼观望西方世界的人不断陷入不幸的心情进行破坏活动、诱惑对方才行。

聚集在外国人住的酒店大堂的俄罗斯美女，价格一律是一晚一百美元。她们大多是高学历，英语、法语、德语都很流利，对音乐、美术、文学有很深的造诣。她们有一般坐地铁和公交车的俄罗斯女性买不起的西方品牌的裙子和香水，还有不输模特的身材和美貌。据说近来还有精通日语的高级知识分子。原教授说她们中的一半都是谍报员，让你一定要留意，但你想提供一个谁都知道的国家机密——"我们国家历代首相的一半以上都是 CIA[1] 的傀儡"——来试试美女谍报员的厉害。不过要是这么干了，你肯定会被大学学长姐怀疑和鄙视，认为你旅行的目的不是研修俄语，而是买春了。

你不受妓女们的诱惑，专心想搞好和普通俄罗斯女性的友好关系。最先和你密切接触的是中级班的老师奥莉娅。二十五

---

1 美国中央情报局。

岁未婚的她是英语老师，上课时一直抽烟，叫你"雅君"的口气和你祖母一样，你不喜欢她把你当弟弟对待。背诵普希金的诗，修改文章，包含休息时间，足足四个小时都是俄语教学。

下午你前往市区。以中心道路的涅夫斯基大街上的欧洲酒店为起点，沿着果戈理《外套》的主人公阿卡基·阿卡基耶维奇寻找被偷的外套的运河散步；去了《罪与罚》的拉斯科尔尼科夫住过的地方和亲吻过的干草广场巡礼；一时兴起在剃头铺剪了头发；拜谒了位于亚历山大·涅夫斯基修道院附属墓地的陀思妥耶夫斯基之墓；拜访了普希金决斗的地方；在图书馆佯装读阿赫玛托娃和茨维塔耶娃的诗集；在彼得大帝人类学民族学博物馆看了连体双胞胎的标本。当然，艾尔米塔什美术馆也去了三次，看着伦勃朗和委拉斯开兹、现代绘画，一边逗黑蜗牛一边看了很久夕阳，夕阳像是要沉入涅瓦河，又一直不落下。

讲习的间歇，在波罗的海海岸举行了篝火晚会，就在那时你认识了住在同一个酒店和野营的索菲，她是地道的巴黎姑娘，十八岁。这次的俄语研修有法国人、德国人和意大利人参加，其中最可爱的索菲对你很亲切，这让你很高兴。你把二外从英语换成了法语，所以跟她的对话里也零星夹杂一些法语，但主要还是靠俄语对话。围着篝火，一起喝着在免税店买的格鲁吉亚的干邑白兰地，你心情越来越好，哼着柏辽兹的《幻想交响曲》华尔兹的旋律和她跳了舞。你亲手把北海道的大妈给的梅干送到索菲嘴里，算准她酸得皱眉头的时候亲了她，开玩笑说："这下变甜了吧。"

名胜古迹溜达够了，你开始专心享受夜晚的行动。在某个公园转来转去的时候，一个红头发的瘦瘦的俄罗斯女孩来跟你借火，你用一百元的打火机把烟给她点上，她自我介绍说叫娜塔莎，主动跟你握了手。因为她说"你长着一张写诗的脸"，你告诉她"诗也写，小说也写"。她表示很有兴趣。附近有像地窖一样的迪斯科酒吧，你们决定去那里喝一杯。可能因为日本客人少见，你被盯着看。很多俄罗斯人害怕因为和外国人接触而招致不实怀疑，正因如此，娜塔莎显得特别亲切。碰巧看到在公园散步的法国斗牛犬，你说："那个狗好像马雅可夫斯基宠爱的布鲁卡。"她特地从狗主人那里把狗借来，让你拍了照片。你尝试约她"明天也见面吧"，她说："明天没事，我给你当导游。"

你拿着在书店买的《普希金诗集》，在青铜骑士像前让她给你朗读同名诗歌，在简易食堂吃了俄罗斯饺子，在公园的咖啡厅喝了难喝的咖啡，教了她简单的日语，这一切就像是"男孩遇见女孩"的列宁格勒篇。你一边享受一边感慨：受到《发条橙》的超暴力冲击七年之后，你竟然和红头发的娜塔莎肩靠肩在白夜的列宁格勒徘徊着，这场景谁能预想到呢？

这之后你每隔一天就会和结束工作的娜塔莎见面，一起在涅夫斯基大街、丰坦卡河岸、普希金广场散步。你说："我们两人的相遇在七年前就注定了。"她也欣然接受，说："谢谢你特意来见我。"你们宛如陀思妥耶夫斯基的《白夜》里的男女。去俄罗斯之前你看过卢基诺·维斯康蒂和罗伯特·布列松——意大利人和法国人——拍的《白夜》的电影，有几个画面一直深

155

深印在你心里。于是突然想跳起舞来，又回到最初见面时去过的迪斯科酒吧，跟着那里播放的流行音乐，模仿着马塞洛·马斯楚安尼在剧中的舞步跳了起来。那是像脱臼的骸骨一样极其离奇的舞步，受到在场客人的热烈好评。

从认识到离别只有短短的十天。出发去爱沙尼亚塔林的当天，是你和娜塔莎最后一次约会。你听说她也写诗，就让她把写的诗读给你听，结果她把你带到自己工作的事务所，从自己的桌子抽屉里取出了打印原稿，送给你当礼物。你们交换了地址，约定给彼此写信。娜塔莎说给你当作纪念，把在迪斯科酒吧播放过的音乐唱片也给了你。那是俄罗斯女歌手阿拉·普加乔娃唱的《列宁格勒》和《音乐家》，两首歌都是被流刑到西伯利亚的诗人曼德尔施塔姆的诗。你把本想要"贿赂"酒店大堂和服务员，从日本带来的女式丝袜、圆珠笔和口红，当作礼物送给了娜塔莎。照相机里已经拍了一些照片了，但娜塔莎说要照双人合影，于是你们两人挤在车站的快照小屋留下了纪念照片。总共照了四张，其中三张是两个人在接吻，第四张是两个人抱在一起。在等照片出来的时候，你们互相爱抚对方的身体，结果却因为机器故障，照片没能印刷成功。

离别时你努力地用俄语说："我还会回来哦。因为没有我的城市会很寂寞。"她说："下次再来的时候，城市的名字说不定都变了。"如果有天列宁格勒变回圣彼得堡，那么东京也变回江户了吧，你想。想到这是自己死后才会发生的，你有些悲伤。

从塔林飞到基辅，再回到莫斯科，你初次的苏联旅行就要结束了。在基辅的第聂伯河上坐船游览时，刚好旁边的六十多岁的老人自称以写作为生，你无礼地问他是怎么养活自己的。他说是靠改写面向少儿的世界文学全集才有饭吃的。他还补充说，其实最后是想作为小说家发光发热。你立即跟他表示，你也写小说。被老人嘲笑说："呦，不会只是追着女生的屁股跑吧。"你是为了求艳遇才来俄罗斯的——已经有了这样的传言，你在篝火晚会上和法国女孩嬉戏，在车站和俄罗斯女孩惜别的一切都被人看在眼里。

"这些全都是文学修行的一部分。"

你的借口让那个人觉得很有趣，问你："下次能不能把你写的东西给我看看？"他叫野田开作，毕业于庆应大学的单身男子，曾经给三田文学写稿，不温不火地熬到了现在的年纪，并对此有些羞愧。他现在住在从朋友那里借来的在镰仓材木座的房子，靠世界文学全集的微薄版税度日。他还约你下次去镰仓喝酒。

回国后，你反复听着《列宁格勒》，回忆着和娜塔莎散步过的白夜的街，回味着人们眉间的皱纹、民警的帽子上的徽章和列宁像。俄罗斯式的忧郁"тоска"在你的心里深深扎下了根。

列宁格勒

奥西普·曼德尔施塔姆 / 著

我回来了，自己的城市

157

知道我的泪我的静脉

知道我的小时候，肿过的扁桃体的城市

你回来了

快，干了这杯照亮列宁格勒河岸街灯的鱼油

快，去了解夹着蛋黄的不祥沥青，十二月的每一天

彼得堡！我还不想死去

你还有我的电话号码

彼得堡！我手里还有很多地址

能听到死者们声音的地址簿

我在依旧漆黑的楼梯上

撕裂皮肉的门铃声

敲击着我的太阳穴

我彻夜不眠等候着尊贵的宾客

门上的脚链作响着

　　半年后，你收到娜塔莎的来信。信上说，她已经离开列宁格勒，在哈萨克斯坦的集体农庄工作。想到她有可能是因为和外国人亲密接触而被举报，作为惩罚被送到了穷乡僻壤，你感觉心痛。

免费试用男

到了秋天，你埋头于拍好的胶片的剪辑，为了能完成电影短片而努力。电影的结束也带来了和水城理惠的告别。理惠见到了从俄罗斯回来的你，说你"好像变了一个人"。你并不觉得自己有任何变化，也许是对抱习惯的她的身体有什么不自然的感觉，导致你表现出了露骨的冷淡态度吧。

你对目前为止自己极度轻薄的举动感到羞耻，想要拿出改变的具体证据，开始构思新小说。当时的年轻人之间流行"找自己"的精神话题。冒牌文化人逮到心不定的女子，对她们说什么"你没有坚定的自我"，把此话当真的女子就会急着要去找"无可取代的自我"。对于这样的"自我热潮"，你一直是冷眼相看。只要睡过去，人会立即忘了自己是谁。就算自己认为自己是什么什么样的，那也不过是对其他人的模仿，或者只是幻想——这是你二十年来的真实感受。本来从中学时代开始，你就抱持着"我思故我在"是谎言的想法，你还曾把这个想法如实说给京都大学哲学系毕业的堀妙子老师听，甚至领悟到了"所谓'自我'就是众多要素的碰撞、错过，是交叉点一样的东西"。

你想写能埋葬自我神话的小说，想要写继尼采的"上帝已死"宣言一百年后，宣告"自我意识的消失"的纪念碑式的作品。你已经积累了能填满一本青春小说的细节，但还没想好适合的风格。那时候你注意到获得群像新人奖出道的新人村上春树。他的作品远离团块世代[1]特有的汗臭味、穷酸味，类似川端康成的《末期之眼》的单调文章里，描写了自由主义市民的忧郁和徒劳感。《且听风吟》和《1973年的弹子球》里还能看到一些大江健三郎的影响，但主人公的心境已经能与年轻于团块世代一轮的、和你同世代的人引起共鸣。你有点嫉妒他比你早一步把时代的变化写出来，新潮登场了，同时想到自己必须摸索一条和村上春树不同的路线。

那时候，作为苏联东欧研究会的活动，你用俄语写要求释放苏联反体制知识分子的书信；翻译俄罗斯讽刺漫画杂志 *CROCODILE* 的文章；负责在十一月的外语节上演的俄语剧；埋头读马雅可夫斯基的《臭虫》。接着你对俄国形式主义和巴赫金文学理论感兴趣，对相关书籍如饥似渴。从一九二〇年开始到一九三〇年代初，诗和小说使用了超越十九世纪现实主义的革命性的手法。同时代的日本作家们受托尔斯泰、陀思妥耶夫斯基和契诃夫的影响很深，但好在受革命后的文学理论和布尔加科夫、扎米亚京、普拉东诺夫等新潮人士的影响的作家几乎没有。后来，大江健三郎注意到了俄国形式主义，但文学潮流却没有发展到发掘现代俄罗斯文学专家的地步。找到了没人开拓的小众市场，你开始构想如何将一连串的文学理论应用到自己的创作上。

---

1 第二次世界大战结束后，日本的出生人口激增，这一时期出生的人被称为"团块世代"。

俄语剧在外语节上演时，苏联大使馆的一行人坐大巴来观看。在由一年级生运营的俄罗斯料理临时小吃部里举行了招待会，参加演出的你收到了花。演出前你和《臭虫》的翻译小笠原丰树见了面，从他那里听了意见。小笠原氏是原教授的朋友，参与了你在创作上受到最大启发的扎米亚京作品的翻译，还用岩田弘的笔名写诗。这位伟大前辈的译文里不失原文的腔调，翻译成的日语读起来场面感鲜明，可以说是俄语翻译的典范。学俄语是文学修行上走的一大段弯路，但要是最终能写成小笠原氏译的扎米亚京那样，锤炼自己的日语水平的话，也是好结果。

那年年底，你告别租了七个月的"茶室"，回到大学生活。本来紧张年初有可能会留级，最后得知勉强及格后，就开始忙着参加苏联东欧研究会的学习会和萨哈罗夫[1]博士的支援会。和理惠分手之后的一段时间，你是免费试用男。每周换约会对象，接触各种各样的女生的过程中，你一改往日的毒舌，变得越来越擅长和女生聊天。总在约会前一天发烧或有急事，临时放鸽子的女孩；把你当作幻想中的哥哥，总想着近亲相好故事的农大女生；总是打断别人的话，说自己的事情的"爱自己教徒"；脸很朴素、胸部却很大的阿拉伯语系女生；看起来一副热心孩子教育的妈妈模样，实际上特别喜欢追着流行跑的法语系学姐。为了能满足这些女生的期待，你不断努力，在这个过程中慢慢

---

1 苏联理论物理学家，曾参与苏联氢弹研发。

变成"花花公子"。在体育课上你学习了一整年社交舞，会跳华尔兹、布鲁斯、伦巴、吉特巴、恰恰，但在那个流行迪斯科舞的时代，你的这些技能没处发挥。有一次，你去新宿歌舞伎町的一个舞厅看看，结果有一个跟你母亲年纪相仿的妇人用热情的眼神注视着你，吓得你只得赶紧逃走。

如果想迎合时代的话，就该模仿村上春树的主人公生活，但你不允许自己与在不久的将来会成为对手的人走同样的路线，结果只能喜欢上被看作时代的错误的趣味和爱好。你被数次问过"为什么是俄语？"，你也曾乖乖答道"是为了读契诃夫的原著"，但久而久之对这个答案厌倦了，开始这样回答：

"因为掌握英语和俄语的话，就可以向世界上一半的美女传达自己的心意。"

实际上，在东西两极分裂的冷战时代，于美国从属国长大的人，如果能熟练运用敌国的语言，就可以走征服世界的捷径——是因为这样的错觉才来读俄语的。

奇妙的工作

到了三年级，俄语水平变高，精力也有了余裕。你参加了世界史的研讨会，深入研究斯大林时代的大清洗和言论压制，热心于原卓也的扎米亚京评论、第二外语的法语学习，每天都读很多书。穷酸的酒池肉林还在继续，还想要钱买书，于是你铆足劲儿打工挣钱，做过考生的英语家庭教师、补课班老师、俄语的应用化学系论文的粗略翻译、国际皮肤科学会的幻灯片播放员，等等。会双语的归国子女已经能通过做翻译实现收入稳定了，你却只能做时薪一千五百元的零工，难道就没有更能挣钱的工作吗？你听新宿高中毕业的佐久间说过，在新宿二丁目的牛郎店工作的话一天能挣三万元，决定去试试看。你打通了发布在体育报纸上的求人信息的电话，对方让你去面试。最多能坐七个客人的狭窄的店里，吧台里五个忧郁的青年并排坐着，唯一的客人是一个身材矮小的中年男人。经理把你带到里面的房间，对你简单说明道：

"我们这里是指名外出制。客人基本都是男性。被指名了就要去店外陪客人。短时七千元，过夜一万元。只要你七点之前来店里，最低薪水两千元。"

听了经理的介绍，你这才明白自己被佐久间戏弄了。你说着"今晚有事，先走了"准备离开店里，唯一的客人却指名要你陪——他明明可以从吧台里的五个人中任选一个的——你甚至还不是这里的店员。经理说："像你这样立即有客人指名的情况太少见了，我会超额给你钱的，答应他吧。"你撒了一个谁都心知肚明的谎，说要去参加法事，拼命保护了自己的贞操。

你没有因为这次失败而泄气，重整旗鼓，谋划要在接待女性客人的牛郎店雪耻。地点在怀旧的川崎暗黑南部，高中时代的文艺社新生欢迎会之后再也没去过的堀之内。你穿着丧服去了一家叫夜晚丑闻的店面试，店里的人让你当场写了履历书，要收你做见习生。经理让你"快点记住规矩"，把你先分配去打扫楼梯和厕所。有一条奇妙的规矩是要在男性用的小便池里常备冰块。店长烫了一头卷发，毛发旺盛，应该是冲绳人。牛郎的主管叫岛，时髦的衬衫配上宽领带，一边讲解着"这才是纯正的吉特巴"，一边带客人入座，你注意到他的舞步跟你在大学里学的不一样。夜晚丑闻的头牌叫田代，往上拢着烫的长卷发，穿着粉色的西装登场，对新人也态度很好地打招呼，"早哦"。二号人气王叫乔治，是个混血儿，敞开的衬衫里看得到胸毛。看着不像牛郎的丑男浩借着关西人的幽默对话把场子弄热。弹电子琴的谜一样的中年牛郎五郎则对你很温柔，喜欢教你一些细节，比如"在客人面前托腮可不行哦""吃相好看的话就会受欢迎""会跳舞的话能加分哦"。

牛郎们的履历也各种各样，没有客人的时候，大家在狭窄的休息室聊天，一个人以前是做房地产中介的，一个人以前是木匠，乔治以前是出租车司机，岛是调酒师。样貌秀丽的田代以前竟然是泥瓦工。大家都说，牛郎这个行当没想的那么轻松。一开始和服务员一样，没有指名费的话，有时候一个月只有基本工资的五万元。听说头牌田代有熟客，经常阔气地给他开香槟酒，每个月都能挣五十万元以上，而五郎最多也只能挣二十万元。

客人几乎都是在堀之内的夜总会和色情浴场工作的女性，有钱有闲的贵妇很少。过了夜里十二点，店里突然热闹起来，你也在桌边给客人倒酒，由于不知道该和客人聊些什么，你决定说点跟电影有关的。"你看过塔可夫斯基的作品吗？沟口健二的《赤线地带》呢？"对方根本听不懂你在说什么。你想用擅长的舞蹈来挽回局面，但对方完全不会舞步，你没法好好领她，让她多转了好多圈，结果她抱怨"和你跳舞好累哦，头晕"，都不再跟你跳舞了。

就这样，没有展现出任何优点的你，吃着别人分给你的水果，熬到了早上七点。一脸黑社会气质的店长鞭策大家："今晚大家带同伴来。找不到同伴的人要罚款。" 大家一起回答"好！"，然后解散了。新来的你哪有能力带个同伴来呢？也不能把同学拉来牛郎店吧。你绝对不想被罚款，只好放弃了当天劳动挣的钱。你把这只有一天的牛郎体验当成小说素材，连日记里都没有留下记录，自己从记忆里抹除了。

难攻不落的铁处女

七月上旬，在基辅的第聂伯河游览船上遇到的镰仓文士野田对你发出邀请，你们决定在横滨见面。你带上以前写好的小说去了，还有一个刚过三十岁的、想要成为小说家的人也来了。你们在中华街一边吃饭，一边聊着读过哪些作家的书，以及想要写什么样的作品。吃完饭在一个叫哥本哈根的酒吧喝酒，席间来了一个三十多岁的插画家，看起来像是野田的情妇。插画家对你很有兴趣，问野田道："你现在开始喜欢男孩子了吗?"你曾经在一本书里看过一句话："作为艺术家成功的唯一要点——犹太人同性恋。"变成犹太人是不可能了，要是变成同性恋说不定更容易活下去——你曾漫无目的地想过。实际上，有好多次你看到男芭蕾舞者的肉体和胯间的突起，都感觉到背部变得痒痒的。

这些先放在一边不说，野田快速读完你带去的小说，说道："给你提前庆祝吧!""提前庆祝什么?"你问。"新的才能的诞生呀。"他答道。大部分人连自己有没有才能都不知道，怎么可能一眼看穿别人的才能呢。你满心戒备他是不是看上你了，但他说："回家之后我再认真读一遍，带到出版社给人看看怎么样?"你开始想相信他了。

在横滨学了成年人如何喝酒的两星期后，野田来了电话，提议把你的小说送到中央公论社的杂志《海》，他认识那里的编辑。你连声答应下来，在约好的日子去了京桥，在谷崎润一郎《钥匙》畅销后建成，俗称的"钥匙大楼"和编辑见了面。

在那之后你一直在等编辑的联络，和等考试的榜单发表一样。为了缓解不安的情绪，你按自己的弹法，疯狂弹在神保町交叉点的打折商店买的小提琴。那时，你家从住习惯了的地方搬到沟之口的公寓，你分到的是一间朝北、四张半榻榻米大的房间，转眼就被书堆满了。你的房间比坂口安吾的书斋收拾得整齐多了，这个狭窄的程度对于提高妄想的强度最合适不过。

你离开"茶室"之后也一如既往地游走在朋友们的公寓里，过着游牧生活，回到家后就把自己关在房间里，读书写作直到天亮。被委婉暗示了出道的可能性后，写作热情忽然高涨起来。

到了暑假前，编辑那边还是没有消息，你决定自己打电话过去问问，结果得到无情的回复："稿件送给中央公论新人奖了，进了第二阶段评奖，但最后没得奖。"对方还问你："要不要见面？"你若无其事地去了，喝了咖啡，也只是被安慰了千篇一律的话："你是有才能的，请继续努力吧。"野田安慰你的话语是"那个家伙没有挖掘年轻才能的骨气，也没有品位"，激励你"放弃还太早。你要写出更好的作品让他看看"。

至今为止，你几乎没读过日本的文艺评论，但你觉得应该了解目前的争论点是什么，所以开始读报纸的文艺时评和活跃在文艺杂志评论版的批评家的著作。在日本文艺界占有优势的是法国文学领域研究者，通过莲实重彦、矶田光一、柄谷行人、川村二郎、菅野昭正、前田爱等人的评论，你学到了日本近代文学被印证于什么样的时间、空间和文脉。此外，你通过读中上健次，知道了有的地方完全不认可战后民主主义的常识，震惊于主人公的情感跨度之大，和他们让人难以理解的破坏冲动。你甚至认为，在这里有被遗忘的日本、另外一个世界的日本。如果你没有体验过川崎暗黑南部，就不会想要接近中上的世界观一步吧。当然，你不可能和中上站在同一个舞台，而作为拒绝和村上春树走同样路线的人来说，你想更轻快、更野蛮地远离现实世界。在郊区的丘陵地带长大，接触了环境复杂的工厂地带的不同文化，你开始模糊地意识到，保卫知晓敌国语言、文化的异端分子的文学精神家园，这才是你的使命。

进入深秋，你开始认真考虑毕业之后的出路。就职活动还早，着急的同学们开始拜访学长姐，准备公务员考试。你完全不能想象自己变成公务员和公司职员的样子。你那些热衷于玩闹的坏朋友们也一样，但按学长姐的经验来说，四年级的夏天就会决定就职去向。苏联东欧研究会高你一年的学长已经拿到了银行和商社的 offer，负责人内池也决定了要进研究生院深造。至于美术社的学长姐们，将进入的是公家机关、保险公司、专门商社、报社等。

你模糊地考虑过，如果要就职的话，你想进的是报社、电视台等报道部门。会俄语的人不管进什么业种的公司，几乎都一定会被派去莫斯科分部或分局。其中也有人在俄罗斯驻扎五年、十年，娶了俄罗斯美女当太太。你觉得这也不错，但还是更想跟随中学时的志愿，成为一个小说家。在校期间拿不出成果就等于绕远路，所以必须在这时候押下大赌注。能把当时自己会的全部写作手法和经验用上，写出个作品，就算没有结果也不会后悔。

你从两年半的大学生活的经验中得到启发，构思了一个能成为反团块世代的宣言的青春小说，决定使用通过翻译扎米亚京短篇小说学到的手法。但是，你已经可以预见，如果只有这些，只是利用纸上谈兵的知识，作品肯定会被贬成"只用大脑写出来的小说"。青春小说一定会出现的"男孩遇见女孩"虽不可少，还必须基于实际经验，让自己的悲伤超越时代的隔阂引起共鸣。自己在与女性相处中没什么障碍和挫折，如果把这些日常真实地写出来的话，只会招来反感，被"不受女性欢迎的男性谱写的近代文学"所憎恨。所以，你觉得在这时应该假装自己不受女性欢迎。

那时你对在管弦乐队拉小提琴、意大利语系的古濑瞳有兴趣，想从俄语系的团员那里打听她的情况。一年级时慢待过你的小提琴女生说"她比我难追十倍"；成了松川女朋友的大提琴手元绘评价她是"典型的农村大小姐"；至于美术社社员、意大利语系的宫地，甚至说她是"难攻不落的铁处女"。暗自骄傲自己搭讪成功概率之高的你，反而更想创造奇迹，你多次算好管弦乐队的练习结束时间，埋伏着等她。为了能和她定期见面，你找借口说"想让你当我的画的模特"，得到了她的同意。你准备了至今为止最大号的四十号画布，向她展示了你的气概。

大家的看法没错。瞳住在天主教系的女子修道院所经营的女生宿舍，九点门限，转达电话也有到九点的时限，纪律森严，你直面的是几乎和诱惑穆斯林的女儿一样的高难度。好在她每天都认真来上课，只要你掌握了她都修什么课，每天就有两次跟她说"哇，又遇到你了"的机会。尽管如此，你已经厌倦了总是假装偶然相遇，想到了一个更好的能和她多在一起的方法，那就是你也加入管弦乐队。

以前你就憧憬过能作为演奏者加入管弦乐队的排练，但苦于不擅长基础练习，只能自成一派。自成一派的结果，终究不能完美地弹奏乐曲，你感觉到了瓶颈。下一次的定期演奏会要上演柴可夫斯基的《悲怆》，这件事本身就很有魅力。你不怎么喜欢小提琴的感伤的音色，能让人联想到有鼻音的女性的中提琴的音色更吸引你。管弦乐队的乐器都能借用，在《悲怆》里担任主要角色的又是中提琴，所以你选了中提琴——这不是步浩宫[1]的后尘。不过，"现风研"的那帮人都揶揄你只是为了吸引瞳的目光而入团的，如果音阶都弹不好，丢脸的风险也很高。刚入学的时候就入团，好好练习音阶，到第二年开始出席演奏会，这是一般惯例，你却宣言说"我一定在半年内让你们看到成果"。据说没有过有人兼任美术社社员和管弦乐队成员的先例，乐队内部悄悄下赌注，赌作为美术社怪人的你究竟能不能在半年之内弹好《悲怆》。你听说赌你弹不好的人数更多，虽然有点受挫，但更多的是兴奋，想给多数派一个打击。

　　第一次拿在手中的中提琴，手指的位置比小提琴的更远，掌握要点之前音阶也不能随心所欲。而且你看不懂陌生的中音乐器符号，只能在总谱上标记手指的移动顺序。至于旋律，虽然按你一贯的自成一派勉强应付得了，但第三乐章节奏快、自始至终间隔时间不规律，你彻底没辙。迫不得已，你拜托负责中提琴的人给你弹了一遍二十八页乐谱，用磁带录了音。只要记住中提琴演奏出来的声音，至少还能立即修

1　现任日本天皇德仁继位前的称号。演奏中提琴是他的兴趣之一。

正跑音问题。

就这样，三年级的秋天你身兼数职、极其忙碌：要决一胜负的小说、四十号的作品、支援苏联的反体制知识分子、连续两年的俄语剧演出，以及中提琴的练习，和"难攻不落的铁处女"攻略。这些全部是作为小说家出人头地的绕道，也是你那迸发的表现欲的发泄出口。左脑右脑、左右手脚都一刻不得闲。特别是右手，写小说、拿画笔，还要拿中提琴的弓，负担很重，每天八小时的中提琴密集训练之后，大拇指连接手掌的部分得了轻度腱鞘炎，拿笔手会抖。夹中提琴的左边下巴下面长出了痣，乐器收起来之后，脑海中也一直重复同样的旋律，有时候会失眠。如果这个时期任由自己去放纵的话，你只会把多余的智力和体力都浪费在漫无目的搭讪和蠢事上吧。没有自知之明的人比起无所事事，还是多尝试些新鲜事比较好。

第二次上演的俄语剧《姆岑斯克县的麦克白夫人》是一个绝望的故事，内容是苦于乡村的无聊和压抑的卡特里娜被男仆塞鲁格侵犯，并真心迷上了他，继而杀了碍事的丈夫和公公，成了杀人犯，被送往流刑地之后，塞鲁格却和别的女囚发生了关系，因为嫉妒而发狂的卡特里娜强拉着那个女囚一起跳河。这个尼古拉·列斯科夫的原作因为被肖斯塔科维奇改编成歌剧而被人所知，而在当时的苏联，原版是被禁止演出的。因为这个，你特意选中这个作品为剧目。

这个时候，"停滞时代"的领袖勃列日涅夫去世，曾担任KGB主席的安德罗波夫成了总书记。人们都在期待体制内改革的实现，而把索尔仁尼琴驱逐出国、判处萨哈罗夫博士流刑的正是安德罗波夫本人。

和首猛彦诀别

三年级寒假，你完成了一决胜负的小说。你拜托瞳为你满是错别字的第一稿誊写清楚，她答应了你。最终完成的稿子是一百三十页，你在空白部分写上标题《献给温柔左翼的嬉游曲》，过了一天你又重新把"左翼"改成片假名的"サヨク"[1]，你知道会有人故意把"sayoku"读成"yosaku""sayoko"，但还是带着对高中时代妨碍你初恋的"左翼"的复仇之心定了这个标题。虽然你对社会主义并没有任何幻想，但还是讨厌被美国支配，而自己捍卫市民的自由和权利、摸索贯彻人道精神的国际连带的立场，也有必要和喜欢内部武斗的左翼诸多宗派划清界限。

二月过半，你把稿子的复印件寄给了镰仓的野田。一个星期后野田打电话来，"这个能行。我们要立即开展作战会议"。这次你去了镰仓。你们辗转了关东煮店、家庭饭馆、同性恋酒吧，他告诉你哪些地方需要重写，以及他的战略。

1　即汉字"左翼"读音 sayoku 的片假名表示。

172

"问题是给哪个编辑部。如果碰到的是嫌麻烦的编辑的话，新人奖评选就没希望了。我看了各个杂志的新人奖的评委的名单，全是老思想，脑筋还停在战争时代，最多就是六十年代。想找年轻作家的是河出的《文艺》杂志，但那个《文艺》的原总编辑寺田博去了福武书店，创办了叫《海燕》的文艺杂志，只拿过一次新人奖，所以一定希望有年轻的新人出现吧。不巧我和寺田并不认识。但是，我认识寺田的朋友，我托那个朋友去问，安排和寺田见面。"

你完全不了解出版界的情况，除了听野田参谋的，没有别的选项。那个寺田的朋友是青土社的社长清水。你本来就是《现代思想》和《尤里卡》的忠实读者，读了很多青土社出版的书籍，所以能去青土社参观本身就让你很期待。

野田给你约了和清水的见面时间，你在指定的时间拜访了位于神保町的办公室。多用途大楼的一间房里气氛很紧张，时机不巧，正好是编辑会议中进行中。你报上姓名，对方冷淡地说道："哦，那你等一下。"立即给寺田打了电话。

"四月四日下午两点，去四谷的福武书店。"

你对帮你介绍的清水深深点了点头，离开了编辑部。停留时间只有五分钟，连椅子都没让你坐。正好那时你读了青土社刊的岸田秀写的《懒惰精神分析》，里面写到浦岛太郎暗示的是回归子宫的愿望，黑船来航的佩里[1]冲击和刚出社会的孩子心境相同，你本来还想问问作者，日本的珍珠港袭击是不是类似思春期的反抗呢。

春假在千叶县岩井举办管弦乐队的合宿，你也参加了。一帮人全是痴迷乐器的，连休息时间和饭后都在练习，你对此很生气，睡不着。英语系的后辈里还算有几个聊得来的人，但这样一直在合宿所待下去你要发疯，于是你坐了十五分钟内房线去学弟笛木老家避难，承蒙他包吃包住的恩情，赶海和骑自行车让你转换了心情。

就这样面谈的日子终于来了，你穿上仅有的一件西装去了福武书店。你被带到用隔板隔开的接待室，等了三十分钟，五十多岁、仪表堂堂的寺田总编辑出现了。你紧张得手足无措，被调侃道："你是想尿尿吗？"他们当你是小孩子。你对此感到愤慨，头脑飞速转动，鼓吹从俄国形式主义学到的文学理论，还故弄玄虚说："大江健三郎的解释是错的。"

"新人拿来的稿子堆在桌边，有小孩身高那么高了，你的稿子在最下面，你得等两三个月了。"

寺田这样说道，并收下了你带来的两份手稿。其中一份是《献给温柔左翼的嬉游曲》，另一份是短篇《大女明星原节子》。你态度殷勤地和寺田寒暄："请先读短篇，如果觉得不错再读长

1　美国海军军官。曾作为特派大使，于1853年率舰队驶入日本浦贺；一年后又率舰队来到江户湾，缔结《日美亲善条约》，迫使日本对美国开放下田、箱馆两处港口。

篇的话，我会特别高兴的。"心里想的其实是"如果不认真读的话你会后悔的哦"。你笑着说完，看到对方的脸上写着"这小子以为自己是谁"？

过了一个星期，野田那边来了电话，说寺田感谢他介绍了有才华的新人给自己认识。第二天寺田打来电话，说"想要发表你的文章"。你立即去了福武书店，对方给你指正了要修改的几处。本来已经做好要等三个月的准备，没想到进展如此之快，你问："为什么这么快就读了我的稿子？"对方回答："实在是被你狂妄的言行和表情吸引，拿回家就立即读了。"短篇过于呆板，但长篇"鲜明地描写了年轻一代的气质和现代风向，文字有批判性，实在是有趣"。寺田对长篇赞赏有加，简直和拿到稿子时不乐意的样子判若两人。你不好意思地说："嗯，村上春树写的是对青春的回想，而我是现在进行时呢。"寺田希望你及时修改，赶上发表在五月七日发行的六月刊，从这点来看，野田对《海燕》渴望发掘新人的预想是很准确的。

很快新学期又开始了，你进了原卓也教授的学习小组，准备写扎米亚京论。因为三年级时选修的科目没有挂科，所以毕业所需要的学分只剩下法语、心理学、学习小组和俄语专业科目。读书的时间、写小说的时间有很多，如果能拿稿费，那么播放皮肤溃烂的幻灯片的零工也可以不用打了。

四月过半，发小的平泉已经从同志社大学毕业，他没有找工作，准备一个人去中美洲旅行。去年平泉和高中同学、法政大学的井口两人一起去了墨西哥、危地马拉、巴拿马、伯利兹当背包客，据说当时在危地马拉和一个叫米莉阿姆的妓女恋爱了，还约定了再见面。听他说这个计划时，你说"就像牛有四个胃一样，妓女也有四个心哦"，想要阻止一心想遵守承诺去见她的平泉，但他一副不再去一次自己的"龙宫"就没法思考人生下一步的样子。

你和平泉的妈妈一起，把要去成田机场的平泉送到了西日暮里。

"你不在日本的时候，我要作为小说家出道了哦。"

"嗯嗯，杂志发表后，寄到我旅行的地方。"

你们从小学六年级开始，交往超过十年，就算从此奔赴的方向不同，也会在某处再次有交集吧。你们用力握手，告别了彼此。

你再三推敲，将增加到一百六十页的《献给温柔左翼的嬉游曲》完稿。你一直用的笔名是首猛彦，但因为寺田说"会招来埴谷粉丝不快，而且你真名就很好，还是果断放弃那个笔名吧"，你没有犹豫就答应了。修行时代的名字，你再也不想用了，不过那之后很长一段时间，大学时的朋友还是继续叫你"首"。

一九八三年五月七日，在你记忆中是前半段人生最美好的一天。这天是你的处女作第一次印刷成文的日子，也是你作为中提琴演奏者第一次也是最后一次登上虎之门大厅舞台的日子。《海燕》六月刊的封面上印着《献给温柔左翼的嬉游曲》的开头几行字。父亲辗转四家书店，买回家二十本《海燕》。至于演奏那边，在类似发烧恍惚的状态下开始演奏，拼命跟上节奏，在第三乐章中间来了劲头，再回过劲来时，第四乐章的铜锣已经响了。你一个人在走廊品味着成功的虚脱感时，瞳来到你身边："你真的弹完了全曲呢。"作为奖励，你要到了一个吻。听说瞳的父亲从桐生[1]来听演奏会，你把瞳送到了赤坂王子酒店，她父亲正在酒店大堂等着，对你道谢道："谢谢你特地把我女儿送回来。"

杂志出版后，你父母为了表示感谢，请野田到横滨来吃饭。你只是一个默默无闻的比野田小四十岁的年轻人，野田却认可了你的作品的价值。你的出道让野田高兴地看到自己没有看错人，为了报答他帮助你出道的恩情，你只能继续专心写作，证明自己是真正的作家。野田还说"受到你的影响，自己也重新找回了创作欲望，要谢谢你"，你被这位绅士的谦虚感动了。

六月初，平泉来了航空邮件，邮戳显示他在圣萨尔瓦多。信里写，他和期盼再会的米莉阿姆有了分歧，现在靠其他女性的资助生活，过着堕落的日子。你把出道的杂志寄到了圣萨尔瓦多的酒店地址。

报纸和文艺杂志的文艺评论用了很大篇幅来谈论《献给温柔左翼的嬉游曲》，一边欢迎新世代作家登场，一边持保留态度。同时，也有极端的批评、愚蠢的一句话评论。至于立即发

1　群马县东部的市。

177

表了你带去稿子的寺田那里，据说涌来了团块世代，以及比团块世代年轻一些的批评家的否定意见，认为寺田"眼光可疑"，默默地引发了一番争议。赞赏和批评的两极化比预想的更明显。

《东大新闻》和《平凡 Punch》早早就表示出想要采访你的意向。出版单位福武书店的销售人员也给你拍了肖像写真，在开始准备向外推销时，传来了《献给温柔左翼的嬉游曲》入围芥川奖的消息，你很高兴。说真心话，你想对不看好你的作品的那帮人说句"活该"，又对入围芥川奖竟然这么简单的事实感到失望。你好像明白了拜伦的"某天早上醒来，已经变得有名了"的心境。你想说的是，一时的一帆风顺离不开坚实的积累吧。有个法则是，任何事想做到一定程度都需要花十年时间，你对性的觉醒、表现欲望的觉醒，正好是在十年前同时开始的。音乐、美术、文学、电影、柔道、登山、坐禅、恋爱、饮酒、做傻事，这些是催化剂，在像呼吸一样自然的、妄想不断堆叠的过程中，不知不觉到了一个临界点，你从梦想家物态变化成小说家。

你被寺田叫出来吃饭喝酒。他说："有点招人讨厌其实是好事。在赞赏和反对中间只要八胜七败，勉强赢了就行。"这是他作为总编辑的经验之谈。你虽然细腻，但因为迟钝、注意力散漫，就算被人贬低也不会回应。被招待吃完寿司后，他还带你去了新宿温泉附近一家叫行板的店，吧台并排坐着中上健次、柄谷行人和三浦雅士，你呆住了。没过多久，古井由吉和司修一起来了。你被介绍给在座所有人，却害怕被嘲弄，本来是要混个熟脸的，你却竭尽全力想不招人注意，把身体蜷成一团。寺田感谢中上健次在几天前写给《献给温柔左翼的嬉游曲》的评论："没有意义的对话很有趣。这小子智商很高，好好栽培会成大器。"感谢他的评论："帮大忙了，简直是在地狱里看到了佛祖。"你也一起低头感谢了他。柄谷行人坐在吧台最里面，一直在神经质地拨弄自己的刘海。你刚读完《作为隐喻的建筑》，想跟他聊点什么，但苦于抓不准时机。

寺田虽然是发表了中上健次代表作《枯木滩》的总编辑，但据说他右眼下面的伤疤是被中上用啤酒瓶砸的。打架现场在新宿的居酒屋，受伤的寺田被抬到了小泷桥路附近的春山外科，缝了十九针。听了这个故事后你非常恐惧，不敢直视中上的脸。要是直视他的目光也许会被他说"你瞪我干什么"，一个啤酒瓶朝你飞来；相反要是特意把视线转开，会被他觉得"你竟敢无视我的存在"，惹怒他。想来想去你不知道看哪里好了，只好像苍蝇乱飞一样东看看西看看。幸好那天中上心情不错，主动问你："在写第二部作品了吗?"

下士官的苛待

知道你酒量还不错后，寺田频繁找你跟他到处喝酒。第二部作品《胶囊里的桃太郎》很快写好了，你拿着稿子去给他看，他又带着你去了新宿。小岛信夫、后藤明生、高井有一、田久保英夫相继出现，拜见这些正活跃着的作家让你疲乏，但因为和后藤明生有过一面之缘，算是稍微放松了一点。出道之前正值外国语大学在大会议室召开国际果戈理座谈会，对学生也开放。日本和俄罗斯的权威人士汇聚一堂，从比较文学的角度讨论了果戈理和鲁迅、果戈理和小岛信夫的关系，你去听了，觉得很有意思。在座谈会上被问了感想的后藤明生两年前出版了《笑的方法，或是果戈理》，他用单口相声的语气滔滔不绝，听得学者们瞠目结舌，那场景让你印象深刻。知道你是原卓也的学生后，他又和座谈会时一样滔滔不绝地谈自己的文学理论和家常话，你简直吃不消。小岛信夫算得上后藤明生的师傅，他也装糊涂装得很妙。据说他很喜欢读巴赫金和巴特，谈话间经常把话题甩给你，这让你变得畏畏缩缩。

寺田带你去各种喝酒的地方，想让作家们认识到你的存在，类似于攀关系给你在文坛的次等席找个空位，继而提高芥川奖的风评。寺田每晚在二丁目、五丁目、黄金街、西口重复酒场巡礼，听说他一年光喝酒就要花三百万元，你惊讶得嘴巴都合不上。在那之前，你喝再多也会在凌晨一点睡觉，和寺田在一起后变成辗转场地喝到早上四点。熟悉的居无定所的人一出现，寺田就唱起拿手曲目《憧憬的夏威夷航路》和《不要哭，小鸠》。福武书店虽然也有和你同龄的女孩，但更多的是喜欢大叔的年轻女孩，被她们崇拜，经常一冲动就表白，所以你甚至担心会不会哪天招她们恨，会不会被她们刺一刀。你被预言过"以后会很受女孩欢迎"，但毕竟还只是初出茅庐，你警告自己需要谨慎。

七月十四日是芥川奖的评奖会议，你在家等结果。公寓里面还来了采访车。七点四十分左右，文艺春秋的责任人井上氏来了电话，跟你解释："很遗憾。这次没有作品得奖。你的作品留到了最后，评价也是最高的。"你咂嘴，深深叹了一口气，最后跺脚说了一句："要是这次得奖，我就更新最年少纪录了呢。"父亲说："还有下一次。这次要是得奖了会被人嫉妒的，说不定会被人搞垮。所以你应该想，不得奖反而是运气好。""现风研"的岛津打来电话，邀请你去"残念会"，你不情不愿地出了门。

你在大学附近的某人家过夜，第二天去上研究小组，原教授拿啤酒招待你，自然而然地，你和研究生们，以及新田教授、原教授中意的女学生一起去了巢鸭的"金刚会"。

春学期最后一天，学生部叫你过去，问你还没有交毕业后的去向和就职单，是想怎么样？因为入围芥川奖，条件产生了变化，成为公司职员是太不可能了。虽这么说也不能保证以后能只靠写作活下去，现在创作欲望很旺盛，但旺盛的反作用就是陷入低潮，这也是不可避免的。如果想保险一点的话，要不然继续读研？你暂时保留判断，开始写第三部作品。

芥川奖的选后评语也出来了，大江健三郎看到了小说里使用的一九二〇年代的俄罗斯文学手法，强烈推荐；丹羽文雄持强烈反对态度；远藤周作认为是不值得看的风俗小说；吉行淳之介评价太过时；开高健和安冈章太郎认为应该看下一部作品后再评价。结果就是没有作品得奖。你被大江氏之外的评奖委员轻视了。

第二部作品《胶囊里的桃太郎》的评价并不好，但以俄罗斯旅行体验为素材写出的第三部作品《亡命旅行者叫喊自语》，被拒绝承认你的处女作、评价你的处女作"随便"的批评家赞赏有加；叫你傻瓜的批评家们重新评价了你，认为你"竟然是认真思考的人"。你恢复了一点自信，开始构思亡命旅行者的后篇，计划将大阪作为故事的舞台。寺田觉得你的构想有趣，对你说："去采风旅行吧。"

虽然团块世代的批评声音越来越强，但你感觉到自己被那个世代的代表人物、曾经的文坛年轻领袖中上健次保护着。不过到了秋天，中上的态度骤变。第二次在新宿西口的酒吧见面时还和他友好地谈论文学呢，不知道到底是哪里让他不高兴了，开始在各处扬言说要"打岛田"。你不明白为什么，每天都很不安。寺田带来了岩波书店的《世界》，说有可能原因在这里。原来，大冈升平和埴谷雄高进行了连载对谈，名为"两个同时代史"，在最后一次对谈时，大冈氏提到了你。他点评你的第三部作品，"全部是战后的模仿作品"，这倒还好，有可能是这句话之后的段落惹中上生气了。

　　大冈：中上写了《献给温柔左翼的嬉游曲》的书评，

简直是下士官的苛待（笑）。真是太有意思了。现在的作家智商大概一百，这个却有一百五，但说到底可取之处只有这点啦。暗暗说这些挖苦人的话，其实只是怕自己被超越呢。

曾经中上的《枯木滩》经大冈氏力挺，得了谷崎奖，中上在文坛走红，开始摆架子，大冈氏一边介绍其他的评奖委员对中上的反感内幕，一边评论中上最近开始步老人后尘、痴呆严重，毒舌之极。

如果寺田的猜测是对的，那么中上应该恨的是大冈氏，但不管怎么说文豪是不能打的，只好拿岛田开刀祭典。文坛竟然净是这种荒唐的事，面对这些你从来没遇过的人，你深感不安。

那时社会上正兴起新学者热潮。浅田彰的《构造与力》和中泽新一的《西藏的莫扎特》登上畅销书宝座，东大的硕博生生怕被时代抛弃，相继出版了著作。尽管你出道就一炮而红，但一年之后就会有更年轻的作家来超越你，这是肯定的。你必须提前做好赢的准备，为了写第四部作品，你去了大阪西成区和生野区采风。为什么选了那里？应该是有理由的，但你忘记了。不过，可以肯定的是，你的双脚就是为了在完全陌生的土地上徘徊而生的。

步行和思考总是难以分开，人行走的距离和聪明程度成正比，走得越多，发现越多，进化越多。

卢梭、兰波、波德莱尔都通过孤独的散步让自己置身于自然和城市之内，摸索表达的艺术。中世纪和近世的歌者、诗人也用大腿筋和跟腱创造诗篇。流浪的骑士和王子一边行走，一边领悟自己的使命。拉斯科尔尼科夫和法布利斯[1]一边走路一边思考，最终得出一些结论。你也通过行走在多摩丘陵、多摩川、川崎暗黑南部、新宿、涩谷、莫斯科、列宁格勒来完成自己的进化。还没踏足的土地还有很多很多。

　　你的大阪下町巡礼的指南书是开高健的《日本三文钱歌剧》。开头用的列举法和饶舌体，把新世界一带杂乱而下流的氛围描写得很生动，实际去那里感受之后，那种压倒性的平民街区感、时空穿梭感让你头晕目眩。那里本来是明治年间模仿巴黎设计的博览会城市，拥有通天阁、动物园、美术馆的现代艺术殿堂，因为空袭被焚烧后，成了黑市和低档旅店街。小说的主要发生地点是旧大阪炮兵工厂，开高健采访靠盗取埋在工厂的铁屑维生的盗贼集团"阿帕切族"时，给他带路的是诗人金时钟。很荣幸你也被介绍给这位金时钟，让他给你介绍生野区的韩国城一带，他还请你吃了"山羊料理"。第二天吃的都消化完了才被告知吃的其实是"狗料理"，你这才明白，原来睡不好是因为这个。

　　你不停徘徊在新世界、旧釜崎、飞田新地、旧猪饲野一带，想把一直与之没什么缘分的大阪和自己联系起来，你把整

1　司汤达《帕尔马修道院》的主人公。

184

个过程写成了小说《大道天使，声嘶力竭》，是列宁格勒和大阪，两个城市物语的尝试。

就是在这个时候吧？大韩航空的一架飞机被苏联的战斗机苏-15击落。飞机上的乘客加上员工共二百六十九人全部死亡，遗体几乎没能被找回。当时安德罗波夫的苏联和里根的美国之间将要爆发的核战争带来的死亡时钟已经走到了二十三点五十八分。对苏联的非人道行为的责难、克里姆林宫和苏联空军的责任逃避和秘密主义、毫无依据的阴谋论的交错之中，你渴望体制的崩坏，如果这不能实现，那至少推动体制内的改革。当时，期待最年轻的政治局委员戈尔巴乔夫被指名为继任者的呼声高涨。

再一次闭门羹

出道时《献给温柔左翼的嬉游曲》的稿费是一张稿纸一千元。三年级时你曾被拜托翻译俄语论文《强化碳的分子构造》，一张稿纸拿到了两千元。你已经做好了心理准备，小说家挣钱并不像五木宽之在随笔里写的那样轻松，但获得芥川奖提名后，稿费突然涨到一张稿纸两千五百元，你开始觉得你一个人只要有一支笔就能生存下去。当时你还听说，如果得了芥川奖，就能搬到带浴室的公寓住。第一本单行本的稿费也汇入了你账户，手头略为宽裕，能请曾经支援过你的东京游牧生活的各位去比"村来""养老乃龙""黑猫"这些略贵的小料理店和饭店吃饭了，一直在长崎屋和大荣买的衣服也变成在伊势丹和高岛屋买了。你接受报纸和杂志的采访，被文案撰稿人糸井重里担任主持人的NHK[1]节目《YOU》叫去当嘉宾，开始受到媒体的瞩目。社会文化部的编辑们无一例外把你当"时髦的、听古典音乐写纯文学的怪男孩"对待，你一边回应他们"我听古典音乐，写纯文学，不影响我受女孩欢迎，不用你们担心"，一边在心里暗暗预言："一个两个都被春树毒害了，以后总有一天会想把现在兴奋的自己埋葬在黑暗里的。"

团块世代的压力一如既往地强大，但意外的是，祖父和父亲那一代的知识分子对你的态度却很友好。对联合赤军的左翼内部武斗倾向、苏联的极权主义体制感到厌烦的旧世代，像是被你的诙谐模仿逗笑了，研究俄罗斯的论客内村刚介给你写了信，现代诗的巨人鲇川信夫赞赏了你，批评家矶田光一觉得你实在有趣，甚至写了一本著作《当左翼变成 sayoku 的时候》来追溯左翼的变迁史。一九八〇年代后半，文坛确实发挥了自己的作用。围绕反核运动的争论、埴谷雄高和吉本隆明的争论、大江健三郎和江藤淳的对立等，文学家和批评家像是一天到晚吵架的侠客。在这种紧张氛围里，"敌人的敌人就是朋友"的力学也起了作用。

1　日本广播协会。

文坛就是文学家们不停批评应酬、举杯、击垮、赞赏、发掘、复苏、断罪、埋葬的空间。这样的空间已经消亡了，只剩下市场，并且是逐渐缩小的市场。

本来收入就不稳定的文字工作和农业类似，想要一心一意搞下去就必须有相应的觉悟。可以选择同时从事两个职业，但不可能有积极支持文学创作的公司。加班和吃饭应酬之后对着书桌，不可能写出来好作品。三岛由纪夫在大藏省[1]做了两年公务员，因为睡眠不足从站台上掉了下去。号称日本最繁忙的财务官僚兼小说家最惨的结局说不定是被车轮碾死。大江健三郎上学时出道，这方面是你的大前辈，但他是反安保斗争时期的象征，一直都是知识分子的代表，你和他没法比较。和你几乎同时代的古井由吉，经历战胜病魔的过程，成了德语老师，在那之后的三十岁前半段成了专职作家。中上健次一边在叫"爵士咖啡"的大学学习，一边在羽田机场当装卸工，给同人杂志写稿子。从博报堂到平凡出版，变成专职作家的后藤明生是典型的原上班族作家。

第三部作品《亡命旅行者叫喊自语》也得到了芥川奖的提名，你的创作欲望更强烈了，但扎米亚京的毕业论文必须写完，研究生考试也不得不准备。东大的外国文学系的研究生院里外大毕业生很多，多到被称为外大的殖民地，但你的计划是在早

1　旧财务省。

稻田做索尔仁尼琴研究。这是你为消除职业作家的不安而挂的保险。

　　一九八〇年代前半段是泡沫经济的前夜，景气不佳，未来要怎么办，很难看清楚。对于当时的学生而言，最受欢迎的出路是大型保险公司、城市银行、电通、博报堂等广告公司及三得利、丸红、三井、住友、三菱等商社，但同为俄语系的同学们的去路更朴素，更多的是俄罗斯专门商社、推土机制造商、旅行社。还要过段时间才有俄语需要，要等到戈尔巴乔夫登场，着手改革。被看成在老实人中最有出息的是三年级时通过了外交官考试的水野，被称为混混的人当中最有出息的是你。你记得在毕业照上你和水野分别坐在俄语系教授们的左右两边。

　　乔治·奥威尔写反乌托邦小说的那一年 —— 一九八四年的元旦的《朝日新闻》刊登了代表未来的活跃于各界的二十岁的人的肖像写真。在药师丸博子和橄榄球选手平尾的充满活力的笑容旁边，伴随的是你忧郁的脸。报纸的最下面，在美术社的活动室里拍的宿醉的你的脸和评论，让读者从元旦开始就感受到阴沉的气氛了吧。让正为了灰暗未来而做准备的年轻人来畅谈光明未来，这个企划本身就是不可能的。

　　一月过半，下半期的芥川奖评奖开始了。你期待着这次一定被文坛承认。结果又一次吃了闭门羹，你的性格又扭曲了一点。

梦游王国

　　写完毕业论文，你非常想继续写中断了一个多月的小说，于是把剩下不多的学生时光奉献给了《为了梦游王国的音乐》。你连续两次落选芥川奖，反而来了斗志，发誓要让所有没给自己投票的评奖委员后悔。不到三天，你就会去图书馆和车站前书店，一天读三本书，创作欲望也开启最强模式，一直在写，写不出来的时候就骑着自行车在附近暴走，在站着吃饭的烤鸡肉串店补充酒精。大学没有课了，你像下酒菜一样被寺田带着到处喝酒，一直喝到早上，彻底变成了夜行动物。在四张半榻榻米大的房间里，你一直幻想到天明，中午起床，再把用不上的灵感碎片消除。这个循环在这之后持续了十年。

　　朝北的、没有阳光也没有空调的房间里，你穿着毛线袜子，披着夹克，不停挥笔。随着稿纸越写越多，你的字体越来越像练过字的样子，这让你吃惊。极偶尔地，有分泌了天然的觉醒物质、坠入无心之境的时候。明明自己什么都没想，右手竟然自己开始填满稿纸的方格，回过神来，四个小时已经过去了，十五页稿纸已经写好。然后开始变得很困，第二天产生反动，会突然什么都写不出来。像这样的文人的忘我时刻是提前借用了集中力和思考力，是要还的，"毁灭"迟早会来。这就像能一时搞热在座气氛，但一定会偷点东西再走的惯犯客人一样。还是不要那么情绪高涨，保持稳定的心情，按时间表坐在桌前

189

写比较好。

三月，毕业典礼之后就是早稻田的研究生考试，你太集中于写作《为了梦游王国的音乐》，没有好好准备考试，等待你的结果不言而喻。你想起原教授的话，"至今为止，没有外大生考早稻田落榜"，你创造了这个令人羞耻的前例。于是你正式成了"nowhere man"——无处可去的男人。当时还没有自由职业者或非正式工的分类，只要不是某处的正社员，一律被称为失业者。作家不过是自封的职业名，你别无选择，只能被称为失业者。你才刚满二十三岁，就到了遁世者的境地。你没有上班地点，也没有出席什么场合的计划，却新买了表和西装，这是一种自虐。

和瞳的交往一直在继续，她被分到日产汽车的中南美部，过着在银座的展示间当前台、穿着超短裙给棒球队加油、被冒牌拉丁男讨好的上班族生活。这时的你，除了图书馆、站前书店、新宿的酒吧、沟之口的烤鸡肉串店、高津的名曲咖啡厅之外没有别的去处。你希望得到别人的关心，但有工作的人都不是闲人，只好一个人锻炼对孤独的耐受性。你已经意识到这是成为作家的试炼之一，但还是讨厌运动不足，骑着自行车跑去多摩川河岸，一边扔石子一边领悟到孤独的人只能重复生产自己的备用零件。

他人即地狱，但比起没有他人的地狱还是要好一点。这和看守所的终极选择"要混住还是单人房"类似。和自己以外的犯人竞争，还是和自己这个犯人的欲望和疯狂相处到最后，必须看清哪个才是更好的。

尽管如此，周末和瞳的见面仍是你唯一的救赎。快毕业时，你约她去福岛短暂旅行，在你的紧追不舍下，"难攻不落的铁处女"被攻陷了。那之后不久，她母亲去世，你去了她的老家桐生出席葬礼，受到她的亲戚们的注意，感到很难为情。后来你听说，她母亲在世的时候就靠直觉预言过，晚生的长女会和第一个男朋友，也就是你结婚。

《为了梦游王国的音乐》写的是患有精神分裂症的独白者描述世界崩坏的过程，"梦的启示"是重要因素。至今为止，你把实际梦见的内容作为创作的佐证，但这部作品你试图捕捉梦转译为小说的样态。神话是古代的巫师的梦境，梦是脑随意编造的虚构。后世的人们通过在神话里加入批评、解释、详细的描写，开发出了故事、历史、戏剧和自然科学。如果所有的秩序和意义都是从混沌而生的，那么创作的原点也应该是混沌。能近距离感受那种混沌的地方就是梦境。创作遇到瓶颈时，回归梦境，从混沌再出发，重复这个过程。通过这个过程自己可以不停得到更新，这个秘术是在写《为了梦游王国的音乐》时领会到的。

你还写了一个叫《丝皮卡，千张假面》的关于少女崇拜的故事。主人公是陷入低谷的中年钢琴家，迷上了演奏疯狂、节奏和发音都很奇特的少女丝皮卡，要把她作为天才钢琴家推销出去。但是在被天真烂漫的丝皮卡玩弄的过程中，主人公放弃了前途，慢慢变得疯狂。这是为了致敬谷崎润一郎的《痴人之爱》和纳博科夫的《洛丽塔》，也是为了悼念一九八二年去世的钢琴家格伦·古尔德。

《为了梦游王国的音乐》也入选了芥川奖，每个人都说事不过三，每个人都不负责任地说"这次一定能得奖"，所以你练习了高兴地放声大叫，最终结果却是"有第二次就有第三次"。连续被提名三次，说明有些人是想让你得奖的，但在连续三次让你落选的恶意面前，这些人的善意变得无效了。你不可能知道评奖委员会内部发生了什么，只能认为秘密的面纱后进行的是绝不让你得奖的阴谋，你的被害妄想加深了。你以为出头的桩子不会被打，没想到敌人竟然到了在桩子旁边设置梯子来打你的程度。如果是这样的话，只有深藏地下，从地下飞出来出人意表一条路了。

因此你暂且和芥川奖跑道拉开了距离，第一次挑战写长篇。这时除了《海燕》以外，文艺杂志《文学界》《新潮》《群像》也发来邀约，你发表了一些短篇。第一次的长篇准备献给寺田氏，你开始了创作构想。这是一篇以归国子女的哥哥和妹妹的近亲相奸幻想为主轴的家庭浪漫故事，主人公真理男通过恶作剧精灵一类的举动扰乱了学校和社会的秩序，最后去了语言和意义的对岸，是一部突发奇想的小说。反正你一直是违背纯文学的红衣主教们的文学观的，为了芥川奖而看他们的脸色只能是自讨苦吃。孤独的文字创作已经让你足够卑躬屈膝了，为了不更羞耻，就算是被贬低成失败之作，也要把自己所想的全部彻底放飞，讴歌创作的自由。这对你的精神健康也有好处。

一九八四年年底，你凭借《为了梦游王国的音乐》获得野间文艺新人奖。这是德国文学研究者川村二郎力推你的结果，也是你的第一个文学奖。这时已经能看到二十多岁的作家相继登场的征兆。松浦理英子和中泽京从十几岁就开始写作，佐伯一麦、小林恭二、山田咏美陆续出道，你开始和同世代的人有所来往。

在圣诞节到隔年元旦之间，你在东欧和俄罗斯旅行，顺便给长篇采风。乘坐俄罗斯国际航空公司的航班飞到法兰克福，换乘铁路，经由布拉格、布达佩斯来到莫斯科。在前两个东欧城市，你一个人去温泉、马戏团、卡巴雷¹游玩，到了莫斯科后，在红场前的国立酒店过夜，在大学学长、时任 NHK 莫斯科分局局长小林和男的陪伴下采访了外国人在莫斯科生活的细节。也许是在结冰的高尔基公园滑冰的报应，你感冒了，睡了整整两天之后飞到格鲁吉亚的第比利斯，在迪斯科酒吧里受到热情欢迎。当地的美女都来了，你跟她们一个个跳舞，酒和食物都是店主请客。享受了哥萨克的战士共同体的待客文化后，你准备飞去塔什干，却因为大雾飞机严重晚点，也不能去市内，整整十三个小时一个人被关在机场的外国人专用等候室。在机场里随便走走，被海关的女工作人员叫住问话，你说实在是太寂寞不安才散散步，她从事务所里给你端来了茶水。从塔什干飞到西伯利亚的城市伊尔库茨克，在那里过了一夜后坐上了西

1　一种独特的小型表演艺术形式，也可指此类表演的场地本身。

伯利亚列车，那之后的四天三夜，你期待着和不断进包厢的西伯利亚的俄罗斯人民的一期一会，最后从哈巴罗夫斯克回到了新潟。这次大规模的旅行让你对和他者对话有了自信。

无限旋律

回国后，万事俱备，准备开始写长篇，你变得更加深居简出。那时，对于闭门不出的人而言，不可缺少的基础设备还不齐全，没有网络和各种快递，和外界的联系只有电视、收音机和电话。要是不把自己的肉身放置在球鞋、电车、公交车上运到某处的话，连一本书和一杯饮料都无法入手，想变成彻头彻尾的"箱男"，在物理上是不可能的。受邀写稿和交稿基本也都是要和编辑见面才能完成，所以自然地每周至少一次要呼吸外面的空气。连续在狭窄的屋子里待六天后，视野真的会越来越窄，大脑的运转速度也会下降。只靠自己左右半边的大脑思考是有极限的，所以有必要为了借用别人的大脑而去酒场。

寺田氏带你去的酒场基本集中在新宿。新宿西口有老姐妹开的老铺文坛酒吧"茉莉花"、育子妈妈开的大学教授扎堆的"火之子"，大久保车站附近有井伏鳟二先生爱去的"黑铁"。新宿二丁目有美人妈妈的"枣"，五丁目有已去世的高桥和已的情妇开的"行板"，是刚从"英"搬过来的；还有刚开店的

"风花"。黄金街上有和占卜师不同的"新宿妈妈"的"前田"、同志酒吧"道"、电影业界人员聚集的"扔"。寺田氏从这些店中决定当天的轮转顺序，一家一家喝下去。出道一年后，你开始一个人出入这些店了。

女性杂志和周刊杂志发来的采访邀请越来越多，和出版界的老江湖、年轻的自由撰稿人的接触也越来越多，完全是业外人的你，也一点点明白了业界的构成。醉汉的数量是其他职业比不上的吧。你经常听到人故意说你坏话，经常被人嘲弄，久经沙场后你学会了如何在身边找到和自己立场一致的人，也学会了驳倒对方的技能。

你听传言说，中上健次每晚都在新宿徘徊。挨个儿在黄金街和二丁目的各个店寻找过了截稿期还没有写一页纸、隐藏行踪的中上，是连载责任编辑共同的任务，你却为了不和中上偶然碰上费尽了苦心。你调查与中上偶遇概率高的酒吧和他的出没时间段，先从店门口假装路过，斜视看看店里的情况，趴在门上听听客人的声音里有没有中上的声音。所谓"打岛田"的宣言没有时效，你怀揣着不安边走边喝酒，追求刺激的这种行为证明你果然是岛田 mazo 彦。中上从编辑那里逃开了，却在想逃开他的人面前现身了。

被中上锁定之后，已经没有逃跑的余地了。天色还早的时候还能正常对话，到了第三家、第四家酒馆后，彻底变成了以脏话为中心的自吹自擂。土黄色的麻子脸上一双小眼睛像狮子，很难看懂他的表情，但带着亲切笑脸的时候你应该不会被打吧。

疙疙瘩瘩的手指时常夹着烟，拳头上有被烟头烧过的痕迹。一想到这个拳头一拳就会把对方的脸打成他自己的脸，你就下意识地想要托腮、进行防御自卫。

酒喝到不省人事，放出的还算流畅的即兴发言却没有要领，一不小心就变成了像是被过去的文豪附身的阴气逼人的独演会。听说你喜欢瓦格纳，他突然开始说《特里斯坦与伊索尔德》。

"我的文体是瓦格纳的无限旋律。没有标点符号也没有改行，你以为要结束的时候突然来一句，再来一句。特里斯坦和伊索尔德交配的时候，那种陶醉感伴随着奇怪的和音的浮游感，连续到了几次高潮对吧。和那个很像。没有一定的体力，会萎掉的。"

那是精彩的自我解说。中上有赤手空拳申请和伟大的前辈们决斗的习惯。对方可能是塞利纳，可能是热内，可能是陀思妥耶夫斯基。他还知道巴赫金的复调小说理论，说什么"我的小说比陀思妥耶夫斯基的更复调，不光是纪州的小巷，我是在和世界上所有小巷的朋友们进行着不会结束的对话"。

骑在文豪身上的不逊，这种自我彰显欲正是中上本人。文学家多多少少都是爱自己的，有着过大的想被承认的欲望，但连你在内的大部分人都因为被害妄想而畏畏缩缩，到不了给自己传教的地步。但是之于中上，他相信创作的神偏袒自己，从不怀疑，甚至觉得自己才是主餐，而过去的文豪不过是开胃小菜。中上教的教主中上健次一边在夜晚的新宿小路的酒吧赶场，一边对恰好当时在场的醉客进行了低效率的传道。

看着酒馆里和谁都搭话的中上，有人问你："小说家都是这样的神经质吗？"这个人是时任东大教授的西部迈。

中上经常跟你说"是作家的话就多谈论自己"。虽然如此，你没有值得给中上听的英勇事迹，没有复杂的血缘关系，也没有纪州小路那样的对之怀有特殊感情的土地。在中上看来，你就是郊外生产的规格统一的羊吧。他在故乡应该有许多更有骨气的弟弟吧，不知为何却不肯放开你，对你不使用暴力惩戒，开始照顾你。

有时候中上会给你父母家打电话。"有个叫中上的奇怪的人来电话了哦。"母亲代替你接了电话。"我请客，你现在就来新宿。""我从韩国叫了四物乐[1]来公演，来听吧"。他多次邀请你。有一次，你和一个目光凶恶的弟弟辈一起被邀请，喝着酒，那个弟弟多管闲事地说："这小子很狂，我帮你打他一顿吧。"你做好准备，没想到中上竟然保护你说："你没有打岛田的资格。"那时你突然领悟到"要打岛田"的宣言的真正意思是："只有我能打岛田，我绝不允许别人打他。"也许有天会被中上打一顿，这件事没有变，但只要这个权利在中上手上，别人就不能对你出手。那时候的酒场，暴力行为是家常便饭。作为向酒场奉纳暴力的仪式，喝醉的客人们总是吵架，但只要中上在场，就能成为抑制暴力的力量，或者说是因为中上才有平静举杯的机会。虽说如此，宫本辉、三田诚广等和中上同世代的作

1　韩国的民俗音乐。

家已经毫不留情地被当成牺牲品了。

被戏称一个星期里有八天边走边喝酒的中上，到底在什么时候写作，这是大家共同的疑问，他等缪斯降临的同时也在等着巴克斯 [1]。渐渐到了被逼得无路可走、责任编辑的脸越来越僵硬的时候，中上为了解酒会安排一天时间什么都不干。然后第二天晚上开始终于在桌子上铺开全部纸张，沿着铅线写下有点圆的、干净的字体。无限旋律的文章没有改行也没有标点符号，像抄写经文一样没有犹豫，书写速度相当快。不眠不休不吃喝，集中精力在两个通宵内完成是经常的事。你从寺田氏那里看过中上手写的稿子，钢笔写的稿子几乎没有修改痕迹。分段和校正基本都交给编辑，几天后杂志上就会印出难以想象的三天之内写好的、完成度奇高的作品。

你从寺田氏那里听到这些，想模仿中上的写作风格写写看刚开头的长篇小说，结果因为过劳卧床不起。中上的萨满体质谁也模仿不了。

一九八五年春天，长篇《天国降临》完稿，有一段时间你失了神。自己将来要去向何处，你完全不知道。中上在《大地尽头，至上之时》里彻底毁坏小路，不断踏上寻找流落在亚洲、美国的贫民窟的高贵血统的旅途，你也像中上一样，被和他者交织、吸收的复杂的外界环境更新自我，不，是被想要干脆变成别人的冲动驱使着。

1　希腊神话中酒神狄俄尼索斯的别名。

第四部
文豪列传

师傅列传

　　从家庭教师的亚里士多德那里受直接教育、学习到高贵希腊精神的马其顿国王，亚历山大大帝，拥有被誉为当时最强的军队与战术，得以用自己的双手消灭了波斯，用自己的双眼审视印度，真正创造出了远超师傅世界观的世界帝国。年轻的王不断创造奇迹，成为凌驾于他尊敬的阿喀琉斯之上的英雄。你不是亚历山大大帝，只是在模仿《发条橙》里的不良少年亚历克斯，就算当上小说家，也不可能只用一根铅笔就创造奇迹什么的。如果说你和亚历山大大帝有什么相似的地方，那就是你们都有好师傅教导。

　　大学时代直接教你的是原卓也教授，毕业后你又遇到了三位师傅。这三人是柄谷行人、养老孟司、唐十郎，你追寻他们分别在批评、科学、戏剧界留下的足迹，想把自己早早锻炼成专业人士。他们也许不承认你是他们的弟子，但面对面你问他们愚蠢的问题出人意表，所以你们的关系比未能直接受教但尊之为师的关系更亲密。比你年长十五岁、已经把你当亲弟弟看的中上健次与其说是师傅，不如说是拦在你面前的铜墙铁壁。师傅会在墙壁上给你留个门，但中上却放话说："请随便把墙壁踹破。"中上在《朝日Journal》连载《奇迹》的时候去了纽约，你一时幸免遭难。这段时间你在三位师傅那里受到了一种英才教育。

通过柄谷行人，你重新认识了康德、马克思、弗洛伊德、维特根斯坦、哥德尔、夏目漱石、小林秀雄、坂口安吾。同时代和后时代的读者经常会漏看写在原典上的内容，把伟大的思想家矮小化，所以只要认真阅读原典，就能发现无限多能再回收利用的内容。柄谷否定各种拐弯抹角的批评的措辞本身，用尼采式肯定的语气连续不断地进行攻击的姿态也让人陶醉。在酒场说话时，多少有点不连贯，但那种语气不会变。哪怕对方是个小学生，他也会毫不忌讳地搬出康德论、马克思论，突然开始用激烈的语气批判不在场的人。也许是因为向空气开骂并不会解恨吧，他总是向你发泄怒气。你微微转开目光，不满地说道："为什么我要作为代替品被骂呢？"回答是："因为你在那里，就是你的错。"你觉得有可能柄谷比中上更残暴，更不讲理。

比起总是苛刻、对所有事物都进行批判性批评的师傅的强劲气势，科学的师傅从始至终是安静的、绅士的，但有时会说些非常露骨的话。"傻瓜的围墙"是后来成为畅销书的书名，也是在东大医学部解剖学教室里的养老老师的口头禅。把你引见给养老氏的是朝日出版社的小池氏，他问你在"讲义"系列有没有想要听讲的老师，你表示希望听养老老师的解剖学讲义，你的愿望实现了。老师那时候才四十多岁，一直致力于和脑相关的论述，被世间所知。你频繁出入老师的研究室，参观了从战前就存在的标本室，那里展示着夏目漱石的脑、死刑犯的头部、无脑儿、侠客的全身刺青等标本。你还一边观摩解剖学实习课，一边听解剖学和脑科学的基础，学会了从进化、形态、发生的角度来看"人类"。养老老师还和你一起吃饭喝酒，告诉你他没有做临床医生的理由等，在聊到收集昆虫和推理小说时看起来最高兴。

在养老老师眼中，对你的最深印象据说是"特别好动"，对于你写的小说的评价是："好像不知道 be 动词的用法似的，所有的表现都通过动词来完成。"基本只面对"不动的尸体"的解剖学者被"特别好动的活体"震动，听说有些累。

和唐十郎认识是通过当时河出书房新社的编辑、诗人平出隆的引见。

"要不要体验加入'状况剧场'，参加公演，写一篇演员体验的文章呢？唐先生那边我已经打过招呼了，他说欢迎你去。"

这是相当离谱的邀请，所以你没有立即回答，用了两三天时间来考虑。虽然你确实在大学时代两次出演俄语剧，但背台词很麻烦，你也只是跑龙套而已。"状况剧场"的帐篷戏剧你看过一次，演员们瞬间爆发力满满的灵敏动作和绕口令一样的台词功力让你折服。进行过唐式训练的演员的队伍中间突然扔进来一个业余人士，这就像是把做案头工作的CIA职员作为特工人员送到敌国一样，你怀疑平出氏是不是就想给你脸上抹黑呢。

但是，本来就是"mazo彦"的你，在三天后还是接受了这个离谱的邀请。写长篇让你体力彻底下降，参加剧团当作是复健了。如果能收获把自己流放到远处的离心力，你觉得就算被恶评，就算被人讨厌，也值得了。二十四岁的你虽然缺乏自信，但是是积极的。你去了位于滨田山的"状况剧场"的排练场，唐先生满脸笑容地迎接了你，向剧团团员介绍了你。排练场里，六平直政、金守珍、田中荣子、菅田俊等主要演员聚集在一起，后来走红的渡边一庆是你不在时的替身，他和周围的人格格不入，和你一样显眼。

"状况剧场"在当家明星小林薰、根津甚八、佐野史郎等人全部退团、全盛期已过后，由野田秀树、鸿上尚史、川村毅、渡边惠理子等后继世代赢得了人气，小剧场所到之处都人潮汹涌。地下剧团的开拓者"状况剧场"和"天井栈敷"齐名，是戏剧界的传说，在你出道那年去世的寺山修司和唐十郎是教主一般的存在。你看过安藤组组长安藤升主演、唐十郎导演的电影《任侠外传·玄海滩》，也看过在NHK大河剧《黄金的日子》里唐十郎扮演的海贼。

藏青色的运动夹克配白袜子，你一身和当场的气氛完全不相称的打扮。唐先生催你"把袜子脱了上台"。你还以为第一次上台只要打招呼就好，没想到，也许是为了给你个震慑，立即让你加入了在狭窄舞台上到处跑的队伍，要求你尽情让身体动起来看看。

不出意料，你跟不上一边画长轴[1]两米的椭圆一边全力奔走的队伍，自己和前面的人拉开了距离，离心力使你几乎被队伍甩出去。在指定的场景，你被告知加入自己设计的台词也可以，于是现场写了几行台词后，又被要求念出来听听。你没有心理准备，只好把刚写好的台词念出来，不知为何竟然带着外国人一样的口音。

从第二天开始，你把去排练场的服装换成了街头风，立即开始练腹肌和仰卧起坐，想接近演员们的身体能力水平。你努力融入"状况剧场"这个集体，却经常出现"哪里不对劲"的违和感。演戏过程中，不应该在场的、不知道哪来的傻蛋目中无人地说些狗屁道理，妨碍戏剧顺利进行。你随便揣测了演出家的意图，这不正是唐十郎想要的结果吗？除了这个，你没有办法确保自己的存在。从中学时代起你就无视常规，不安地到处跑，扰乱场面是你唯一擅长的事。

你早早领悟了自己的原则，还是敏感地察觉到了周围的演员们之间流传着"管他是不是年轻作家的希望呢，总是用自我意识过剩的演技"的传闻。成为剧团团员本来要经过激烈的试镜和选拔，而这个人却突然穿着夹克出现了，把自己得到的特

1　椭圆的长轴指通过连接椭圆上的两个点所能获得的最长线段。

殊待遇当作理所应当，用正确的敬语跟团长提意见，休息时间有像是照顾孩子一样的女性编辑送来零食和慰问品，和老资格团员不用敬语的贵公子……这个人就是你。在这完全客场的环境里，到底该如何取得团员们的信赖，这个问题让你烦恼，为了不招人恨，你决定排练结束后请大家吃饭团。

　　排练中的剧目是在新宿黄金街一角的小剧场"空间田"上演的年轻人公演《来自少女都市的呼喊》。这是全面倾注唐十郎的关于脏器移植幻想的作品，为了你临时加了实习医生的角色。大道具、小道具、服装全是演员们弄来的。与回收废品的人和拆解工事的人搞好关系，作为舞台装置挪用的柱子和门板、榻榻米、桌椅就不用说了，和服、白大褂、裙子、制服、特殊服装、丁字拐、自行车、珠宝盒、刀、担架等都能拿到手。有个特殊的小道具是弗兰科丑态博士吃饭时用的金枪鱼的头，这个是每隔五天就去筑地市场买一次。每个人都是机智的废品艺术家。其中还有六平直政这样毕业于武藏野美术大学雕刻系的、本来就有造型才华的人。

　　真正演出的舞台上，你的演技让观众不知该做何反应，冷场了一阵，只有一个男人大笑，这个人是剧团"第三性爱艺术"的川村毅。六平直政把你介绍给他，但在板着脸的他面前你只会冷笑。后来川村写的《演员岛田的故事》一文里有这样的段落。

　　年轻演员们想变成什么，毫无意义地叫着，出着汗。

这虽然不对，但也没办法。然后岛田轻飘飘地出现在那里。从最初就放弃要变成什么的意志的岛田虽然形迹可疑，但屹立不倒。简直像是某处的年轻的盆栽。

就算自己是想要融入周围的，但不安定的格格不入的那部分还是很显眼。这种气质也许是你从父亲那里继承的。

贱人·精英

你收到了将在首相府举行的花园聚会的请帖，秉着瞎起哄的本性你去参加了。院子里架了帐篷，帐篷中各界著名人士像是在桶里洗的芋头一样拥挤。你躲在中曾根首相的背后，偷听他和二阶堂进站着聊些什么；搭讪浅色调的宝冢女星们；和五木弘、尾形一成聊家常。一直在首相府玩到只剩你一个人，因为你知道你不会再来这里了。

那时你应 NHK 邀请参与制作《丝皮卡，千张假面》的广播剧。为了再现丝皮卡疯狂的钢琴演奏你费尽功夫，把莫扎特和德彪西的原曲总谱进行编曲，再让职业演奏家弹出来。你泡在高津车站附近的名曲咖啡厅"咖啡的诗"，和崇拜理查·施特劳斯的店主醉心谈论音乐，调戏洗足学园大学器乐专业的女生。开始在《音乐现代》杂志上连载音乐随笔，能入手演唱会的门票和新谱让你非常高兴。并且还有《现代诗手帖》发来邀请，请你连载舞台剧评论，你开始频繁往剧场跑。让·法布尔、皮娜·鲍什的日本演出，还有利贺村的舞台剧节，你都去看了。

写和横田基地的黑人美军同居生活的《床畔时刻》、比你晚两年出道的山田咏美，一方面受到早熟的文学少女和不读书的"贱人"两方的大力支持，另一方面被保守老头们讨厌，是反美虚无主义者冷笑的对象。摆脱不了占领时代以来自卑感的男性们，对于大和抚子的后代变成美军轻易就能睡到的媚外女，日元上涨的利益用以供养美军时代的到来，感到恍如隔世。村上龙的《无限近似于透明的蓝》的冲击过去了十年，已经没有人再叫唤"美国佬回美国去"，而是毫无顾虑地说着"欢迎来我家"款待客人。本来政府就给在日美军很多预算了，当今的没有底线的女人们还是看都不看日本男人一眼，愿意和美国空军士兵及军属发生肉体关系，甚至还给他们零花钱。敢承认这个让人无比不甘心的事实的男人还算诚实，而恨她们"不要脸"的男女则只是在意世间看法，保持和保守派同步罢了。

媒体也对咏美非常感兴趣，有时候看着她回应对手的挑衅的举动感觉很过瘾。成为作家前，她是擅长画口交的漫画家，你偶尔看过她的这类作品。但读完她文章的直觉是她在初高中时代就是非常早熟的文学少女了。机灵的文章一定花了不少工夫。你们各自读过的书不同，但嗅到和自己同类的气息让你立即来了兴趣。传闻她在银座当过陪酒女郎，是很讨人喜欢的那种女性，受到前辈作家们的疼爱，但听编辑说她也想和同世代的作家多多交流，你想和她一起玩玩看。那时，你和二十多岁的小说家、剧作家、诗人、批评家等人组成了一个关系很好的团体，叫"奴会"。你们不定期地举行读书会和学习会，会结束后就疯狂夜游。咏美也成了团体的一员。

你们和川村毅、小林恭二在新宿喝酒到早上，去箱根一晚旅行，男女混浴。像中学生一样一起嬉闹的过程中，你知道了她是总是调动工作地点的商人的女儿，少女时期在宇都宫度过，高中时是柔道社男生的女朋友，还做过登山社的经理，诸如此类朴素的过去。她在偏远城市的角落里等到华丽蜕变的时刻到来，这点和你很像。在你重复离考究相去甚远的愚蠢行为之时，她已踏踏实实地爬上了"贱人·精英"的阶梯。

她有一次拜访你和父母一起居住的公寓。你特别想看看母亲面对这样的野丫头有什么反应。母亲虽然警惕，还是亲手做菜招待她，你硬给只听灵魂音乐的她灌输肖斯塔科维奇和勋伯格，她却有礼貌地、乖巧地、巧妙地化解了母亲的紧张感，完美酝酿了一团和气的氛围。待的时间长了也许会露出马脚，所以你体贴地把她带出家门，玩了保龄球后和她告了别。没想到母亲却特别喜欢咏美，看到了她的本质——"外表很招摇，内心却是很有教养的大小姐呢。"对于母亲暗中想要劝你跟咏美结婚的劲头，你相当困惑。

急着结婚

那时，福武书店的寺田氏召集水上勉、古井由吉、笠原淳、干刈县和你，这些和《海燕》有因缘的作家，定期在社长家和员工们开友好会。公司本来是靠参考书和模拟考试题集急速成长的教育产业，寺田氏希望充实文艺部门的内容、提高在公司内的认知度。

在比你年长四十二岁的水上勉的压倒性存在感面前，你难免畏畏缩缩，但水上氏本人是喜欢年轻人的。你夸了他拿的手提袋，他就把手提袋里的东西换到纸袋里，让你把手提袋"拿走吧"。虽然有种说法是，近代文学是不受欢迎男性的系谱，但无论什么时候，文坛都不会缺少活跃的绅士文士。这种绅士一定是被嫉妒的对象吧。如剃须刀一般的芥川、超级自恋的太宰，诗人有萩原朔太郎、野口米次郎、中原中也，战后派有大冈升平、埴谷雄高这样的知识分子绅士，这个系谱里也不能少了水上勉、小川国夫、吉行淳之介、五木宽之。年轻时的水上氏和电影《饥饿海峡》的男主演三国连太郎形象接近，但你所知道的"勉先生"是一缕白发在额头的神情忧郁的老帅哥。

水上氏根据自己的经验，传授给你流行作家的实践心得。

"到了三十岁，同时写报纸和周刊杂志的连载，量产看看怎么样？扩宽自己的边界能延长作为作家的寿命。"

虽然你真正做到他提的建议已经是三十岁后半段了，但

"勉先生"是对的。

社长家在能把冈山闹市区尽收眼底的山坡上，院子里有瀑布、小河。社长叫来市内最好的饭店的厨师和女招待，在自己家请你们吃饭喝酒。以前在聚会上气氛生硬地喝过一次酒，社长说"你小子挺可爱的"，对你很有好感，你去海外采访的时候，他还大方地给你践行。从国吉康雄、安迪·沃霍尔、劳申伯格等人的画的收藏聊起，不知不觉聊到了被推销买下的价格三百万元的羽绒被，你被点名去试试羽绒被睡着舒不舒服。是特别轻、特别暖和的被子，但你还是拒绝了在社长家过夜，而是跑去了东京支店的年轻女性社员住的酒店，还出现了被欢迎的一幕。

一九八六年六月，你和从大学三年级秋天开始交往的瞳结婚。你当然也犹豫过，但三岛由纪夫写过："结婚会后悔的吧，不结婚也会后悔的吧。不过是哪种后悔比较好的问题。"你觉得说得太对了。你迎来了人生最受女生欢迎的季节，如果一直单身，你将不得不每天都要攻克在酒场、聚会、演讲、活动会场、国际线的飞机内等地方设置的桃色陷阱。与其背负这样劳神的负担，还不如早早变成已婚人士，在诱惑之外设上屏障比较好。

按计划，婚礼的媒人是大学恩师原卓也教授，主宾是福武书店社长，但社长在结婚典礼前突然去世了。川村二郎、唐十郎、川村毅、佐伯一麦等人出席了婚礼，养老先生负责带头干杯。"因为解剖学实习我总是需要在遗属面前陈述遗憾的心情，被叫到这样值得庆祝的场合的机会很少，但因为是岛田君拜托的，所以我来了。干杯。"他说的祝词这样露骨却让人发笑。婚礼的音乐是你选的曲，只有川村二郎理解了新郎新娘入场时播放理查·施特劳斯的交响诗《唐璜》的恶趣味。

曾经的"难攻不落的铁处女"变成了"文坛贵公子的妻子"，不知道是什么因缘，你们在商店街的"富士市场"开始了新婚生活，而这里正是你初高中住过的地方。房间是新盖的，但附近跟过去一样，做的全是肉店、鱼店、杂货店、酒店的生意。没有比这里更不像贵公子的新家的地方了，但你的收入还不稳定，买不起市中心的公寓，总之先住在房租便宜的郊区，剩下来的钱就可以用来去海外旅行，尽情玩乐。为了满足对热带观光地的憧憬，先是在婚礼前去了马尔代夫，同一年年底，为了亲眼看看改革开放的"四个现代化"的实际情况，去了上海、北京。就这样，你们有了两次新婚旅行。

在印度洋的珊瑚岛上，除了观察其他的新婚夫妻之外无事可做。你不习惯热带炫目的太阳，一被阳光直射就会诱发某种过敏症状，喷嚏打不止、鼻涕流不停。所以虽然好不容易来了观光地，你却只是在背阴处喝着啤酒，看着大家在玩水上运动，偶尔靠射箭和台球来消磨时光。看着躺在沙滩上的像海豹的法国人和澳大利亚人，你想起科耶夫[1]所说的历史终结后的人类的样子，思绪奔驰，但后来科耶夫把空有形式、暧昧地装腔作势

1　出生于俄国的法国哲学家。

的日本人当成那种典型的人类。

不，历史不会那么简单地结束，你这样想。沉睡的狮子中国正要觉醒，阿富汗开始了"圣战"，想在最后的战争中赢得胜利的美国、苏联做好准备决战直至灭亡。

从马尔代夫回国后没多久，发生了泰米尔人炸毁兰卡航空[1]飞机的恐怖袭击，正是一周前你坐的那班飞机。恐怖袭击里丧生的还有新婚旅行的日本人，如果你的计划晚一周，你也会成为牺牲品。

这一年的四月，你一个人去了莫斯科、列宁格勒、基辅采风，这次也是正巧回国一周后发生了切尔诺贝利核电站事故，又一次你偶然避开了可怕的危机。同年度还相继发生了载人航天飞机"挑战者"号爆炸事件、三原山大喷发事件等大灾难。

十二月，你们从神户乘坐鉴真号船去上海，后辗转苏州、北京。这是你继俄罗斯旅行之后第一次坐船旅行，为了避免晕船，四十八小时的航行里，你一直在小口喝威士忌。第三天早上外面吵闹，你出了甲板一看，船已经在长江的支流里航行了。小型货船、渔船不由分说超越和横向穿越，还有一艘满载蔬菜的木造船和鉴真号并头前进，你朝船上正在吃早饭的人挥挥手，对方也对你挥了挥拿着筷子的手。

街上穿中山装和军大衣的人还是很多，挤满道路的自行车大军气势恢宏。上海还几乎没有任何高楼大厦，你们住在租界

---

1 现斯里兰卡航空的旧称。

的老牌和平饭店，吃了上海蟹，给瞳买了皮毛大衣，给自己买了胡琴。

业余棒球出道

　　从一九八五年到一九八六年，你的《我是仿造人》《安娜夫人》《未确认尾行物体》相继成为芥川奖提名作品，却得到一次也没有获奖的最坏结果。总计被提名六次，其中的五次都没有获奖作品的事实前所未闻，对于评奖委员们停止思考的做派，你感到无可奈何。连一直以来对人冷淡的舆论也同情你。你对评奖委员们的忽视感到愤慨，接受了周刊杂志的采访，指名道姓骂了安冈章太郎和开高健。同时期的咏美也被提名了几次，但和你一样，她也被视作异端，被芥川奖所讨厌，最终拿了直木奖。

　　后来你从当时刚成为评奖委员的古井由吉那里听说，"战犯"是安冈章太郎，他由于自己的身体不适和抑郁，坚决不认可新事物，开高健也强力支持他的论调，把其他的评奖委员们也拉跑了。也就是说，是一只依附在一个作家身上的忧郁虫搞得这个时期的芥川奖一蹶不振。为什么你那么被讨厌，无论如何考虑都只有一个答案："因为你是一个很聪明、长相也好的狂妄的青涩小子。"

你创造了可耻的落选次数最多纪录，借此机会，芥川奖的主办单位文艺春秋单方面宣布，你就此"毕业"，以后不会被提名了。被如此玩弄，你心里落下了阴影，无论给你多少赔偿都不能弥补，你决定不要赔偿，只诅咒每年盂兰盆节和正月两次的芥川奖的得奖者都是没劲的家伙，芥川奖结束历史使命的日子早一点到来。

新婚后又回到了以前住的稻田堤[1]生活，离同一个街道的多摩川河堤不太远的公寓里住着佐伯一麦一家。他家有两个女儿一个儿子，孩子很多，生活费靠电工和私小说紧巴度日。那时在商店街一角有对夫妇经营一个时装店，丈夫立志成为小说家。他就是出道前的浅田次郎。

仙台一高毕业的佐伯有着传统的粗野气质，他以从前的私小说作家岩野泡鸣和嘉村礒多为榜样，以绿叶繁茂的青春时代和电工的真实体验为基础，写的是实际存在的家庭罗曼史小说。在泡沫经济的狂躁日甚一日逐渐升级的时代，提出无产阶级文学的落伍之处正是他的卖点。卫生间公用的破公寓的四张半榻榻米大的房间是他工作的地方，把茶具箱当桌子，用毛笔写稿子，十分用心。因为在天花板上贴着石棉的老旧楼房里做电工，他得了尘肺，有时候咳得厉害，这点也和因为结核病英年早逝的梶井基次郎很像。你被他带着仙台口音的木讷和适合留胡须

1　川崎市的一个车站。

的旧式男子气概吸引，开始了邻居之间的交往。虽然不算是你们相识的标志，但你家的录像机、电子游戏机和电视的电线是他包办的。

你们总是在冲绳料理店"船屋"喝酒，老家在冲绳北部的店主对你们两个年轻作家很好。你们就着苦瓜炒肉和素面炒菜喝着泡盛烧酒，批评对方的小说和文豪们的最新作品，交流贝多芬的三大奏鸣曲该听谁的演奏版本，愚蠢自大地争辩着。佐伯做电工，据说有很多机会可以窥探别人的私生活，他去电影明星 T 田 A 的情妇家做电工的时候，情妇跟他示好，他情不自禁上钩了，不巧正好赶上大明星回家，追问佐伯"你在干什么"，他不动声色地说"我在修电线"，然后逃回来了。这个情夫的故事让你们都笑了。

那时，"奴会"的有志成员加上责任编辑，一起组建了业余棒球队"Junks[1]"。原早稻田实业棒球社二军的新潮社的风元正、有橄榄球经验的文春的吉安章等人加入，一同推举佐伯为王牌投手。文坛中有各个出版社的队伍，也有聚集志同道合之士的棒球队，最热情的是平出隆率领的诗人球队"Fouls[2]"，一年内要打五十场比赛，简直是业余棒球队中的专业人士。估计他们写诗是在没有比赛的日子的业余工作吧。莲实重彦、柄谷行人、赤濑川原平、中上健次等批评家、作家集结成队伍"枯木滩"。

1　废品，原文为日文片假名对英语的拼音。
2　界外球，原文为日文片假名对英语的拼音。

你认为，二十多岁的作家要是想在文坛前辈们面前证明自己，在和他们的比赛中取得胜利是最快的，于是拜托负责这个的风元去约比赛。

尘肺病王牌投手佐伯用让人联想起村田兆治的斧头投法，能把快速直球和曲球投进好球带[1]，但每次解决打者的时候都咳嗽不止，很难一人投完全场，必须有换投手的计划。你出于邻居的情谊把佐伯叫到儿童公园，反复练习投球，准备后援登场。

出道第一场的对手是"Fouls"，敌人的跑垒和细节把握度都远远比预想更强。坚持缠斗选球到四坏球保送[2]，盗垒[3]和鱼跃扑垒[4]都来，牺牲触击、强迫取分，最后连不死三振都不断上演，扎扎实实地持续得分。外野飞球能够确实接捕，投手也注意对跑者牵制，甚至连一垒手藏球触杀跑者的诡计都用。要是问他们玩这些小招数有意思么？他们可能会一脸认真地回答道："棒球比赛里可以做的事情，我们全部都做。"

投手是负责你和养老先生合写的书的小池氏，野手[5]有祢寝正一、稻川方人。平出隆是捕手，负责传达暗号，不留情面地进攻了"Junks"的弱点。五局结束，1 比 18 的比分，输到几

1　棒球术语，大致是一个接近方形的范围，投手投的球通过好球带的话，计好球一个。

2　棒球比赛中，投手投的球未通过好球带且打者未挥棒的球计为坏球，累计四个坏球，打者直接上一垒。

3　棒球比赛中，跑者利用投手投球间隙跑向下一垒。

4　棒球比赛中，头向前滑进垒位。

5　在场上守备的队员。广义的野手包含投手、捕手。

近提前结束，佐伯离场，你作为救援投手走向投手丘。小学生的时候就是万年替补，那之后只有很少的接触垒球[1]的经验，但只要在儿童公园里秘密练习的魔球能对付"只有棒球"的诗人们，就可以报一箭之仇。当时正是适合魔球出现的时候。从打者看来，那是从视线上方降落的超级慢速球。不管你多用尽全力投球，充其量时速九十公里，对业余棒球好手而言，只能成为好打的球，下决心不用力投球的话，与打者的击球时机错开，估计会挥空吧。就算打中，没有球威也飞不远，成为软弱滚地球的可能性很大。不过，绝佳的控球是需要的，只要能控制在本垒板上落地一个弹跳，就能通过好球带。午后的倾斜的阳光对击球员而言是逆光，山那边落下的球带着背光，应该很难看清楚。

"Fouls"的球员们一开始看到那么慢的球，嘲笑道"都能看到球的中缝""球上都能停苍蝇了"，但是你让他们三上三下[2]，第一次没有失分结束对手的进攻，大伙"哦"地发出了欢呼声。站在打者席的祢寝正一还说出了像诗一样的句子："球和太阳重合，眼花缭乱，连擦都没有擦到球。"

"Junks"凭借风元的适时安打得到一分，最终以 2 比 18 输了比赛，但你在两个半局里没有失分，从个人角度来说并没有

1　垒球与棒球运动的规则、场地、器材都相近，相比棒球，垒球较大、较软，故较为温和，适合人群较广。
2　棒球比赛的一个半局里，进攻方三次出局后，该半局结束，换边进攻。一个半局从一开始就连续解决三个打者出局，换边进攻，称为三上三下，对于守备方来说是最理想的结果。

输的感觉。你的成绩被定期补充战力的"Fouls"肯定，当年的选拔里，你是他们的第三顺位邀请人员，但你拒绝了入团。

带着第二战输了就解散的誓死决心，你们申请和"枯木滩"对战。中上健次没有参加，先发投手是柄谷行人，后援投手渡部直己，捕手莲实重彦，野手有赤濑川隼、赤濑川原平兄弟、绖秀实等人。年轻作家们想通过球棒反击批评家的压制，士气高涨。你也要报莲实重彦给你修改第一部长篇《天国降临》的恩，练习魔球，准备正式的比赛。

比赛像跷跷板一样你来我往，先发的佐伯累了，你作为第二任投手上场，首先面对的是渡部直己。你看穿对方急于击球、性格急躁，很早就投出熟练的超慢速球，他打出投手方向的软弱滚地球，你发出高亢的叫声："啊，上当了吧!"朝跑动着的批评家渡部露出坏笑，把球传到一垒让他出局。接着迎来了和渡部的师傅——莲实老师的对战。身高一百八十五厘米的高大捕手跟每个打者席上的年轻作家一一亲切问候。"岛田先生，感觉你有点不安呢"，你被他心理咨询似的语气糊弄，节奏被打乱了。不过打者席和投手丘不同，投手投球没有批评的介入，你能够集中精力在比赛上。虽然不是跳舞，你还是提前考虑了慢、慢、快的投球策略。为了这场比赛，你改良了投球动作，可以用侧身投球的快速动作投出慢球和快速直球。慢球差不多时速三十公里，相比之下，实际球速九十公里的快速直球体感上像是有时速一百二十公里那么快。莲实先生最后挥空被你三振出局，虽然从个人意义上讲你赢了比赛，但"Junks"以

5比7输掉了比赛。没能实现对批评家压制的反抗，队伍一次都没有赢过就被"枯木滩"吸收合并了。在绿色基底上印着黄色英文字母"JUNKS"的训练服就像它的字面意思一样，成了"废品"。

教主和你

一九八〇年代后半段，一八九七年出生的宇野千代、一八九八年出生的井伏鳟二还健在，比这二人年轻一代的战后派作家，以及更年轻一代的第三新人[1]正值创作旺盛期。相当于你父母一代的黑井千次、后藤明生、大江健三郎、古井由吉这时才五十多岁，富有争议性的作品相继问世。

一九八四年，你被寺田博邀请，出席参加在山上的酒店举行的"梅崎春生第十九回忌会"，因为据说"要是参加的话，战后派的文豪们全能在那里碰到"。料理和酒都准备好了，但埴谷雄高和野间宏每人讲了三十分钟的话，所以等了一个小时才干杯。你和野间先生在新宿的"行板"偶然坐了邻座，你想着"天啊，文学史本人就坐在那儿"，紧张得不敢动弹。他当时身体好像不是很好，上半身靠在吧台上，一边用几乎听不清

1　日本文学界对以安冈章太郎、吉行淳之介、远藤周作等作家为代表的同代作家的概括性称呼。

的低沉的声音嘀咕着，一边舔着淡淡的兑水的酒。女老板介绍了你，他突然问你："你，读过我的什么书吗？"你回答，读过《阴暗的画》《崩坏感觉》《真空地带》。他笑着说："是吗，那很好。"幸好自己读过，你松一口气。你们之间的年龄差刚好是祖父和孙子的距离，那是文坛酒吧的老板娘作为媒介，文坛的新老世代得以交流的、最后的时代的样子。

埴谷先生对你是最友好的。他虽然有心脏病，还是把纸袋里装的硝酸甘油[1]用两瓶保健口服液送下肚，说："这样就能和你们聊到两点了。"一直边谈陀思妥耶夫斯基和康德的话题边喝酒。谈话很抽象，但谈话的本人是十足绅士的埴谷雄高。通过寺田先生，你得到了访问埴谷先生位于吉祥寺的家的许可，你认为这是为高中大学时代用了"首猛彦"的名字一事取得事后同意的好机会。

"虽然大江君在《作为同时代的战后人》里把这里说成陋屋，但这里是我从看守所出来、不知道该以什么为生的时候，母亲给我建的'总之先有个住的地方'的地方，在当时，这可是时髦的洋房呢。"

正如埴谷先生所说，他家虽然老旧，但客厅的铺地板的房间的涂了灰浆的墙壁和天花板让人联想起伯爵家的样子。平房里有寝室、书房、储藏室、厨房兼餐厅，虽然芒草和一枝黄花长势茂盛，但是院子很漂亮。这里和《死灵》的主要舞台洋

1　可治疗心绞痛、心肌梗死。

馆一样微暗，沙发前的桌子上有发黏的圆形污渍，那是埴谷喜欢的托考伊白葡萄酒的痕迹。你说了"首猛彦"的事，他让你"随自己喜欢的做"，就像他自己评论的"波莱罗舞曲式饶舌"那样，他几乎没有给你开口的机会，一个人说个不停。

过了三十分钟左右，终于到了你能说话的时候，你说自己在高中时代读了《死灵》，感觉与之前读过的江户川乱步和梦野久作不同，感觉自己发现了非常厉害的东西。恐怕学生运动最辉煌的时候，把魅力十足的埴谷雄高尊奉为教主的年轻信徒们每天都蜂拥而至吧。你比他小那么多，埴谷先生却说："一百年后看来，我和岛田是同时代的人。"你们年纪相差五十二岁，这话不知从何说起，但你想磨炼妄想的强度，想写出非常厉害的东西，被这种诱惑驱使的你本人正是《死灵》衍生物一样的存在。

直到埴谷先生失去视力、卧床不起，你一共拜访了他六次吧？被他的话语吸引，忘记时间，有时不知不觉就待了很久。埴谷先生说："吃了寿司再走吧。"亲自打电话给常光顾的寿司店："来点好的。中肥[1]多些，不要琵琶虾、虾和鱿鱼。"你偷听了埴谷先生的详细点餐，观察文豪是怎么吃寿司的，发现他只有在吃中肥时才用手直接拿。聊天也不是只有康德和陀思妥耶夫斯基，还有电影、宇宙论、科技、时尚等很多方面。"被奇怪的女人纠缠着，剩下的人生不多了，想好好选交往对象。""对

---

1 金枪鱼刺身的一种。

面的寡妇给我送来了饭，但要是剩下了她会不高兴，所以偷偷扔了。"让你苦笑的这些"秘密"，现在已经过了时效，说出来也无妨。

《死灵》里到处都是陀思妥耶夫斯基的《卡拉马佐夫兄弟》和《群魔》的共鸣。包括不同母的首猛夫和矢场彻吾二人在内的、三轮家的兄弟四人，对应包括不同母弟弟的斯乜尔加科夫在内的、卡拉马佐夫兄弟四人，并且四人各自实现自己理想的情节也和《卡拉马佐夫兄弟》中的相似。《死灵》这个标题本身应该就是影射《群魔》的，故事中林奇间谍事件的内容、描写的陷入非法活动的年轻人的群像，都可以解读为《群魔》的世界在二十世纪的日本上演。

小说是一门不断追问"我从哪里来、要到哪里去"的艺术。从《俄狄浦斯王》开始，人们就被这样的"寻找自我"所诅咒。杀死父亲、与母亲交合的俄狄浦斯的诅咒和束缚是"自己实际上是被抛弃的孩子"，有这个想象作前提，最终随着忘记这个前提而被相对化、矮小化。你也在中学二年级时的"寻找自我"前一阶段虚构了"精神分裂的家庭故事"。每个人都有这样"捏造自己的习惯"，但无论如何都放不下这个恶习的人就是小说家。

思考"我从哪里来、要到哪里去"的人，首先考虑的是"有先祖，才有我"。深思自己的家人和血脉，再追溯遥远的过去，把自己放在历史的经纬中审视，试图把过去和现在的因果相连。因为这是最普遍的做法，所以崇拜先祖文化根深蒂固，

"家庭故事"成了跨越时代的王道小说。

埴谷雄高没有采用先祖崇拜和家庭故事的方法论。从一开始他就跳过个人的体验和由来，转换到"存在的探索"的方向。

埴谷先生在"日帝"时代的台湾、与殖民地经营有关的资产阶级家庭长大，年少时对自己身边的世界对当地的人们施加暴力有违和感和阴影，回到东京后，为了真实的革命而参加非法活动，在重复被逮捕入狱的过程中进入了文学的世界。二十多岁有了《死灵》的构想，开始动笔，刚写完四章就生了病，虽然中断了二十多年，但没有放弃完成毕生巨著。中途他和女演员结婚，因为"人类能做到最清醒的行为有二，一是自杀，二是不生孩子"主义，强制妻子三度堕胎，最终迫使妻子不得不摘除子宫——这些痛苦的经验全部包括在内，作为一个实体存在的"自私的男人"活着，并提倡从自身逃跑的"同一律"，探索"虚体"。

所谓虚体，如果从虚数和自然数的关系来考虑的话，应该是 imaginary body，即"想象中的身体"。人也是一样，人使用的语言能力虽然也是自然的产物，但创造出的语言是自然界不存在的想象的产物。例如"永远""无限""神"这些也是自然界不存在的虚构。死者的世界"阴间"、交换的道具"货币"、人类能随意生活的状态"自由"、约束人类的行动的"法律"、专制君主统治的权力构造的"帝国"，这些一样都不过是虚构。但是，拥有相同的脑构造的人类，围绕着各自的想象的产物进行议论、共情，构建新的现实，伴随着虚构和实体同时存在。

《死灵》第五章左右开始进入幻觉的领域，或者说是被灵附体的萨满的心理状态，成了和灵与神的对话剧，完全是"脑内歌剧"。第七章开始，豆子说话，被命名为"黑服""青服"的正体不明的东西登场。虽然两个都是"一个死灵"，但黑服是"停留在最初的最初的最初诞生时的单细胞"，青服则是"停留在没出现最初的最初的最初时的单细胞"。连耶稣基督和释迦牟尼都登场，展开超越时空的论争。

如果把这个迂回和重复很多的巨大的对话篇章作为起承转合的轴心贯彻的话，可以认为这是埴谷雄高个人的萨满，从最初的牢狱或癫狂院这样的密闭空间，逆流而上直到无意识的深处的故事。可以进行类比的还有经过周游地狱和登净罪山后升入天国的但丁的《神曲》，和把灵魂卖给恶魔换来永恒的生命、重返青春、回到古代、成为皇帝的心腹，超越时空的灵魂经历的故事——歌德的《浮士德》。《浮士德》第一部的构想在《少年维特的烦恼》时期就已经存在了，而完成第二部已经是作者最晚年之时，这点也和《死灵》类似。

在越南有一个宗教叫高台教，是一个把释迦牟尼、老子、孔子、耶稣、穆罕默德五圣人放在同一个神棚内祭奠的混合宗教，总动员世界宗教的教主们的神力来追求现世的利益。日本也一样，借用汉字创造了假名，试图融合佛教和神道，把基督教当作密教，把欧洲的近代文学改编成私小说，不管善还是恶，加入自成一派的改良，创造出混合的产物。《死灵》的创作的开始是受到耆那教经典的影响，安排耶稣和佛陀辩论，甚至加入DNA、神学、宇宙论、量子力学的内容，最终留下的只能说是"埴谷教"的未完经典。因为埴谷先生的本名是"般若"，所以应该说是另外一本《般若心经》吧。他选择作为确信犯的异端的立场，最大限度行使了创作者的自由，创造出了新的宗教。

异端的系谱

埴谷先生在最晚年给比自己小五十二岁的你留下了名为《二十一世纪作家》（《尤里卡》一九九六年六月号）的遗言。

> 头脑灵敏的岛田雅彦所做的事，让已经老化的我感到非常敬佩，他作为试金石，关于我们如何面对以后占据极大篇幅的变样文学，起着一种无法逃避的重要作用。二十世纪的最后这几年，我认为他会一直处在极其困难的位置。（中略）虽然他看起来是喜剧的、讽刺的，但不得不说其实是某种悲壮的作家。
>
> 专攻俄语的岛田雅彦首先要直面的是，俄罗斯社会主义的颓废和瓦解是象征性的，于是他要不可避免地、一刻不得闲地对抗全部的全部的瓦解，也即是完全瓦解。直面

了从社会和政治，到生物的、人类的、民族的、性的、文化的、世界的，即是"生和存在"的全部瓦解的开始的他，让我震惊的是，他严肃而持续地对这全部的全部的瓦解进行了回答。

对瓦解期，他的回答的特质是，左翼变成sayoku，人类变成仿造人类，作家变成假作家，青年变成青涩小子，没有比这种命名更恰当的了。

在那之前没有，之后也没有给你这么高评价的人了。文学有洞察人类的内心深处的黑暗的方法，以及探索只有一个模糊轮廓的未知领域的方法。在这两种方法之上，埴谷先生这样预测你们年轻一代将去向的地方，内心的奥秘被揭开，心灵的洞察因为染色体解读而受到挑战，关于未知领域，则随着电脑信息处理能力的飞跃而受到挑战，云云。希望在自己死后，仍然坚持写作的孙辈的你，能对抗有AI的未来，他送给你这样的助威声。同时你还感受到埴谷先生在沉默里鼓励你作为弟子，继承他的异端特质。他没有说让你守住战后派，或是文学继承到现在的价值观。文学，就算瓦解也根本不要紧，要勇敢地面对新的内心世界。也就是说，不要以保守传统的正统为目标，而是要一直保持异端的位置，云云。

曾经，大冈升平说过，如果东亚的日本人文领域研究者想要理解西欧文学的基石——神的问题——的话，会自然变成从

227

异教徒或是异端的立场的考察。另外，结合在战场失利的士兵的经验，思考神和终极道德问题的《野火》如果放在西欧的文脉里，和卡特里派、改变信仰的犹太人、俄罗斯的分离派这些异端对神和道德的考察是一样的。日本人如果想要写出带有世界文学普遍性的作品的话，只能对抗欧洲标准的同化压力，最终把带来文化多样性的异端的立场作为目标。

你和大冈先生在聚会场合见过一面。通过当时的《新潮》总编辑坂本忠雄的介绍，你去打招呼，他特意站起身来，扣上西装的扣子，回应了你。啊，这个人就是从生存率只有百分之三的南方战线棉兰老岛生还的真人啊，这个人就是写了《野火》和《莱特战记》，又以曾经做过俘虏为由辞退日本艺术院会员的人啊，你心里满是崇拜。

在这个聚会开始之前，大江健三郎要演讲，你也在场。演讲中听到有人说："大江又在讲他的孩子了，真没意思，我要出去了。"竟然有老头说得出如此辛辣的话语，你这样想着，看了旁边一眼，原来是大冈先生。这种混蛋语调和对你展现出的绅士气派的反差也很有意思。

埴谷雄高和大冈升平的异端性的确是被大江健三郎继承了吧。

筒井康隆说："一直都是大江健三郎的时代。"确实，从学生时代出道开始，安保斗争时代、全共斗时代、石油危机前后、从实存主义到构造主义、文学人类学的热潮，大江先生无论何时都在最中心的位置，而且一直保持着渗透周边的强劲离心力。

日本近代文学从漱石、芥川的时代开始靠巨大的读书量支撑。大江先生的背后也有一个看不见的图书馆。即使把图书馆里的藏书全都读一遍，也写不出《万延元年的 Football》《洪水淹及我的灵魂》《同时代的游戏》。因为大江面对俄罗斯形式主义、捣蛋鬼（trickster）理论、威廉·布莱克的诗、各种西洋古典时，不畏惧误读，把这些作为素材，创造出了谁都没见过的奇异果实。和只有正统解释的外国文学家和文学人类学家不同，堂堂大江先生集异端之大成。

如果认真读大江先生的作品，大概就能发现作者偏爱的对象。虽然文章中很少出现食物的话题，但猪蹄料理却被描写得细致入微，从字里行间能看出这是他非常喜欢的食物。还有强烈的对女性的阴毛的执着，几乎可以称为"阴毛礼赞"的场面处处可见。这样的恋物癖也是大江作品的魅力之一，俘获年轻读者的心的秘诀，毫无疑问就在这中二病的要素之中。

第一次见到大江先生本人是在《群像》的对谈时。你和负责的石坂先生一起拜访了轻井泽的别墅。他特意来车站迎接你们，看着双手拿着在酒屋买的啤酒走路的大江先生的通过游泳锻炼的后背，你想着，大家就是追着这个背影来的啊。那时你还见到了和你同世代的、大江先生的儿子、在电影中叫一要的作曲家，大江光。

从窗户可以看到白桦林里投射的光，你们好像一边看着窗外，一边聊了俄罗斯形式主义。你好像感谢了大江先生一直以来对你的作品的支持，还表达了自己受到大江文学的影响，但因为太紧张了，你几乎不记得自己到底说了什么。不过，你记得就着大江先生亲自做给你们的德国薯条开始喝啤酒后，他说了以前的狼藉事迹。聚会结束后的二次会什么的时候，大江先生在盛有兑水的威士忌的玻璃杯里装了烟头和剩菜，整杯倒在了当时在场的阿川弘之的头上。据说他一喝酒就会有这样的怪癖，只好尽量不喝酒，但知道年轻时的大江作品里充满"愤怒"和"疯狂"的读者不会忘记，大江先生是兼具与众不同的知性和痴性的全能选手。

因为他是伟大异端思想的继承者，所以"一直都是大江健三郎的时代"。有很强同化压力的日本社会，对异端带来的多样性态度冷淡。如果只要培养共情能力的话，那朗诵和歌、考虑对方的心情就行了，但这样的话就不能对抗外界压力，无法超越日本文化的极限，以屈从有力量的人告终。在除了依附美国之外，陷入思考停止状态的人们共谋给国民们洗脑的社会，异端们动用被一分为二的脑，通过口是心非、双重标准来避免被洗脑。这正是异端的强项。而支撑异端者的持久战、撤退战的诀窍，好好地被存档在大江先生的作品里。

和箱男喝酒

　　美苏冷战末期的一九八○年代正处于核冬天[1]的边缘，描写核战争带来的毁灭之后的世界的想象力此起彼伏。弱肉强食的讽刺系列《疯狂的麦克斯》影响很大，在日本有《风之谷的娜乌西卡》《北斗神拳》《漂流教室》为首的动漫和电视剧，舞台剧和文学作品中的出场人物们也展开了生存狂想曲的想象。安部公房发表了以甄选"有活下去的价值的人、没有活下去的价值的人"、构筑完全避难所为主题的《樱花号方舟》，《朝日Journal》邀请你写了这本书的书评。

　　有一个奇怪的统计说，世间有两成人是你讨厌的，有两成人是总站在你这一边的，剩下的六成是哪类都不属于的。只有两成站你这边的人组成的社会，对于你本人来说也许很舒适，但想必是排他的吧。就现实而言，如果不和自己讨厌的人共生的话，都市生活和农村生活都不能成立。比起竞争，更多人的努力在于共生，这确实使更多人可以生存下来。对他人的宽容是保持社会多样性的必要条件，有了多样性可以避免灭亡。因此，挪亚方舟上坐着各种人。谁适合生存，谁会被淘汰，这充其量不过是结果论。人为了特定的目的迎接未来，目的则多种多样，有的人的目的也许会成为别人的障碍，所以未来不会完全随谁的心愿，最终未来也会是多种多样的。进化论不能预测

1　对于大规模核战争造成全球性气候恶果的一种假说。

人类的未来，只是在未来等待一个意外的结果而已。

你大概写了上述内容。全力书写是有意义的，从编辑那里你听说安部先生说："岛田君说的最合我意。"

和安部先生见面的机会不经意间来了。《新潮》创刊一千号纪念发行的卷首插图，说是想要拍新老文学家交流的照片。有远藤周作和中泽新一、山田咏美和宇野千代等配对，而你和安部公房被配成一对。拍摄地在新潮社的地下二层防灾害中心，因为那里是附近最像避难所的地方。拍摄结束后，安部先生想要立即回家，给夫人打电话之后得知家里没有准备饭菜，于是决定去吃饭，你们一起去了神乐坂的料亭。

安部公房一直不停地说电子合成器和文字处理机、自己研发的网络和照相机等机械的话题，你对此产生了兴趣。安部先生喜欢机械是有名的，全日本只有三台电子合成器的时代，一台在 NHK，一台在专业演奏人士、作曲家富田勋家，第三台就在安部先生那里。日语文字处理机是在一台六百万元的时候就买下了，据说由 IBM 的日本分社老板亲自送到家里。你还见过这台机器，跟一个五百升容量的冰箱一样大。那时，安部先生只说了两句关于文学的话。知道你是俄语专业后，这么说道：

"大家都骄傲地聊着陀思妥耶夫斯基和契诃夫，是真的读过吗？"

不知为何他会有这个疑问，你回答："我认为都读过吧，安部先生也被卡夫卡的幽默逗笑了，不是吗？"

安部先生若无其事地又说："读卡夫卡的小说能笑得出来的

人，世界上应该没多少。人类没那么聪明的。"

安部先生平时一个人待在箱根的山中别墅，每个月一到两次，开着爱车帕杰罗下山，在常住的京王广场酒店过夜。因为他在文坛不交际，没有朋友，指名让在木村伊兵卫摄影奖当评审时结识的原《朝日相机》总编辑丹野清和陪自己喝酒。你和丹野先生在新宿的"风花"经常碰面，他负责中上健次和手冢治虫这种全日本最麻烦的作家。据他所说，安部先生喜欢把别人都当成傻瓜，恨不得骑在人身上，觉得大江健三郎和唐十郎都该煮自己指甲的污垢喝。另外，疯狂模仿安部先生的自上主义者正是中上健次。

安部先生是在密室里锤炼奇想的疯狂科学家类型的作家，在作品中进行了各种各样的发明，比如以自己的粪便为饲料的昆虫等。后来被哥伦比亚大学授予荣誉博士称号，去了纽约之后，据说只是待在酒店房间里。约好了和加塔利[1]见面，却没发现对方就在酒店大堂和自己背对背坐着，最后只是擦肩而过。只有一次去了中央公园散步，同行的保罗·安德鲁教授证实过，他对流浪汉表示出异常的关心。啊，原来箱男是安部先生的自画像啊，你这样想。后来箱男不光是在日本社会，更是在世界范围内不断繁殖，安部公房无疑是这个类型的先驱，结合新型技术的先锋用户的先见之明，成了领先时代的异端。

1　法国精神分析医生。

酒仙的熏陶

古井由吉和后藤明生是你最常在酒场相遇的前辈。他们都是寺田博的盟友，都特别爱喝酒，恐怕是日本文学史上喝酒最多的人吧。同世代的大江健三郎代表文学的知性，是众矢之的，他们不得不寻找别的活跃领域，寻找的结果就是停留在日常性中，重复着有创造性的东奔西窜。

多少含有苦心设计的成分的自我介绍里，作为一种娱乐而存在的"我"，在各个领域里都有一席之地，但那不过是"人设"一样的东西。本来文学的目标是把没有姓名的"我"微分。被迟钝的批评家概括成"内向世代"的古井先生、后藤先生，他们看清了"上班族"的实际存在，出人意料地深入了心的黑暗，解放了看不见的欲望。

从统制经济下的贫穷生活到经济发展下的饱食、结婚后的团地[1]生活，从战时到战后的激烈变化，给他们的强烈违和感是他们的出发点。古井先生的经历还多了长期患结核病、大学教师的工作、在东京和金泽的寄宿生活。后藤先生则多了在朝鲜经历的幼年时代，回到九州的生活和上班族生活。小说里的叙述者、两人的分身一直被"为什么我会在这里"的存在论的不安所驱使，会突然想对自己的出身进行再次确认。他们年龄正好和你父亲相当，对于那种复杂的心情，你莫名能察觉。

1　计划性、成规模建筑的住宅区。

古井先生一直以来重复着围绕记忆和时间的考察。他的小说几乎全部是存在主义哲学，却到处充满着带着肉的触感的栩栩如生感。古井先生从五十岁开始写老人小说，也许从那个时候开始，时间就停止了吧。他看上去就像当时的年纪一直持续了三十年。

谁都想作为没人可以替代的"这个我"活下去，但"这个我"如果没有他者和死者的影响也将不复存在。不，不光是人际关系，还由家庭、团地、职场、城市、酒场等所有场所、植物、水、土、空气，以及此人的心情和思考来决定。"我"是此具肉体上发生的所有现象的结果。在森罗万象和与他人的关系中，古井先生一直把使"自己"成为"自己"的记忆和时间、意识的本质看得很透彻。有时站在生死的分界线，对自己的肉体和意识正在发生的异变的感知敏感，对"我"的变化的观察冷静。也许正是如此，古井先生才曾经说过，他听见过像是从冥界来的声音。人类不是寿命突然到头而死，而是花了很多年一点点走向死亡的。古井先生的作品翔实地记录了一点点接近死亡的过程，所以如果把所有的作品都结合起来看的话，应该会看到人的死亡的全貌吧。

后藤先生在成为职业作家之前在博报堂工作过。那时广告代理店在社会上的认知度还很低，据说他去跟大学恩师汇报自己的就职情况时，老师还以为他去的是文具店。上司让他想企划案，在喝醉时他脑海里一闪而过的广告文案是模仿"喝了托里斯去夏威夷吧"的"不是陀思妥耶夫斯基，是托里斯威士忌"，然而被否决了。最终，他在职期间没有一项企划案被通过，就这样跳槽去了平凡出版。

正如他的外号后藤酩酊一样，后藤明生几乎一直都处在酒醉的状态，他没完没了的荒唐话的口气和小说的叙述没有什么区别。哪怕是在清醒的时候，哪怕在场没有聊天对象，他也能一人分饰两角，自己把自己说倒吧。只是刚好那里有桌子和纸的时候，他把那些话写成了小说而已。甚至分不清小说和随笔、随笔和酒场的荒唐话、对话和自言自语的区别的独特的后藤风格，实际上是极具批判性、思辨性的，那种飘飘然的醉感实际上是韬光养晦。

后藤明生在一九八七年创造的"风花"最长停留纪录，现在还无人可破。他晚上十点进店，一直坐到第二天的下午五点。最后纪久子妈妈都回家了，他一个人酣然入睡，啤酒喝完了又特意去酒屋买，一边看店一边喝酒。另外，古井先生无论喝多少都不会乱阵脚。像突然想起来似的清理烟斗，有时候一边带着瘆人的微笑，一边自言自语仙人的智慧。说起新宿的马尔美拉多夫[1]，就是后藤明生；新宿的老子则是古井由吉。你把这两位酒仙看成文士的模范。

受到酒仙们的熏陶，你也不知不觉成了喝很多酒的人，在新宿各个熟悉的店来回跑成了你的习惯。后来，佐伯一麦拿到

---

1 《罪与罚》中的登场人物。

野间文艺新人奖的时候，对于生活很苦的他来说，百万元的奖金值得大唱《欢乐颂》那么高兴，你去为他庆祝，就像往常一样去了各个店，最后来到了"风花"。后藤明生久坐不走已经成了习惯，承蒙"风花"说只要有客人就继续营业，你们一直喝到了早上七点左右。你们就住在同一个街道，应该高高兴兴一起坐电车回家的，但当时恋恋不舍不想分开，于是一起去洗了澡。川西兰也一起去了。你们入住了胶囊旅馆，出浴后喝着柠檬味鸡尾酒时，佐伯把浴衣敞开，胯裆全开就那么睡着了。没办法，你们把他放倒在床，自己也小睡了一会儿。下午两点左右，佐伯说："要把奖金存进银行，再去个地方。"先退房走了。你和川西又洗了个澡，退房时间也晚了，吃了荞麦面，在咖啡馆以酒解酒，等着佐伯。

下午五点左右，佐伯回来了。你问他去干什么了。他说去风俗店见相好的女子了。你一边嘲弄他是不是奖金最先用在风俗店了，一边又要了杯啤酒，但宿醉让你状态不好。曾经待过游泳社的佐伯竟然说这样的时候游泳有好处，你相信了他的话，去了带泳池的桑拿，运动了一会儿后真的恢复了，又开始喝啤酒。漫无目的地看着电视，正巧在播锅物的特辑，食欲被刺激，决定去吃锅。那之后又去了好多家店，十点左右回到"风花"，迎接你们的是纪久子妈妈惊诧的表情。结果第二天也一直待到了早上五点，创造了三十六小时持续喝酒的纪录，精疲力竭地回了家。在数次桑拿和洗澡的过程中，全身的油脂被洗掉了，用起倒刺的手指擦了擦鼻涕，发现鼻子下面裂了口。

那个瞬间你想，啊啊，自己也在追寻着后藤、古井的足迹啊。

亡命计划

你从一九八七年左右开始，因为杂志采访、座谈会、电视节目的关系，频繁去了罗马、法国南部的尼斯、美国亚特兰大、保加利亚的索非亚旅游，还多次进行从土耳其阿勒山到卡帕多西亚、伊斯坦布尔的周游。

索非亚召开的国际文学座谈会，你和中野孝次、日野启三、立松和平、福岛泰树等人一起参加，出席了"科技与文学"分会，发言内容大概是："以后人类和电脑的关系会进一步加深，没有电脑的生活将无法继续，人造人也会加速发展吧。"对此，英国和意大利的作家表示赞同，俄罗斯和中东的作家、诗人却表示坚决反对未来"人类的尊严"被机械夺走，他们相继的发言让人联想到工业革命时的"捣毁机器运动"。你也认真起来，主张和机械的共生已经是事实，夺走"人类的尊严"的正是人类本身，科技的发展并不会滋生出法西斯主义，不正当地利用科技、创造极权主义的统治者才是罪魁祸首。另外，中野孝次在宴席上呼吁各国代表"为反核运动干杯"，你却拒绝道："俄罗斯的作家如果进行反核运动的话，会被认为是反体制而受压制，在这个现状下，干杯也没有意义。"主办方保加利亚作家同盟的人们并不理解你的意思，但作家同盟会长认为你是引起最大论争的青年，表扬了你。

座谈会中，日野启三倒下了，会俄语的你深夜陪着被救护车送走的日野先生去了医院。女医生的诊断是"有可能引发心绞痛"，要求立即住院。病房像监狱一样有着铁格子，把日野先生一个人留在那样的地方实在是感觉不忍心。通过事务局的人的关系，日野先生在二十四个小时后被送回来了。"啊，旁边就是精神病病房，不知道会被怎么样呢，实在是太可怕了。"说着这话的日野先生脸上满是安心的表情。

你出道的一九八三年还是发现新型病毒的年份。HIV（人类免疫缺陷病毒）引发的 AIDS（后天免疫不全症候群）的威力震撼了整个世界。日本在一九八五年发现了第一例病例。出于好奇心，你立即开始查找这种病的信息。寄生于宿主的 DNA 将其反转录，破坏免疫系统的病毒行动触发了你，你构想了紧接结核小说、癌小说的生病小说的新方案。这就是《未确认尾行物体》。

你一直喜欢波兰的异端作家贡布罗维奇，特别是被短篇集《巴卡卡伊大街》收录的《检察官克拉伊科夫斯基的舞伴》这篇跟踪狂鼻祖小说里的瘆人感吸引了。当时还没有习惯使用跟踪狂这个词，但偷偷跟在人后面的行为确实存在，你也是被害者其中一人。在演讲会和签名会上带着要哭的表情凝视着你，逼你"请遵守和我的约定。"直接去你家和你谈判说:"请不要再调查我身边的情况了,不要把我的事写成小说了。"这些人让你烦恼过,所以跟踪狂和你自己也息息相关。干脆把这些人写成主人公,这些人会不会就此自重呢?你这样想。

同性恋主人公卢西安诺是妇产科医生的跟踪狂,为了描写他的一系列跟踪狂行为,必须深挖他这种人的心理。你一边思考如果自己是跟踪狂的话会做些什么,一边用 HIV 的隐喻描写主人公的行动,以及对 AIDS 的误解招致的歧视和偏见、人际关系的不信任,讽刺社会的混乱,你自认出色地完成了艰难的工作。

《未确认尾行物体》是创造出芥川奖最多落选纪录的最后一部作品,紧接着得到了第一回三岛奖的提名。你自满地认为三岛奖是为了抚慰不走运的自己而设立的奖,但又一次落选了。评奖委员有江藤淳、大江健三郎、筒井康隆、中上健次、宫本辉,每个人支持的作品都不同,你虽然有大江先生的支持,但经过激烈的辩论,最终获奖的是江藤先生支持的高桥源一郎。后来你听说,当时中上宣称:"绝对不会把奖给岛田。"你想着,他从纽约回来了,又一次来压迫你了。

这样在日本待着也没有什么好事,你开始想要早点死心、逃亡到别处。你有门路的只有纽约。从俄罗斯学校转到美国学校,你并不是很起劲,但尊敬的文豪们都有着各种各样的和美国的私人关系,在自身内部积累了强烈的违和感,并把这种违和感作为创作的核心。大冈先生成了美军的俘虏,后来又去美国留学，大江健三郎、江藤淳也都有在美国大学待过的经验。无论是亲美还是反美，你必须要创造出属于你自己的"美国和我"。

你构想了新长篇小说《梦使者》。尽管你一直尝试将梦导入创作，但如果能自由地侵入别人的梦境，操控别人的意识，这个世界就能变成自己想要的样子。比如，侵入美国总统的梦境，诱导他做出某个决定，也许世界会变得比现在稍微好一点。由这样的构思开始创作的小说，如果一言以蔽之的话，是这样的：

作为"出租儿童"被抚养长大的"梦使者"马蒂厄，今天也会步入别人的梦境。

梦在醒来的同时就会被遗忘，从高中时代起你就幻想，能不能把梦的样子直接装进真空袋？对于这样的你来说，《梦使者》这样的小说必须作为自我萨满修行的成果问世。你被埴谷先生的《死灵》鼓舞，广撒网了解密教瑜伽的冥想术和罗耀拉的《神操》，更进一步磨砺自己做梦的能力，企图在自己体内留下"新的心灵"。

再次出埃及

一九八八年六月，你伤心地和瞳一起去了纽约。柄谷行人的友人、哥伦比亚大学教授保罗·安德鲁爽快地迎接你做了客座研究员。

最初的夜晚在住宅区和商业区的中间地带的酒店度过，第二天开始的一周时间住在哥伦比亚大学的客房，在这期间必须自己寻找以后的住处。考虑到曼哈顿的糟糕住房情况，这简直是冒险走钢丝，你已经做好了辗转住原房客短期不住时、做二房东转租给别人的房间的心理准备。但本以为肯定没戏的临时交涉却偶然走了好运，只花了三天，你们就匆忙搬进了第七大道和第十五街路口的切尔斯摩尔公寓的空房。那里一年前住着四方田犬彦和摄影家北岛敬三，中上健次也在那里住过。很幸运，房东是犹太人，对日本人很友好。

4U 的房间以前住的好像是中国人——三姐妹，房间脏得厉害，所以你要求重新粉刷墙壁和厨房大扫除，三天后作为新房客入住了。最初的客人竟然是养老先生。从哥伦比亚大学那里你得知他来纽约参加学会，一起吃饭后他在你的公寓留宿。

你在折扣商店聚集的第十四街买了床单和被子等生活杂货，在最近的银行开设了账户。一般来说，没有社保号码是无法开账户的，在柜台你提出想和分店长聊聊。当你若无其事地把两百万元的旅行支票放在桌上后，分店长搓着手表示欢迎，立即给你准备了银行卡和支票本。在储蓄意识淡薄的美国，年利率高达百分之七。

玛莎·葛兰姆公司的舞蹈家折原美树常年住在切尔斯摩尔公寓的二楼，同居人是还在芭蕾修行中的小姑娘雪美，你们很快开始邻里之间的相处。公寓本身和资助亚洲的视觉表现艺术家的亚洲文化协会（ACC）有合约，中国来的女高音歌手燕燕和舞蹈家金星、三名日本人艺术家也住在这里。其中有位刚好比你大十岁的现代音乐作曲家，叫毛利藏人，你特别喜欢他创作的悲伤主题的器乐。他也经常谈论音乐，是神经质的人，经常和来参加聚会的客人吵架。就是这样一个人，在不到十年的时间里，就因为癌症离开了世界，才四十多岁。比你小五岁的金星回中国后，成了中国最早的跨性别者，收养孤儿，成了媒体的宠儿，你知道这些已经是十五年之后的事了。

因为和这些人的交友以及进入了哥伦比亚大学，在这之前的东京郊外生活一下子变得遥远。在这之前，你从没在城市中心生活过，国外生活也是第一次，很不适应。没有比曼哈顿更不适合漫步者的浮躁的城市了。你想早点习惯这片土地，顺应这个疯狂都市的生态，在地图上标出当天走过的路、坐过的地铁，地图逐渐变得一片红。

当时的治安还很差，你被告知许多详细的注意事项，比如晚上八点之后出门要小心、别靠近东哈莱姆区 [1] 和布朗克斯区、别越过东村的 A 大道、不要去哈得孙河边等。但是你住的附近是被称为肉类加工区的地方，卖毒品的人很多，哥伦比亚大学校区东侧也是枪击事件的多发区域，某种程度上只能听天由命。瞳在街上走路时，如果看到对面走来一个黑人巨汉，会害怕到躲在你的身后。一开始的两个月左右你也胆战心惊，只敢徘徊

1　纽约市曼哈顿北部的黑人街区，贫民窟化显著。

243

在比较安全的格林尼治村、唐人街等地方，随着一边观察一边拓展徘徊的范围，渐渐连危险地带都敢去，还和波兰籍移民劳动者混在一起喝啤酒，出入吸毒者趴在里面的桌子上不省人事的爱尔兰酒馆，去哈莱姆区吃黑人食物。

你发现了几个自己喜欢的消磨时间的地方，其中一个是去史泰登岛的渡船。从地铁一号线的终点炮台公园出发的渡船出海票价和地铁票价一样，还能看清楚自由女神像。你不上岛，只是没有目的地坐船往返而已，能实际感觉到曼哈顿其实是岛的事实，也可以转换心情。还有一个地方是在康尼岛旁的布莱登海滩，这里有俄罗斯人的小团体，招牌上也有醒目的俄语，店里卖着俄罗斯产的食品，还有很多便宜的俄罗斯饭店。你在游乐园玩耍，在海边用木板铺的人行道上散步，在饭店里就着俄国饺子、蘑菇腌菜、咸鲑鱼子喝伏特加，买咸鲑鱼回家。第三个地方是哥大旁边的中国菜馆"月宫酒家"，那里的有很多新对虾和慈姑的锅巴汤是你的最爱。后来犹太人作家保罗·奥斯特发表了名为《月宫》的小说，舞台就是那里。据说他也经常去那里，你们可能擦肩而过。说起擦肩而过，基思·哈林经常来第十五街的公寓附近的咖啡馆吃甜品，你见过他好多次。没多久，他因为艾滋病去世了。

唐人街的饮茶你也喜欢，两个星期就要去吃一次周日早午餐，跟折原美树借了自行车，经常出去买食材。她的房间成了艺术家们的聚集地，最闲的你经常被拜托负责做饭，你做过涮锅类、天妇罗、鱼料理。歌手燕燕极爱吃芥末，用软管直接吸，虽然不是药物，还是会进入恍惚状态。唐人街物价便宜，日本食品和鱼类也很丰富，你买过六美元一只的龙虾、八美元的甲鱼、二美元的鲶鱼、长岛产的比目鱼、活章鱼、切成圆片的金枪鱼等。新鲜的比目鱼用海带腌渍，章鱼用来烤，甲鱼做汤，鲶鱼蒲烧，金枪鱼和大葱做锅物，龙虾水煮蘸酱油醋，你被市场锻炼，会做的种类也多了。你买了在饭店吃价格很贵的樱桃石蛤蜊，生吃之后发生了食物中毒，拉了一星期肚子，但总体来说饮食上是非常充实的。一直偏食、吃不了油腻料理的你被汉堡、比萨、炸鸡洗礼，耐受性越来越强了。

小气、贫困、厚脸皮

你在安德鲁家的聚会上认识了哥伦比亚大学的研究生，开始频繁出席他们各自举办的聚会后，他们把摇滚乐和大麻捆绑在一起推荐给你。你也在自己家办聚会，招待友人。有一次，一个你并没邀请的清秀男性厚颜无耻地搭讪瞳，你怒上心头，逼问他："你找我妻子有什么事吗？"他特别自来熟地回答："啊，不好意思。她是你的妻子呀？我是搞美术的是枝。有时间一起去喝酒怎么样？"你大学时代是美术社的，对纽约的现代美术很感兴趣，为了让他当你的导览，你答应了他的邀请。从那以后，这个是枝君成了你最重要的酒友。他为你介绍分散在曼哈顿各处的画廊和布鲁克林的共同画室，只要见面你们就会辗转几处喝酒。虽然住在哈莱姆区，但喜欢去城里喝酒，出没以东村为界线。他老家是在鹿儿岛市内经营旅馆的，他是家里第二个儿子，从费城的美术学校毕业后同时考上了哥伦比亚大学和芝加哥大学，尽管大家都推荐他去芝加哥大学，但他还是以纽约的酒吧营业时间更长为由来了哥大，他就是这样天生爱酒的人。你们在一起是物以类聚，人以群分。

早上四点酒场关门，但还有地方继续偷偷营业卖酒。是枝对这些事情了如指掌。想在深夜的东村徘徊需要相当的心理准备，你时常在口袋里装二十美元纸币，要是被刀或枪胁迫的时候就用这个来逃命，这是铁则。把韩国人开的二十四小时食品杂货店一家家列在回家路线里，做好有意外发生时能逃进店里的准备。亚洲人的脸让人想起李小龙，黑社会也不敢随便出手，相信这点也帮了你不少。在城里喝过五家店后，在脱衣舞酒吧散财，过了早上四点偷偷跑进违法卖酒的地方，等着天亮，在炮台公园的草坪上吃流动摊位的热狗，小睡，靠余力去埃利斯岛，爬到自由女神的额头，体力消耗完毕回家，这样的持久喝酒战之纽约篇你也勇敢做过了。

大量日本资本流入纽约，JAL[1] 在一九八四年首次买下中央公园南路的高级酒店埃塞克斯酒店，紧接着到处买曼哈顿的所有不动产、在克里斯蒂拍卖行拍卖的美术品、名牌。传言煞有

1　日本航空。

介事地说，过不了多久夏威夷和旧金山也会被日本买下来。你以为菲利普·迪克的平行宇宙的科幻名著《高堡奇人》中的反讽变成了现实。在小说里，德国和日本在第二次世界大战中取得胜利，以纽约为中心的美国东部各州划分给了纳粹帝国，以加利福尼亚为中心的美国西部各州划分给了大日本帝国。美国人虽然展开了抵抗运动，但受到宪兵和盖世太保的无情镇压。这个小说的出发点是如果德国比美国先一步开发出了核武器，世界可能会变成那样。但战争已经过去了四十年，曾经的战败国经济飞速成长，GDP仅次于美国，位居世界第二，贸易摩擦产生了。白宫和美国企业联手对日本进行了猛烈的打击，看上去就像《高堡奇人》里镇压抵抗运动一样。

世间也充斥着日本人等于有钱人的刻板印象。乡裕美[1]写过一段很自豪的话，内容是他在预约不上的人气饭店拿出了一百美元的小费，立即就被邀请入座的故事。你咂舌道："就是因为有人这样做，没钱的人才会受牵连的。"泡沫经济的好处完全没渗透到你身上来。你寄予希望的ACC奖学金也被拒绝了，理由是："只限于表现艺术。"你死死抓住，不愿意放弃："我还写戏曲。"对方回答："不会改变决定。"真是让人苦恼。

你还在继续写《梦使者》，但因为没有连载的工作，也没有单独的工作，收入骤减。没有钱从日本寄来，每个月一千一百美元的房租负担很重。只能一边吃老本，一边过着朴

---

1 日本歌手、演员。

素的生活。在这种情况下，相继有访客从日本来，想让你也尝尝日元升值的甜头。从《朝日 Journal》连载《年轻人的神》时开始来往的筑紫哲也、离开日本前一起合写《天使经过》的浅田彰、比你早一年出道的高桥源一郎、友人川西兰、《新潮》责任编辑风元正、《海燕》编辑根本昌夫等人到来，请穷困的你吃饭喝酒。风元沿袭当时的《新潮》总编辑坂本忠雄为了拿大江健三郎的稿件来纽约出差的前例，以来拿你的短篇为由来了纽约，却把稿件忘在了同志酒吧，上演了出门后被亲切的酒保追着给稿件的一幕。高桥源一郎因为在渡槽赛马场赢了比赛，请你在市中心的高级寿司店和脱衣舞酒吧尽情消费一番。通过在纽约认识的舞台剧制片人的介绍，演员寺田农也到过你那破公寓。穿着貂皮长外套走在小意大利区的无防备的日本女孩，仔细一看是松田圣子。

同一时期，代表嬉皮世代的放浪作家宫内胜典和家人住在东村的 A 大道附近。你多次拜访宫内氏的公寓，乱得恰到好处。宫内喜欢挤进围着生着火的铁皮桶的流浪汉群和他们聊家常，而你面对自言自语着"我讨厌日本人"的流浪汉，想半天才回答他："我也讨厌。"在格林尼治村的围墙里，上小学的儿子宫内悠介一个人玩着小型汽车模型，每次汽车碰到墙壁他就大叫一声"啊疼"，实在有趣。"你明白小汽车的疼呢。"你说。他回答："对。"就是这个悠介在成年后成了黑客、专业麻将士，甚至为科幻小说吹来了一阵新鲜风气，这谁能预想到呢。

东村有美术家荒川修作的美术室，你去拜访多次，夫人玛德琳·金斯也加入你们，一起畅谈美术和文学到深夜，两个人都相当疯狂，你体会到在纽约要想作为美术家吸引人的注意，不做些相当夸张的、绝望的事是不可能的。然而你不明白，荒川先生为什么会亲切对待你这样一个还被学校教育影响着的甜蜜男孩，也许是因为你为他"为了不死"而积累的生存智慧的大脑做出了类似微风吹过程度的贡献吧。

秋天，大都会歌剧院的新一季开幕，你立即买了两种定期票，因为要节省，所以只买到了四层观众席。你拿着连月球上的陨石坑都能看清楚的高倍望远镜，把歌手的各个重点之处放大看，但也有过因为手抖而感觉恶心的时候。只有在全世界出场费最高的大都会，聚集的才全是超一流歌手，你欣赏了完美时期的卢奇亚诺·帕瓦罗蒂、普拉西多·多明戈、米雷拉·弗雷妮、格温妮丝·琼斯、塔蒂亚娜·特罗亚诺斯、杰西·诺曼、谢里尔·米尔恩斯、詹姆斯·莫里斯、里欧·努奇的现场歌声。你看过的十二场演出剧目里有多明戈、努奇的《假面舞会》、特罗亚诺斯唱维纳斯的《唐怀瑟》等在历史上有名的演出。后来你成了歌剧台本作家，这个基础是在大都会学到的。

中上来袭

某天你帮住在同一公寓的友人搬家，注意到在玄关有一个穿着西装的、你不可能看错的人。在场的还有公寓管理员，也是一副不想见他的样子。你摆出明显的厌恶神情，几乎是以警察查问的语气这样说道：

"中上先生，您在这里到底要做什么？"

"在洛杉矶办事，顺便过来的。"

从洛杉矶特意坐六个小时的飞机，顺便来纽约什么的，也太没有地理概念了，你惊呆了，边笑边说场面话邀请他："如果不是来打我的话，要不要一起去喝茶？"中上回答："不了，这里是鬼门，我还是不了。比起这个，我要你帮我一下。"

切尔斯摩尔公寓虽然是中上的老巢，但听说他举动野蛮，有和房东发生不愉快、房租不交的"前科"。你回房间拿外套，在自动取款机上取了四十美元，跟他一起去了城区。跟中上在一起就等于有保镖在身边，所以你打算尽量带他去治安不好的地区。刚开始喝啤酒，中上就这样说道：

"你小子，是在耍脾气吧。"

"这不是再正常不过的事吗？芥川奖一直被评为落选，最后某人还使坏说'绝对不会把奖给岛田'。"

"我明白。"

明明他就是惹你耍脾气的本人，却说什么"我明白"。你咂舌，只不过没发出声音。你已经学习到了，中上是把对方击倒在地再去安慰他、让他记得自己的好的前辈。你们去了同性恋酒吧麦加、克里斯托弗街、诺豪区、东村的酒吧，偶尔你自己付钱，绝大部分都是中上请客。喝得越来越醉，中上突然指使你去买大麻，你以为给他大麻吸他就能变老实了，于是从路边的卖家那里买了三四回量的小包装。中上也凑过来，问那个卖家："有可卡因吗？"对方回答："没带来，家里有，我回去拿。"中上想先给二十美元当订金，你制止他说："那个男人，脸上写着不会遵守承诺的，不能给他订金。"他却不慌不忙地说："我们来赌吧，看他会不会回来。"男人说三十分钟后回来，在等他的这段时间，你们在中上常住的华盛顿广场酒店休息顺便服药，你把用撕掉的《圣经·诗篇》的一页卷起来的大麻给了这位前辈。狭小的房间里不一会儿充满了烟雾。"没什么感觉嘛。"中上说，"差不多那人该回来了。"去约定的地方看看，那个男人没有现身，你打赌赢了，又继续去了第五家、第六家酒吧。

两个人都醉得厉害，突然中上说肚子饿了，于是进了路过的咖啡馆。明明厨房都下班了，给了小费后，中上点了红酒炖鸡肉、汉堡、火鸡三明治，几乎一个人吃完了，还想要追加啤酒的时候店主说："太过分了，差不多得了啊。"把你们赶出了店。已经过了按条例必须关门的早上四点，接近五点了。你已经不记得最后是怎么回公寓的了，胫骨上的瘀青也不知道是从哪儿来的。

严重宿醉后你一直在睡觉，下午两点左右电话响了，是中上。

"昨天不好意思啦。我请你吃螃蟹，今晚也带上夫人来吧。"

好不容易从日本文坛逃到这里了，却不得不连续两晚当这个堪称天敌的男人的马屁精，你对这样的自己虽然有点厌恶，但确认了中上并没有认真要打垮你的意思，你有点放心了。中上一定会坚持说："这是我爱的方式。"实在是让人疲倦的爱啊。

昭和终焉

那时日本的昭和天皇病情恶化，泡沫经济进入如被泼冷水一般的停滞模式，驾崩进入了倒计时。对于天皇的病情表示可怜的大冈升平最终没能看到昭和的结束，在圣诞节那天因为脑梗去世。你在纽约的公寓里为前辈献杯，祈祷冥福。

日本历史上最长时期结束的那天，在御医团进入病房时你接到共同通信的记者打来的电话，随即开始准备聚会。日本时间的黎明，纽约时间晚十四小时的下午四点左右知道了驾崩的消息。元号"平成"发表，你把汉字写在笔记本上给中国人看，中国人念的发音是"ping cheng[1]"。日本的停滞和你的低谷没有任何联系，但你渴望以新世代的开始为契机，自己也能一转心境。如果这个时期你生活在日本的话，应该还需要半年以上时

1　日语原文为片假名对普通话发音的拟音。

252

间一边审视周围的脸色，一边配合"自肃"吧。浅田彰把这样的日本不满地称为"土人之国"，你刚好在这个时候逃亡在国外，快活地做了一回"非国民"。

纽约生活过了半年，作为成果，原本是旱鸭子的你到了二十七岁终于能游五十米了。哥大的泳池是正规泳池，脚够不到底，一旦开始游，就必须拼命划水，不然会溺水。有时候在蛙泳的女性后面游着，能看到前面人的胯间有海藻一样的东西在摇曳，那是从泳衣里露出来的阴毛。你想让大江先生也在这里的泳池体验一下。

另外一个成果，你拿到了驾照。这边只要过了笔试，就给临时驾照，能在曼哈顿的随便哪里自由练习。你没有有车的朋友，所以去了附近的驾校，接受阿富汗籍和阿拉伯裔教练的胡乱指导，明明是第一次握方向盘，他们就让你开去第五大道和高速公路，吓得你直冒冷汗，上路五次后，你轻松拿到了驾照。

英语你学得很吃力，但不可思议的是，有天你突然听懂了流浪汉的骂声杂言、爱尔兰酒馆醉汉的爱尔兰笑话。不给流浪汉零钱而已，他竟然用这么恶毒的语言诅咒人，你后知后觉有点生气；你也明白了即便百分百理解了爱尔兰笑话的意思，它们仍然不好笑。

在这里只剩下半年时间，一想到这个，节衣缩食变得愚蠢起来。为了不烦恼明天的事，更优雅地生活，你打算花一周时间回日本挣钱。你拜托责任编辑，让他给你安排演讲和对谈的工作，你高效地完成了工作，带着五十万元左右的现金回到了纽约。然后用这笔钱作为经费，去迈阿密和新奥尔良旅行，在是枝的介绍下去费城游玩，买了长的皮外套。

瞳开始做花店外送的接电话零工，能补贴房租了。你也出席大学和财团主办的活动，能拿一些报酬。隔着第七大道那边的公寓住着全美俳句协会的佐藤纮先生，在他的介绍下，你和美国的诗人也有一些交流，他们把你叫去北加州大学，你得到了观察被叫作"《圣经》地带"的基督教保守主义的地盘的机会。明明是波旁威士忌的产地，餐厅却不供应酒，这让你觉得不可思议。作为伴手礼，你买了三瓶当地的威士忌，坐飞机时被安检开了包，工作人员惊奇地笑话你是"小酒鬼"。

伊萨卡的一夜

受在哥大学习小组认识的布莱特·德·贝里老师和酒井直树老师的邀请，你还去了纽约州的西北部，离尼亚加拉瀑布很近的、位于伊萨卡的康奈尔大学。你参加了演讲和边喝咖啡边举行的会议，被推崇为日本文坛后现代主义旗手的你，被几乎和你差不多年纪的研究生们围住，他们问了你许多很难回答的问题，你耗心费神。你满心想的都是会议结束到哪儿去大喝一顿酒。离开时，你在走廊遇到一名参加会议的研究生，于是邀请对方："虽然不会有什么特别的好事，但一起去喝酒吧。"对方答应了。但是夜里的大学城城区一片冷清，还下了雪，本来数量就不多的酒吧也早早关了门。你们在食品杂货店买了红酒，准备在你住的汽车旅馆喝。

互相自我介绍后，你知道了这个叫尼娜的金发碧眼的美女的母亲是意大利人，父亲是波兰人，她出生于加利福尼亚州。你从每个来康奈尔的人都会说的那些话开始，比如康奈尔是纳博科夫讲过课、品钦上过课的大学，能被邀请觉得很光荣；从酒井老师那里听说，校区里有个吊桥是跳河自杀有名的地方。然后你们笑谈各自高中时代的蠢事、对安部公房和大江健三郎私底下的印象、喜欢的电影、第一次性经验的告白等，不知不觉你心里的搭讪魂开始作祟。闪烁的眼神望向她，小声说着"真像在看圣母画一样"，就像俄罗斯人对圣像一样，亲吻了她的脸。接着作为回应，她亲了你的嘴唇。"我是异教徒，不管被不被圣母诱惑都会下地狱的。"

你这样自言自语后，尼娜笑了，说了一句傲慢的话："欢迎来地狱。"她接下来的话，让你一瞬间怀疑自己的耳朵。

"你想和我做爱吗？"

对把你的情欲轻易用小镊子夹起一样的口气，你诚实回答："是，没错。"她是来把身体托付给你的，像相扑一样把你扑倒在床上。你面对加州女孩勇往直前的气势虽然有一点畏缩，但还是把她的衣服脱掉，把你自己的衣服也脱掉，忘情地投入了缠绵中。

下雪的夜很安静。外面的声音被堆积的雪吸收，屋里只回荡着床吱吱响的干燥声音和彼此的喘息声。

再醒来的时候，听到的是床边的时钟滴答滴答的声音。你一边回味刚刚发生的一切，一边想起明天早上你就要离开伊萨卡了。如果雪继续下，如果回纽约的航班停航就好了，但如果真那样的话，只是换成坐五个半小时晃悠悠的大巴而已，你冷静地想。这样结束一期一会实在是太可惜的、残酷的美丽。如果她从这个房间离开，就像醒来时立即就忘记的梦，或是《虎胆妙算》里被炸毁的指令磁带一样，这一夜的事情也能转瞬就从记忆中消失吧。

然而，你忘不掉。迄今为止，你从没和任何人说过这一夜发生的事，但会在每个下雪的时候暗自想起。这之后，为了感谢尼娜来你的汽车旅馆，你把她送回了公寓。公寓对面的下坡路没有行人走过的痕迹，变成了你们的滑雪场。为了防止她打滑摔跤，你扶着她的胳膊，两人慢慢地走下坡，但中途开始觉得麻烦，于是从为了不摔跤的姿势换成能顺利滑行的姿势，结果是两个人都摔倒了。你们一边掸身上的雪，一边在空无一人的坡道上再次接吻。离别之际就像三岛由纪夫的《春雪》最后的场景，你激动地想起了松枝清显说过的遗言：

"下次见。我们一定会再见的。在瀑布下。"

你说这话其实是在许愿。

第二天早上离开伊萨卡的时候，校区后面连绵的山已经完全被雪覆盖了，就像水墨画铺开了画面。纽约州西北部的农村突然出现了日本的海市蜃楼，这让你感觉很是怀念，同时想起在《野火》里写的：既视感是来自还会回到这里的预感。

两个尼娜

　　一个月后，突然来了封电报，内容是："我绝望地想念你。今天下午五点在切尔西酒店等你。"知道发信人是尼娜的瞬间，你感觉映在眼帘的颜色立即变得鲜明。如果自己不在，如果是妻子收到了电报，你就不可能和她再见面，但你把赌注压在和尼娜能见面上，坐上了大巴。离下午五点只有一个小时了。切尔西酒店在第二十三街，离你的公寓只隔着八个街区。中途你买了红酒，赶向酒店。她不在大厅，你问了前台，回答是："甜心在房间里等着。"

　　房间没有上锁，她孤零零地坐在床上。你本想摆出一本正经的表情，但忍不住笑了起来。你在她身边坐下，想表达"你真不顾一切"，所以用了"You are pushy"，但好像被听成"Pussy（女性生殖器）"，被骂"粗鲁的男人"。

　　"为了再见面干杯。"

　　你忘了买红酒的开瓶器，只好把软木塞推进酒瓶，干了杯。她说"坐大巴花了五个半小时"，露出疲惫的表情，你回答她"我会补偿你的"，你们把红酒喝光，你带着尼娜出了酒店。在意大利餐厅吃了晚餐，去了最近刚开设的、气氛像在蓝色海底的休息室，聊彼此是怀着什么样的心情等待着再见面的时刻。你还说："长篇小说停滞不前，和你认识让我成功逃离了低谷。"尼娜说："把我带到自己的房间做了爱又消失，真是渣男。"你问她："那追着渣男跑的女人又该叫什么？"她回答："贱人。"她这次把渣男带到自己的房间，计划复仇。

加利福尼亚的英语和纽约客的不同，表达直接、喜怒哀乐张弛有度。就像好莱坞电影的色彩鲜明一样，他们的语言也是鲜明的。尼娜觉察到自己有容易陷入抑郁症的气质，为了避免如此，时常在找寻陶醉感。想要不借助药物的力量获得陶醉感，只有天然地保持高涨、活跃的状态，有时她会用你跟不上的语速说很多俗语，还有色情的话。不去烦恼明天，也不进行储备，这种听凭运气和势头快跑的气魄，难道是从为了追求新天地而来美国的先祖那里来的吗？如果和她交往，也许你就能从优柔寡断的文学青年蜕变，打开"新的心灵"，你模糊地期待过。你不了解西海岸、美国高中、童子军，没有美国人的青梅竹马，但通过她，你感觉自己潜入了美国文学和美国式青春，发挥了作为异端的登场人物的存在感。至少，通过被她随意摆布而获得了巨大的离心力，能把自己扔到某处去。

有妻子却和金发美女调情，仅此你已经称得上是渣男了。实际上在和康奈尔的尼娜认识之前，你就被哥大研究生、同样叫尼娜的女生请到公寓，顺水推舟和她发生了肉体关系。如果是别的名字，比如安娜、尼克拉的话，也许精神负担多少会减轻一些。但同样的名字的话，来电话的时候必须仔细分辨对方的声音，和一个尼娜聊了与另外一个尼娜聊过的事的后续，忘记了和哪个尼娜约定了一件事，这种危险增加了。真实情况就是你曾在和哥大的尼娜的电话中说过"上次你来纽约见我，真的很高兴"。对方很惊讶。你努力避免她们在酒吧和街上偶然碰见的修罗场，后来醉了，误以为尼娜实际上是同一个女人的表和里，这样的事情也是可以理解的。

两个尼娜当然不知道对方的存在，即便在坐同一辆地铁、在同一个车站下车，也只会朝不同的方向走；读同一本书，也会有不同的看法。两人之间没有憎恨也没有嫉妒，不会背叛对方，也不会爱上对方。她们结成的恐怕是最高雅又谦虚的、互相无视的、理想的、他人之间的关系。但是知道两人存在的你对她们哪一个都态度良好，煞费苦心维持着和她们的理想的关系，你非常恐惧总有一天这两人会合谋，再加上你妻子，一起给你断罪的日子终将来临。本来和两个长相、年纪、性格都不同的尼娜开始肉体关系，是因为期待这能带来写小说必须有的感情的起伏。这两人确实是给你激励的缪斯，但你忙着讨好她们的情绪，不能集中注意力写作了。

第二天，目送康奈尔的尼娜从港口管理处回伊萨卡的时候，你们约定下次换你花五个半小时去见她。

雪融的季节，你按约定坐大巴去了伊萨卡，但没有把自己看成奥德赛。你没有任何责任，只是为了去见尼娜。没有预约旅馆，直接住进了她的公寓。如果自己是唐怀瑟[1]的话，那这个扫兴的公寓房间就是维纳斯堡[2]。刚满二十八岁的你只要愿意，又能做性爱机器又能做爱的奴隶，忘记时间，沉溺在尼娜的纤细的柔软的身体里。

第二天你们带着红酒和中国菜的外卖，去校区附近的瀑布野餐，实现了你的"在瀑布下相见"的预言，作为纪念又开始亲热。曾经纳博科夫一定也看着这个瀑布，沉浸在性幻想里，看着玩水的女学生的臀部曲线出神。

尼娜再次来访曼哈顿，那时你在华盛顿广场酒店开了房间，在那里享受了过午的密会，夜晚与是枝和他的女朋友一起去俱乐部玩，看了夜场电影。那时你经常去东村的"胶片·档案"，那是乔纳斯·梅卡斯亲自检票的具家庭氛围的电影院，你在那里看了罗伯特·布列松和施特罗海姆的回顾上映。钻进几乎没有客人的"胶片·档案"里，你们立即开始亲吻对方、抚摸对方。只要有灰暗的、没人的间隙，你们就像条件反射一样靠近，感受对方的肉体。对于骂你"和那个甜心完全不般配"的流浪汉，你回击道："没事，我们正合适。"你们是一对真正的傻情侣。

---

1 瓦格纳创作的歌剧《唐怀瑟》的主角。
2 《唐怀瑟》中女神维纳斯居住的地方。

唐怀瑟的忧郁

中上再一次来袭。那天你正好办了一个小小的聚会，邀请了公寓的住户、是枝和他的野蛮朋友们、毛利藏人和他的纤细朋友们，还有曾在这个公寓住过的犹太籍匈牙利数学家彼得·弗兰克尔也来了，他教了你变戏法。在这样一片和谐氛围中，中上毫无预兆地登场，就坐在座位中央。参加聚会的都是不认识中上的人，你不知道他酒一下肚会变成什么样。中上当时刚出席过熟人的结婚典礼，所以穿着燕尾服。一起来的女性自我介绍是出版经纪人。

很会来事的是枝负责招待中上，后来却说着"我被打了"跑到你这里。没一会儿，一起来的女性喝醉了，和客人说："你以为这个人是谁？"中上自作主张一直打国际电话："我让你和都春美[1]通话。"硬把电话递给你，还要你感谢他。聚会被搞得一团糟。他在纽约的时候，如果每晚都是这样的话，不管多宽容的房东都会受不了的，你想。一起来的女性开始责备你说："天下的文豪中上老师来岛田这样的人的公寓，竟然连香槟都没有准备吗？"你实在受不了了，躲进了卧室看书，她又闯进卧室，把随手摸到的书架上的书统统向你扔来。瞳说："中上老师，快来帮忙。"中上抓住歇斯底里的女性的胳膊，把她带走了。就是这时候的印象导致瞳坚信"中上先生是绅士"。

1　日本演歌歌手。

第二天中上打电话来道歉，你还有哥大的人们一起喝了一杯，但那个女性没出现。据说歇斯底里女后来又发疯，叫着"把岛田杀了"，中上甩给她一个耳光让她"适可而止"，她挥舞着手提包应战了。这时警察来了，中上安抚她的情绪，她看到警察的脸又抱上去："啊，真是好帅的男人。"这个程度的发疯如果不是发生了特别讨厌的事，那就是服用了全是不纯物的药物吧。

在治安不好的纽约生活了一年，你只有一次被吸毒者缠上的经历，没有遭遇过抢劫。最危险的一次就是这次，被日本人女性在自己家公寓袭击，而且还是被中上出手相救的。

回国的日子越来越近，你和瞳去了墨西哥城、瓦哈卡市旅行，和尼娜去了蒙特利尔、魁北克旅行。墨西哥城的烟尘据说严重得能让候鸟坠落，再加上氧气稀薄，让人很快就感觉到累，但装饰过度的墨西哥巴洛克式教堂把你征服了。特别是瓦哈卡市的圣多明各教堂的生命树，你抬头看着它，觉得它与被众多的文化和人影响着的自己的意识很像。你觉得应该了解先住民的历史，认真参观各个博物馆，登上了特奥蒂瓦坎的金字塔，对预写了灭亡的阿兹特克年历很感兴趣。夜晚在城区散步，喝了很多龙舌兰。在代写店大道和婚纱大道走了两个来回，向墨西哥马里阿契[1]点了一首振作的歌，鸡尾酒里的冰块让你拉了

---

1 墨西哥的一种民族乐队形式。

肚子。

一个星期后，你在锡拉丘兹[1]和从伊萨卡飞来的尼娜会合，一起去往蒙特利尔。你的目的只有一个，就是讴歌尼娜和美国的青春。第一次开车，突然被开了超速的罚单；下狠心在魁北克漂亮街道的家庭式餐厅吃了法国料理，但想到很快这为期一年的逃亡生活不得不结束，你忧郁得叹气。每次被尼娜追问："你想怎么样？"你只能用沉默来逃避。虽然她小声说似曾听过的"享受现在"，但你脑海里浮现出的零落的唐怀瑟的形象却挥之不去。厌倦了每天和维纳斯享乐的唐怀瑟虽然逃回了故乡，但只要做了一次爱欲奴隶，就不会被遵守道德规范的集体所包容。即便想通过巡礼和修行东山再起，也不能得到救赎，最终筋疲力尽，沉入绝望的深渊。没想到，在大都会歌剧院看过的瓦格纳的《唐怀瑟》竟然这样切实地符合你的处境。

你那时到底想怎么样？想和瞳分手，不再回日本，继续和尼娜享受当下吗？答案是肯定的，但你预感到和她的生活不会持续很久。就算留在纽约，你没有办法在美国作为小说家养活自己，也没有别的帮助。签证失效的话，你一瞬间就会变成非法居留者。

想和尼娜分手，就像什么事都没有发生一样，履行和出版社的合同，带着新长篇《梦使者》的完成稿凯旋吗？进度一再推迟，稿子才写了一半多一点，加上对尼娜的恋恋不舍，完稿

1　美国东北部、纽约州安大略湖东南的工业城市。

想必会拖更久。日本还停留在昭和天皇驾崩的服丧期，经济文化活动还依然处于麻痹状态，回去也没什么好事等着你。但你也知道，如果你不做任何举措的话，留给你的只有这一个选项。

就算分隔美国和日本两地，隔着太平洋也要继续这远距离恋爱吗？答案是肯定的，也是否定的。如果是同在纽约州，五个半小时大巴的距离不会成为障碍。但是中间隔着太平洋的话，就不一样了。一开始各自爱得焦心，一定会在国际电话上花很多钱。但是时间长了，青春和恋爱都会像情书里渗透的古龙香水一样慢慢变淡。实际上远距离恋爱就意味着让关系安乐死。

其实两个人的不久的未来还有另外一个选项。那就是尼娜在日本生活。你希望那样吗？当然，是的。因为如果这个可以实现的话，你们两人的关系就会暂时延续，和妻子的关系可以暂不处理，集中完成《梦使者》的创作。接着在这次加拿大旅行中，你意识到这个可能性非常高。尼娜在犹豫要不要参加派遣去日本留学的考试，并期待你能推她一把。这段恋爱还没有结束，你仿佛看到了"未完待续"的字幕。

回归

为了把在纽约读的书和买的冬装、纪念品用船运寄回日本，你去了邮局四趟。两个行李箱里装满了随身物品，你和瞳离开了纽约。保罗·安德鲁和他妻子米娅来给了你们告别的拥抱。在纽约期间出版了两个短篇小说的英语译本，还在执笔中的《梦使者》也有望在美国出版，算是收获。你和是枝、美树，包括哥大的尼娜在内的研究生们立下了再见面的誓言。从刚来纽约时到现在，作为经过的时间的参照物，只有后面一撮头发变得很长，与之对应的是恋恋不舍的心情也很强烈。

你们坐的飞机不是往西，而是往东飞。这是为了实现瞳的愿望——经过欧洲，顺便去别处再回日本。计划是先在维也纳降落，从那里坐电车环游萨尔茨堡、因斯布鲁克，越过国境到威尼斯，再去米兰、热那亚、那不勒斯，最后从罗马经由香港回到日本。比新婚旅行时熟练太多的你们用欧铁通行证，在任意站点下车，在没有预约的宾馆和便宜酒店过夜，用一天三杯的啤酒和一瓶红酒做燃料，不知疲倦地辗转在各个地方。那时日本人旅行的主力军还是年轻人，背包客出没在各种场所。每个国家都有极右分子，但并没有多少人支持，恐怖分子也没有醒目的活动。

在你们离开纽约前，改革[1]的余波导致东欧各国对自由有着高涨的渴望。匈牙利撤去了和奥地利之间国境线的铁丝网，波兰举行了自由选举，之前的政权倒塌了。两国的民主化改革立即波及东德和罗马尼亚，连戈尔巴乔夫、昂纳克、齐奥塞斯库也放弃之后，体制瓦解进程飞速。柏林墙倒塌只是时间的问题。

---

1 原文为俄语的日文表记。这里指苏联戈尔巴乔夫政权提出的口号之一。

世界秩序变动得比你培养"新的心灵"更快。五个月后捷克发起了天鹅绒革命，再一个月后罗马尼亚的齐奥塞斯库去世，铁幕彻底熔化。苏联已经从阿富汗撤军，但这次进攻结果适得其反，苏联本身的存在都变得很危险。

回国之后，你没能如约交出《梦使者》的完成稿，讲谈社温厚的负责人川端先生脸上的笑容消失了。你像中上一样抛出豪言，说自己在二十天里能写出三百张稿纸，但川端先生不相信你的轻易许诺，把你带到了静冈县和长野县交界处的深山里。从新干线的挂川车站出来又坐两个小时出租车，来到了他认识的经营林业的人的家，你被软禁在那个偏远的地方。条件严格：不写完稿子就不能下山。你把这理解为，在纽约疯玩、被金发美女勾魂的欠账，现在必须要还了。和当你的看守的一家之主以及负责你生活起居的夫人打招呼后，川端先生回东京，你在当天晚上就开始动笔。每天写十五张稿纸的话，二十天刚好是三百张，但考虑到中途如果没有转换心情的休息，可能会出现拘禁反应[1]，决定把一天的量定为十八张。你从没有这样程度的执笔机器经验。但是，你的头脑中已经有完成细节的设计图了。

陀思妥耶夫斯基曾经和出版社定下一个月写完中篇《赌徒》的契约，把自己放在了完成就能抵消赌博欠款、完不成就面临破产的紧要关头。他雇了速记员，自己口述，走钢丝总算

---

1 对被拘禁的状况有反应而引起的精神障碍，包括情绪失常、幻觉等各种症状。

是成功了。你虽然没有速记员，但条件是类似的。

一开始你状态不好，每天的定量没有完成，但从第三天左右开始，执笔引擎上了最高挡速，达到了被附身的状态。长的时候一天十五个小时，一直对着稿纸。休息活动是在附近的河滩扔石子和漂流木，骑着女性用自行车散步。每次的饭菜是夫人端过来。有时和一家之主一起吃晚饭，对方照顾周到，有次在院子里烧烤，你把他让给你吃的六条盐烤鲶鱼都吃完了。最期待的是和尼娜聊国际电话。她暑假回了加利福尼亚和家人朋友相聚，已经决定九月来日本留学了。

完稿有眉目后，瞳来接你。在纽约花一年时间写的稿纸数量在软禁的二十天里写完了，在这个事实面前，对于度过了懒惰日子的悔悟战胜了完稿的解放感。纽约的每一处都会产生某种惊喜、战斗、相遇，对于那些，哪怕只是旁观也是自己的一种创作，这是你的错觉。不，不管你怎么正当化这一年时间是为了今后活下去的不可缺少的复健，或是"对自己的投资"，但实际上你只是忘记了时间，沉迷于享乐而已。

作为复健的成果问世的《梦使者》出版了，出租婴儿的概念受到了一些好评，市面上很快出现了盗版的出租家人。媒体全都去采访那个可疑的公司，发明这个概念的你本人却被无视了。就像你想的那样，《梦使者》成了三岛奖的提名作品，但没能得奖。真的新东西摆在眼前的时候，大多数人会装作看不见。莱特兄弟都飞在天上了，看到的人却还想着"人怎么可能飞上天呢"。要消除这种偏见需要时间——对于此类自我安慰，你已经感觉厌倦了。你只能放弃，因为日本现在还没有适合你生存的环境。

到处漫游

写完《梦使者》后，你的生活就是不断地旅行。你领悟到，能让多动的你沉静下来的只有"每天都在旅行、以旅行为家"的时候。从一九九〇年到一九九二年的三年时间里，你几乎每两个月就要出国一次，每个月都在日本的某个岛上。旅行目的地多种多样。从因为柏林墙倒塌而火热的柏林开始，布达佩斯、莫斯科、罗马、佛罗伦萨、威尼斯、漂浮着浓厚的内战预感的南斯拉夫各城市、巴黎、伦敦。你还去了非洲，内罗毕、马萨伊马拉、种族隔离政策末期的南非、津巴布韦、博茨瓦纳、赞比亚，回日本之前顺便去了迪拜、孟买、中国台北。除此以外还有巴厘岛、中国西藏、牙买加、萨哈林岛¹、择捉岛等，正所谓"旅行继续，无论到哪里"。只能认为你有着客死他乡的愿望。令人眼花缭乱的移动，早上醒来明明还睡在自己家就开始做出发的准备，把多瑙河和泰晤士河弄混、不能立即想起自己身处何处的事情也有发生过。在瞳看来，你就是像在船上的

1　库页岛。

老公一样的存在。瞳白天没有事情做，再次开始了工作。

尼娜在东京的公寓生活开始了，你经常去那里，在外国旅行的间隙借着她的眼睛看到的东京，对你来说像是外国的某处。同样，时隔一年回到自己家的感觉就像来到亚洲的一个角落里的别人家一样，埋藏着少年时代的记忆的游乐园城下町也变质成了瘆人的陌生异境。"以旅行为家"的过程中，熟悉的东京和东京郊外，以及在那里生活的人们已经异化成了不熟悉的事物。

这种感觉很新鲜，你重新事无巨细地观察自己居住的地方，构想了一个把司空见惯的郊外变成暗黑城市的小说。这是名为《洛可可街》的科幻小说，你在架空的城市设计中投入了放浪世界时看到的各个城市的独特的生态、引发你好奇心的细节。作为为了取回放浪的成本的工作，你还写了《尤拉里姆》以及戏剧《Luna 轮回转世物语》。《尤拉里姆》后来由两国[1]的 X 剧院经理上田美佐子担任制片人，你自己作为演出者，在港区海岸的剧场上演。美术交给了回国的是枝，音乐交给了毛利藏人，演员有离开了"状况剧场"、新成立了"新宿梁山伯"剧团的金守珍，和那里的头号女星金久美子。这场戏尼娜也参与了演出，演的是追星族女孩一角。她后来还参与了维姆·文德斯的电影《直到世界尽头》的东京拍摄部分，拍摄预演时当了女主角的替身。

你比以前更沉溺于尼娜，她为了适应在日本的生活向你寻

1　地名，位于东京都墨田区。

求帮助。互利互惠的关系得以成立，但对于迟迟跨不出离婚那一步的你的优柔寡断，她会定期变得歇斯底里。每当这样的时候，你就邀她在日本旅行，讨好她。也许那个时期你总在机场和平流层度过，正是因为下意识地想要逃避瞳和尼娜两人吧。

一九九一年一月，海湾战争终于爆发，日本也对宪法进行了狡猾的解释，负担了巨额的战争费用，实际上相当于参与了战争。你再次出没在聚集了老面孔的新宿酒吧，因为对于当时的情况抱有危机感，你和中上以及川村凑说道："不发声的话不是太糟糕了吗？"正好是韩国文学界人士来日访问，询问能不能进行日韩文学交流之后的事情。我们都认为，如果眼睁睁地静观日本变成支持战争的国家，会被后世的人所痛恨的。

大家决定招募有志人士，和认识的作家、批评家联络。柄谷行人、高桥源一郎、田中康夫、伊藤正幸等人表示赞同，并发出了声明。本来想要把不喜欢扎堆的人聚在一起开会就很难，每次你一搞砸出错就会被抱怨，但最后还是举行了"围绕海湾战争的文学界讨论会"和外国特派员协会的记者会，努力发出了《反对海湾战争的文学界声明》。作家反对战争并不能颠覆政府做出的决定，但你们的声音被媒体报道，如果能对舆论产生一些影响，那么下次的选举中政权的反对票就会增加。你们能做到的只有这样了。

那之后的一个月，不高兴的青涩小子满了三十岁。持续了两年时间的优柔寡断终于到了必须做决定的时刻。

对于你想要做对宪法忠诚的和平主义者的举动，尼娜抱有违和感，说："出钱，但不愿意流血的日本到底想干什么？我真的不懂。"还说了"不能战斗的军队什么用都没有，所以自卫队什么的就应该废除。要是放弃战争的话，也不应该出战争经费"这样极其严肃的话。她问你："明确地告诉美国日本的立场不就好了吗？为什么做不到呢？"你只能迫不得已地回答："因为现在还是占领状态。"

"想从战争和美国那里逃跑的日本，和想从我这里逃跑的你简直一模一样。"

你被说到了痛处，只有反过来向她发火："我也是美国的奴隶之一。"

有天家里来了尼娜的电话，她说："看到了杂志上的报道。"那是以"夫妇一起度过的时间"为主题的采访，看了你和瞳扮演的鸳鸯夫妇的尼娜勃然大怒。"骗子。最后还是要回归家庭生活的吧。"她责问你。对于你在打电话时的应对，感觉不对劲的瞳拿起了楼下的话筒，正在听你们俩的对话——你明白这点，但你没有挂电话。无法自己开口坦白的你，一直在暗暗等着妻子和尼娜把你逼到绝境。

"我会离开家庭。"

你的宣言通过话筒，同时传到了两个人的耳朵里。瞳上楼冲进书房，拔了电话线，截断两人的对话。这次换被瞳责问了。你知道，这两年间像间谍一样潜伏着，和其他的女人孕育爱情的罪是不会轻易被原谅的。"对方是谁？"她问你。"康奈尔的尼娜。"你回答。"你是认真的吗?""我认真了。""你要离开?""我还在犹豫。"

"你太过分了!我就觉得奇怪,原来是偷偷商量要离家呀。你走吧。快点走,叛徒!看着你的脸,我不知道自己会做出什么事。"

瞳说完,把脸埋在自己房间的床上开始哭。你一句辩解的话都没法说,把几天的换洗衣服和正在写作的《彼岸先生》的稿子赶紧塞进了包里。第二天开始在酒店闭关,必须写完稿子,总而言之,准备离开家三天左右。那之后还有旅行的计划。你打包好行李下了楼,瞳追过来拉住了你的胳膊。

"伪善者!不知廉耻!我不放你走!我怎么可能让你走!"

"你不是让我走吗?"

"把过错全都推给别人,逃到哪里去?留下来。你要是走了,就没法补偿了。"

"我会补偿的。"

"你觉得你能怎么补偿?"

"这个,要等写完稿子之后思考。"

瞳压抑的感情爆发了,挥舞着她那纤细的手腕把你乱打一通。你像犰狳一样蜷缩身体,等她打累停下来。你问呼吸急促、抽泣的瞳:"今晚我留下来,这样行吗?"看到她点头,你又回了书房。

整晚都能听到隔壁房间传来的抽泣声,你戴上耳塞写了稿子。上床之后也苦闷到天亮。

第二天早上瞳没去上班，打了很多通电话，和公司请假、预订机票、和纽约的朋友聊天。不知不觉已经收拾好了旅行的装备，于是你问她："去哪里？"她说："你像个闷葫芦，我想整理一下心情，去纽约。"你理解她能逃去的只有纽约，决定沉默着送她出门，接下来她的一句话让你动摇了。

"我不能再和你一起去看、去听了吗？"

迄今为止和瞳一起去的旅行与音乐会的记忆一闪而过。

"要扔掉两个人的回忆太痛苦了。所以，希望你留下来。"

对着湿着眼眶向你诉说的瞳，你无法说不。

"如果你做好了全部扔掉的准备，那随便。现在应该很快乐吧，但最后会被践踏、被破烂不堪地扔掉的，那时你已经没有了可以回去的地方。小说写完了你要去小笠原吧？正好那个时候我会从纽约回来。如果那时候你也回了这个家的话，我们就重新开始吧。"

你无法反驳，只能沉默着点头。那天下午，你们两人同时离开家，去了都内不同的酒店。在你闭关的山上的酒店，尼娜出现了。

"我想了一夜。没法和妻子分开。"

这样告白后，她抓紧你的头发反复拉拽着。

"明明爱我，还是要逃到老婆那里。"

"不是逃，是不能背叛她。"

"那背叛我就可以吗？我这么爱你，这就是我的回报吗？"

"如果没在伊萨卡遇见你，我就什么都没有得到。这是真的。我从心底想要你。你给我移植了一颗新的心脏，给我注入了快乐和活力。"

"我问你，我和日本，你要选哪个，你不是选了我吗？"

"我一度想过日本什么的放弃也可以。但是想到扔掉日本之后的事情，心情就变得很暗淡。"

眼泪晕染了睫毛膏，一条黑色的线从眼角流到脸颊。一阵沉默后，尼娜像是重新振作起来似的露出微笑，缓缓把衣服脱掉，赤身裸体，用蜥蜴一样冷冰冰的眼神定睛看着你，把你扑倒在床上。

"明明那么喜欢我的身体。看，勃起了吧！没有我，你活不下去的。"

不知不觉半勃起的阳具被握住，你的身体失去了力量，决定不管要杀要剐都随她。

"也许，没有你，我活不下去。正是因为这个太可怕，所以我只能跟你分手。"

万般无奈地说出了这样的话，不想让她感到羞耻只好开始爱抚，刚把她的乳头含在嘴里就被打了耳光。尖利的耳鸣听起来就像尼娜的叫喊声。做爱不得不中断，尼娜多次叹气，重复着咒语一样的"我的心好痛"。你狼狈地跪下，重复着"对不起，对不起，对不起。""我必须得写稿子。请等我三天。"，让她先回去了。为了转换情绪，你把一瓶啤酒一口气喝光，开始写稿。对你来说，只有小说这一个可以逃避的地方。

虽然知道不能补偿什么，你还是邀请尼娜一起去小笠原旅行。她把这理解成最后的约会，答应了你。写完稿子的第二天，你坐上了从竹芝栈桥出发去往父岛的船。单程二十四小时，你们一直一起在一等船舱，她晕船晕得厉害，一直在睡觉。你一边思考从一九九〇年开始连载的小说《彼岸先生》的最后的情节，一边在创作笔记本上记下灵感。你尝试用十年前的自己作为叙述者，描绘的是五年后将迎来中年期的自己的自画像，纽约体验也被大量地加入了故事情节里。如果没有和尼娜相遇，就不会有这本回忆录，这本书完成，也应该会成为和尼娜恋情的墓碑。

　　到了父岛，她的脸色依旧不好，很少说话，目光呆滞。带她去离酒店不远的海滩，可能是因为接触了好的"空气"吧，她心情变好了，在海里玩了一会儿。第二天你们出远门，越山健走去了离街道最远的海滩。路上没有碰见一个人，海滩上除了蟹、海浪和被风吹拂的灌木之外，没有别的会动的东西，心情就像漂流在无人岛。尼娜不发一言，脱光了衣服，面对波提切利的《维纳斯的诞生》一般的场景，你呼吸急促，对着那具裸体痴迷地按下了快门。

　　这里没有穿着西装和裙子吃饭的高级餐厅，但有只能在岛上才能享用的煮海龟内脏和甜甜的小笠原西红柿沙拉，你们还喝了红酒。租了车，在没有街灯的沿海道路上无灯驾驶，在没有人的港口看了不计其数的星星。尼娜切换到享受当下的模式，直到回家的船来为止，享受了欧美人、夏威夷人最早移住的乐园。

回家的船舱里，你们贪恋着最后的爱欲。利用船规则的摇摆，你们慢慢融合，你试图把熟悉的尼娜的身体的触感、香味刻在记忆里。一想到船停靠港口后你们将走向不同的方向，肺就像要爆炸一样痛苦，不停地叹气。

"明明和我在一起会更自由。想要成为夫人的奴隶吗？请自便吧。和你的日本朋友们一起无聊地生活吧。你不会有人爱了。你寻找不求回报的爱也是白搭！笨蛋！"

这鞭打一样的话语中包含着不给你犹豫不决的余地。你和尼娜握手，决定不会更改，你要离开码头。然而背后传来"雅彦"的叫声，你回头，尼娜跑了过来。你确定这是最后的告别，回应了她的拥抱和亲吻，牢牢收下了她的诅咒。只要这个诅咒还有效，你就可以确信，尼娜还是爱着你的。

从父岛回来的第二天，瞳也从伤心旅行中回来了。跟女性友人报告丈夫出轨，发泄了抱怨，她看起来恢复了一些。对于你已经回到家，她感到有些安心，但你考虑到从今以后漫长的补偿即将开始，熟读了岛尾敏雄的《死的荆棘》，开始研究如何平息她的愤怒的具体方法。

依恋又苦又甜。离别后通过各种各样的方式，蜜月的记忆复苏，可以仔细领悟那剩下的滋味。在父岛海滩上拍的《维纳斯的诞生》在柏林的文具店被印刷出来，为了随时都能欣赏她的裸体，你把照片夹在书架上的《唐怀瑟》里，但一次都没有打开看过。

青春的终结

　　旅行还在继续，夏天你在那霸滞留两个星期，在冲绳国际大学进行了集中授课后去了中国西藏。为了预防高山病，你事先登了富士山，想对海拔高的地方提前适应。路线是从北京经由四川成都，早上到拉萨，再从拉萨越过冈底斯山周游江孜、日喀则，与每次到访布达拉宫和寺院都会五体投地的巡礼者们相遇，直接地认识了扎根于生活的信仰形态，这启发了你。出道以来，八年时间你都在不顾一切地勇往直前，没有认真反省自我的机会，意识到这点已经很晚了。但丁在黑暗森林里迷路正是人生过半的三十岁出头时，自己说不定也已经在不知不觉中踏入了黑暗的森林，在稀薄的空气里，你喝着啤酒，醉意迷蒙地想着。你已经对自暴自弃感到厌倦了，也意识到过长的青春该是画上休止符的时候了。

　　从中国西藏回来，为了补偿瞳，你决定和她一起去牙买加旅行，就在此时知道了她怀孕的消息。预感到青春结束之时，正是指引你成为父亲之时。写完《彼岸先生》，立即开始在岩波书店的《世界》上连载《预言者的名字》，同时翻译史蒂夫·埃里克森的小说《卢比孔河滩》，《Luna 轮回转世物语》也由你本人演出，在银座季节剧场上映了。在这个时期不顾一切工作是为了给瞳和即将出生的孩子一个新家。你买下了能把私人绳纹时代的多摩丘陵尽收眼底的位于高地的房子。也许有"以旅行为家"的反作用力的关系，你在能称得上是自己的原点的地方构建了自己的小城堡。

正是在这个时候传来了中上在跟癌症斗争的消息。时隔很久你在新宿见到他，他很瘦，整个人小了一圈，你很担心，但他本人却说着癌症是可以用酒治好的这样的胡话。他才四十岁出头，年轻加速了癌症的恶化。听说他因为抗癌治疗入住了庆应医院，你想去看他，就在要出家门之前接到了朝日的丹野先生打来的电话，说中上和庆应医院的医生吵架，已经回了纪州。你听说他因为抗癌药的副作用掉头发，想送他帽子当礼物的，却没能实现。

一九九二年七月，儿子出生。逆推的话正好是在中国西藏心境变化后着床的。藏人笃信弥勒菩萨，所以你给儿子起名为弥六。遗憾的是汉字"勒"不能用于人名。你跑去瞳老家桐生的医院，看到了刚出生的儿子不高兴的样子，慰劳了刚忍耐过生产之痛的瞳。

一个月后，就像和弥六轮换一样，中上健次在故乡身亡，享年四十六岁。在炎热的东京召开了他的追悼会。年轻读者拿着一千元的香奠来到会场，你看到的是和"大哥"告别的场景。你一边擦拭流下来的汗水，一边向离很远就能看到的遗像走去，徒劳地叫着："不用重复小巷里的短命粗野男人的波澜万丈的人生，你不是已经成为不是自封的、真正的文豪了吗？"

终于能从那个男人的镇压中解放出来了，你试图这样想，但更多的是没能报恩的愧疚和一个人被撇下的寂寞感。想象没有中上的世界将是多么空虚、无聊，这让你无地自容。一边渴望谷崎奖，一边对再次落选感到懊悔的、在"风花"吧台垂头丧气的中上；大方地把自己新买的皮夹克送给佐伯，却又反悔死缠佐伯不放的中上；没钱了去纪伊国屋书店借钱的中上。一想起虽然无赖但是天真的中上，你的微笑和眼泪就止不住。

四十九天过后，在庆应医院照料过中上的文春担当吉安来向你报告了这样一件事。中上读了大江健三郎在《朝日新闻》的文艺时评里对你的《彼岸先生》的否定评价，就像自己被批评了一样气愤，说了这样的话：

"给我保护岛田。我死了就没人能保护他了。"

你在这个时候第一次深刻感到中上对你这个弟弟辈的无限慈爱。明明自信自己的泪腺足够迟钝，却忍不住一直掉眼泪。他虽然宣言要打你，把你当跑腿的使唤，但他比谁都在意你的事情，比谁都想要保护你。只知道感叹自己命运不济，却不肯相信中上慈爱的自己，让你感到难为情。你站在中上的墓碑前许下了这样的誓言：从你那里收到的恩惠，我一定会回报给后辈。

"风花"现在还留着中上的酒瓶。酒要是变少了，就会有人添上威士忌。你有时会在"风花"喝到超出自己的酒量范围。这样的夜晚是中上，或是后藤先生，或是埴谷先生悄悄坐在你身边，借了你的肝脏喝了酒。死者没有肝脏，他们的那份酒精也不得不由你来接收。

你遇到的都是伟大的异端者。不知道是幸还是不幸，你被设计成和那个系谱相连。你有不知疲倦去搭讪的体力，对于伟大的前辈们的曲折、热情、思想，只理解了表面，你就是这样的笨蛋。而他们却对这样不成熟的你表示认可，"你就是我，我就是你"，为了他们的名誉，你到死，不，死后也必须要以异端的身份存在。

不管什么样的秘密都有被公开的那一天。平常有需要保密的压力，但经过二十五年到三十年，不管什么样的公文书和个人信息都会被公开，这是原则。但是，在个人的脑中保存的记忆、记录会在人死后和遗体一起火化。这样一来会有多少秘密会被带去另外一个世界呢？在不远的未来，自己的记忆都会淡忘，所以你决定在那之前把已经过了时效的、年轻时的种种愚行、耻辱、过失写成文字。适合这些文字的形式只有私小说。在这个把正直的人当傻瓜的国度，说真实的事就会被当作异端对待，但如果惧怕这点，也就不配被称为小说家。小说，特别是私小说，是几乎唯一的、能使骗子变成正直的人的门类。只不过用第一人称写的话实在是太羞耻了，只好把自己的事情当成别人的事情。当然，你就是我，我就是你。重复羞耻的人生在那之后仍在继续，等时效过了，会接着写下去也说不定。

© 民主与建设出版社，2023

图书在版编目（CIP）数据

当你还是异类的时候 / (日) 岛田雅彦著；李停译
. -- 北京：民主与建设出版社，2023.5
ISBN 978-7-5139-4221-8

Ⅰ.①当… Ⅱ.①岛… ②李… Ⅲ.①长篇小说—日
本—现代 Ⅳ.①I313.45

中国国家版本馆CIP数据核字（2023）第098883号

当你还是异类的时候
DANG NI HAISHI YILEI DE SHIHOU

著　　者	[日]岛田雅彦			
译　　者	李　停			
出版统筹	吴兴元		责任编辑	郝　平
特约编辑	王介平		营销推广	ONEBOOK
装帧制造	墨白空间·曾艺豪			
出版发行	民主与建设出版社有限责任公司			
电　　话	（010）59417747　59419778			
社　　址	北京市海淀区西三环中路 10 号望海楼 E 座 7 层			
邮　　编	100142			
印　　刷	天津中印联印务有限公司			
版　　次	2023 年 5 月第 1 版			
印　　次	2023 年 9 月第 1 次印刷			
开　　本	880 毫米 × 1194 毫米　1/32			
印　　张	9			
字　　数	177 千字			
书　　号	ISBN 978-7-5139-4221-8			
定　　价	58.00 元			

注：如有印、装质量问题，请与出版社联系。